하늘의 물레

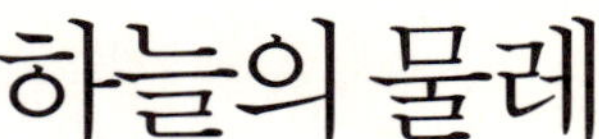

하늘의 물레
The Lathe of Heaven

어슐러 K. 르 귄

최준영 옮김

THE LATHE OF HEAVEN
by Ursula K. Le Guin

이 책에 쓰인 본문 종이 E-light는 국내 기술로 개발된 최신 종이로, 기존에 쓰이던 모조지나 서적지보다
더욱 가볍고 안전하며 눈의 피로를 덜게끔 한 단계 품질을 높인 고급지입니다.

하늘의 물레

1장

자네와 공자는 모두 꿈을 꾸고 있는 게야. 그리고 자네가 꿈을 꾸고 있다고 말하는 나 자신도 하나의 꿈이지. 이것은 역설일세. 언젠가 현자가 이 뜻을 풀어 줄지도 모르지. 그리고 만세 후라도 그것은 그리 늦은 것이 아닐세. ——「장자」, 2편

물결에 실렸다가 파도에 던져졌다가 대양의 온힘에 무지막지하게 끌어당겨졌다 하면서, 해파리는 심연의 조류 속을 떠다닌다. 그 사이로 빛이 반짝이고 어둠이 그 속에 끼어든다. 깊은 바다 속은 좀 더 가깝거나 먼, 좀 더 높거나 낮은 것 말고는 아무런 한계가 없기에 해파리는 실렸다가 던져지고 어딘가에서 어딘가로 끌어당겨지며 이리저리 떠다닌다. 달빛에 사로잡힌 바다 속에서 매일매일 일어나는 광대한 술렁임들처럼, 해파리 속에서 가볍고 빠르게 맥박이 뛴다. 가장 약하고 미미한 생물체, 그것이 온 바다의 맹위와 권세를 막기 위한 수단은 떠 있기, 움직이기, 고동치기뿐이다. 해파리는 바다에 생명과 오가는 바와 의지를 내맡겼다.

그러나 이때 저 완고한 대륙들이 일어선다. 자갈로 이루어진 육붕들과 바위 절벽들이 바닷물을 깨치고 숨김없이 대기 중으로 나온다.

눈부신 빛과 불안정성의 건조하고 끔찍한 외부 세계, 거기에는 생명을 위한 아무런 도움도 없다. 그리고 이제, 물결은 길을 잃고 파도들은 배신하여 그 끝없는 회전을 깨고 뛰어올라 바위와 대기에 요란한 포말이 되어 부서진다……

바다를 떠다니기만 하던 그 생물체가 햇빛 내리쬐는 메마른 모래밭 위에서 무엇을 할까? 아침마다, 그 정신은 깨어나며 무엇을 할까?

눈꺼풀이 타 버려 그는 눈을 감을 수 없었고, 빛이 타오르듯 그의 뇌 속으로 들어왔다. 머리도 돌릴 수 없었다. 떨어진 시멘트 덩어리들 때문에 꼼짝할 수가 없고 그 속에서 튀어나온 철근들이 그의 머리를 바이스처럼 죄고 있었기 때문이다. 이것들이 사라지자 다시 움직일 수 있었다. 그래서 일어나 앉았다. 그는 시멘트 계단 위에 있었다. 계단들 속에 조금 금이 간 곳에서 자라난 민들레 한 송이가 그의 손 옆에 있었다. 잠시 후 일어섰지만, 두 발로 서자마자 끔찍하게 속이 울렁거렸고, 그것이 방사선 숙취(방사선에 노출된 후 구역질이나 구토, 위장 장애 등을 일으키는 것 ─ 옮긴이)라는 것을 알았다. 문은 겨우 50센티미터쯤 앞에 있었다. 공기로 반쯤 부푼 고무풍선 침대가 방을 채우고 있었기 때문이다. 그는 문을 열고 나갔다. 리놀륨을 깐 복도가 끝없이 뻗어 있었는데, 한참을 완만하게 오르락내리락하더니 멀찍이, 아주 멀찍이 아래쪽에 남자 화장실이 있었다. 그는 그곳을 향해 발걸음을 떼며 벽에 붙어 있으려고 애썼으나 잡을 게 없었고, 벽은 바닥으로 바뀌어 버렸다.

"이제 마음 놓게. 편히 있으라고."

승강기 안내원의 얼굴이 파리한 종이등처럼 그 위에 걸려 있었다. 세어 가는 머리카락이 안내원의 얼굴 가를 두르고 있었다.

"방사선 때문이에요."

그가 말했지만, 매니는 알아듣는 것 같지 않았고 "안심하게, 걱정 말라고."라고만 말했다.

그는 그의 방의 침대로 되돌아갔다.

"술 취했어?"

"아니요."

"무슨 약에 취한 거야?"

"속이 거북해요."

"뭘 복용하고 있었는데?"

"맞는 것을 찾을 수 없었어요."

그의 말은, 꿈들이 들어오는 문을 잠그려고 했지만 어떤 열쇠도 자물쇠에 맞지 않았다는 뜻이었다.

"의사가 15층에서 올라오고 있어."

매니가 부서지는 바다의 포효 소리 사이로 희미하게 말했다.

그는 허우적거리며 숨을 쉬어짰다. 낯선 이가 피하 주사기를 든 채 침대 옆에 앉아 그를 바라보고 있었다. 낯선 이가 말했다.

"저게 일을 냈군. 곧 회복될 겁니다. 기분이 끔찍하죠? 걱정 마시오. 끔찍하게 느껴지는 게 당연하지. 이걸 모두 한꺼번에 먹었습니까?"

그는 자동 약품 제조기에서 작은 플라스틱 포일 봉투 일곱 개를 내보였다.

"형편없는 혼합물이네, 바르비투르산염과 덱스트로암페타민. 자신에게 무슨 짓을 하려고 했던 겁니까?"

숨 쉬기가 힘들었지만 구역질은 가라앉았고 지독하게 허약한 느낌만 남았다.

"모두 이번 주로 날짜가 매겨져 있네요."

의사는 갈색 머리를 뒤로 묶어 넘기고 치아 상태가 나쁜 젊은이였는데, 얘기를 계속했다.

"그 얘기는 이것들 모두가 당신의 제약 카드에 처방이 없는 거라는 뜻이죠. 그러니 나는 당신이 제약 카드를 빌렸다고 보고해야 해요. 그러고 싶지는 않지만 전화로 보고해야 합니다. 알다시피, 다른 수가 없거든요. 하지만 걱정 마세요, 큰 잘못은 아니니까. 당신은 그냥 경찰서에 보고하라는 지시를 받을 테고, 그들은 당신을 의과대학이나 지역 검진소로 보낼 거예요. 그리고 VTT, 그러니까 자발적 치료(Voluntary Therapeutic Treatment)를 위해 어느 의학박사나 정신과 의사에게 맡길 겁니다. 내가 당신에 대한 서류 양식을 이미 채웠어요. 당신 신분증을 썼죠. 내가 알고 싶은 것은 당신이 얼마나 오랫동안 개인적인 할당량 이상으로 이 약들을 이용해 왔는지 하는 것뿐입니다."

"두어 달이오."

의사는 그의 무릎 위의 서류에다 날려 썼다.

"그리고 제약 카드들은 누구에게서 빌렸죠?"

"친구들한테서."

"이름들을 알아야 하는데."

잠깐 있다가 의사가 말했다.

"어쨌든, 한 명이라도요. 그냥 형식일 뿐입니다. 그들을 말썽에 빠트리지는 않을 거예요. 보자, 그들은 경찰로부터 질책을 한 번 받을 테고, 보건 교육 후생 통제소에서 1년에 한 번 그들의 제약 카드를 확인할 겁니다. 그냥 형식적으로요. 한 명만 대요."

"못 합니다. 그들은 나를 도우려고 한 거예요."

"봐요, 당신이 이름을 알려주지 않고 버티고 있으면, 감옥에 가거나 무슨 기관의 강제 치료에 끼워 넣어질 수도 있어요. 어쨌든 저들은 원한다면 자동 약품 제조기 기록을 통해서 그 카드들을 추적할 수 있으니, 이건 그저 그들의 시간을 아껴 주는 것일 뿐이죠. 자, 이름 하나만 대요."

그는 견디기 힘든 빛을 몰아내려고 두 팔로 얼굴을 감싸고 말했다.

"안 돼요. 그럴 수 없어요. 난 도움이 필요해요."

"저이가 내 카드를 빌렸소."

승강기 안내원이 말했다.

"아하. 매니 아렌스, 247-602-6023."

의사가 펜으로 계속 휙휙 날려 썼다.

"당신 카드는 한 번도 쓴 적이 없어요."

"그러니 좀 혼란스럽겠지. 그들은 확인하지 않을걸. 다른 사람 카드를 쓰는 사람들이 항상 있으니, 확인할 수가 없지. 내 것도 빌려줘서 만날 다른 녀석 것을 써. 징계 받을 일들을 몽땅 모아 놓았지. 저들은 몰라. 나는 보건 교육 후생부에서 결코 들어 본 적도 없는 것들을 먹어 봤다고. 자네도 전에 걸려 본 적이 없잖아. 마음 놓으라고, 조지."

"안 돼요."

그가 말했다. 매니가 자신을 위해 거짓말하도록 놔둘 수 없다는 뜻이었지만, 그러는 것을 막을 수도, 마음을 놓을 수도, 계속 어찌할 수도 없었다.

"두세 시간 안으로 기분이 나아질 겁니다."

의사가 말했다.

"하지만 오늘은 집에 있어요. 어쨌든 시내가 온통 혼란한 상황에 빠져 있으니. GPRT 운전사들이 또다시 파업을 시도 중이어서 국가방위군이 지하철을 운영하려고 하고, 뉴스 얘기로는 완전히 혼란의 도가니라는군요. 그냥 있어요. 나는 가야 합니다, 일하러 가야 해요, 젠장, 여기서 10분쯤 후, 머캐덤의 저 주립 주택 단지에 말이죠."

의사가 일어나 서면서 침대가 덜커덕거렸다.

"그 한 단지 안에 소아영양실조증으로 고생하는 아이들이 260명이나 있다는 것을 압니까? 모두 저소득 가정 또는 기초 생활 부양가족들로서 단백질을 섭취하지 못하고 있어요. 그리고 그 문제에 대해 대체 내가 뭘 할 거냐고요? 나는 아이들을 위해 최소 단백질 배급소에 다섯 가지의 다른 배급품 조달 청구서를 제출했지만 배급품은 오지 않고 있어요, 온통 관료주의에 변명들뿐이죠. 기초 생활 부양소 사람들은 충분한 식량을 살 여력이 있다고 계속 말합디다. 좋아요, 하지만 사야 할 식량이 거기에 없다면 어쩌죠? 아아, 돌아 버리는 거죠. 나는 가서 그들에게 비타민 C 주사를 놓아 주고 기아가 그냥 괴혈병인 척하려고 하죠……."

문이 닫혔다. 의사가 앉았던 곳에 매니가 앉으면서 침대가 덜커덕거렸다. 거기서 새로 벤 풀처럼 달콤한 느낌이 나는 희미한 냄새가 풍

겼다. 감은 눈의 어둠 속에서 사방으로 안개가 일며, 매니의 목소리가
저 멀리서 들렸다.

"살아 있다는 게 대단하지 않아?"

2장

하늘의 문은 존재하지 않는다. ──「장자」, 23편

월리엄스 하버 박사의 사무실에서는 후드 산이 보이지 않았다. 그것은 월러멧 이스트 타워 63층 안쪽에 부엌 딸린 고급 사무실이었으므로 아무 전망도 없었다. 그러나 창문 없는 벽들의 한 면에 후드 산의 대형 사진 벽장식이 있었고, 하버 박사는 이것을 응시하면서 그의 접수계원과 인터폰으로 이야기하고 있었다.

"올라오고 있다는 이 오르란 사람이 누구죠, 페니? 나병 증상이 있는 그 히스테릭 환자?"

그녀는 벽에서 겨우 1미터쯤 떨어져 있었지만, 벽 위에 걸린 자격증처럼 사내 통신기는 의사한테만큼이나 환자에게도 신뢰감을 불러일으켰다. 그리고 정신과 의사가 문을 열고 "다음!"이라고 소리치는 것은 품위 있어 보이지 않았다.

"아니요, 박사님, 그 사람은 내일 10시에 온다는 그린 씨예요. 이 사람은 의과 대학의 월터스 박사님이 보낸 사람이에요, 자발적 치료 케이스로요."

"약물 남용. 그렇지. 파일을 이리 가져와요. 좋아요, 오면 들여보내요."

얘기할 때 이미 승강기가 끼이잉거리며 멈춰 서고 문이 힘들게 열리는 소리가 들렸다. 그러고 나서 발자국 소리가 들렸고 망설이는 듯하더니 덧문이 열렸다. 이제 귀를 기울이고 있으니, 복도의 아래위로 그리고 그의 위층과 아래층에서 문소리, 타자기 소리, 목소리, 변기 물 내려가는 소리도 들을 수 있었다. 진짜 재주는 그 소리들을 듣지 않는 법을 익히는 것이다. 남아 있는 유일하게 견고한 칸막이 방들은 머리 안쪽에 있었다.

이제 페니가 환자를 데리고 판에 박힌 사무실 소개를 하고 있었고, 하버 박사는 기다리면서 벽장식을 다시 응시하며 그게 언제 찍힌 사진인지 궁금해했다. 푸른 하늘, 구릉 지대부터 정상까지 덮인 눈. 틀림없이 오래전, 6, 70년대이다. 온실 효과는 꽤 점진적이었고 1962년에 태어난 하버는 어린 시절의 푸른 하늘을 분명하게 기억할 수 있었다. 요즘엔 만년설이 세상의 모든 산에서, 그러니까 에베레스트 산에서도 사라졌고, 황폐한 남극 해안 위로 목에서 불을 뿜는 활화산인 에러버스 산에서도 사라지고 없었다. 하지만 물론 요즘 사진에 색을 입혀 푸른 하늘과 하얀 산꼭대기를 꾸며 냈을지도 모른다. 아무도 모를 일이었다.

"안녕하세요, 오르 씨!"

그가 일어서서 미소를 띠며 말했지만 손을 내밀지는 않았다. 요즘은 많은 환자들이 신체적 접촉을 몹시 두려워하기 때문이었다.

그 환자는 거의 내밀었던 손을 자신 없게 거두어들이며 목걸이를 초조하게 만지작거렸다.

"안녕하세요."

그 목걸이는 흔히 볼 수 있는 체인이 긴 은도금한 강철 제품이었다. 그는 평범하게 차려 입은 전형적인 사무원이었다. 머리 모양은 수수하게 어깨 길이 정도이고 수염은 짧았다. 밝은 빛깔의 머리카락과 눈을 지녔고, 키가 작고 호리호리한 백인 남자였는데, 조금 영양이 부족해 보이지만 건강 상태는 양호했고, 스물여덟에서 서른둘쯤이었다. 공격적이지 않고 차분하고 대가 약하고 억눌리고 판에 박힌 사람인 듯했다. 하버가 종종 말하지만, 환자와의 관계에서 가장 유용한 시간은 처음 10초였다.

"앉으세요, 오르 씨. 좋습니다. 담배 피웁니까? 누런 필터는 안정제고, 하얀 필터는 니코틴이 없는 것들이오."

오르는 담배를 피우지 않았다.

"자, 당신의 상황에 대해서 우리가 앞으로 같이할 수 있을지 봅시다. 보건 교육 후생 통제소에서는 왜 당신이 친구들의 제약 카드를 빌려 자동 약품 제조기에서 당신에게 할당된 각성제와 수면제보다 더 많은 양을 얻으려고 했는지 알고 싶어 합니다. 맞지요? 그래서 그들은 당신을 언덕 위의 동료들에게 보냈고, 그러자 그들은 자발적 치료를 권장했고 치료를 위해서 당신을 나에게로 보냈지요. 모두 정확한가요?"

하버는 자신의 상냥하고 편안한 어조를 들었다. 상대방을 편안하게 해 주느라 잘 계산된 것이었다. 그러나 이 환자는 편안함으로부터 여전히 거리가 멀었다. 자주 눈을 깜박거렸고, 앉음새는 긴장 때문에 뻣뻣했고, 두 손은 지나치게 깍듯이 놓여 있었다. 억눌린 불안감의 전형적인 모습이었다. 하버는 한꺼번에 급히 음식을 삼키는 것처럼 고개를 끄덕거렸다.

"괜찮아요, 좋습니다, 거기서 특별할 것은 없습니다. 만일 당신이 알약들을 대량으로 비축해서 중독자들에게 팔았든가 그걸로 살인 사건을 저질렀다면 곤란한 상황이겠죠. 하지만 그냥 당신이 복용했으니, 나에게 몇 번의 진료를 받는 것 이상으로 심한 처벌을 받지는 않을 겁니다! 이제 물론 내가 알고 싶은 것은 '왜' 당신이 그 약들을 먹었냐는 겁니다. 그러면 함께 당신을 위해 좀 더 나은 생활 방침을 만들어 낼 수 있을 거예요. 한 가지는 당신이 제약 카드의 복용량을 넘지 않도록 해 주는 것이고, 또 한 가지는 당신이 어떤 약에도 의존하지 않도록 해 주는 거지요. 이제 당신이 해 온 순서를 보면……."

의사의 눈은 잠깐 의과 대학에서 보내온 서류철로 향했다.

"몇 주 동안 바르비투르산염을 복용했지요. 그러고 나서 며칠 밤 동안은 바꿔서 덱스트로암페타민을 복용하고, 다시 바르비투르산염으로 돌아왔군요. 어떻게 시작된 겁니까? 불면증입니까?"

"잠은 잘 자요."

"하지만 악몽들을 꾸는군요."

그 남자는 겁에 질려 올려다보았다. 노골적인 공포가 번쩍였다. 이 환자는 단순한 케이스가 될 터였다. 환자는 변명하지 않고 쉰 목소리로 말했다.

"일종의 그런 거죠."

"오르 씨, 내가 그걸 추측하는 건 쉬워요. 저들은 일반적으로 나에게 꿈꾸는 사람들을 보내니까."

의사는 키 작은 사내를 보고 씩 웃었다.

"나는 꿈 전문가요. 말 그대로죠. 해몽학자요. 잠과 꿈이 나의 전문 분야입니다. 좋아요, 이제 다음으로 경험에서 나온 추측을 계속해 보겠소. 즉 당신은 꿈꾸는 것을 막기 위해 수면제를 썼는데 그게 습관이 되면서 약이 꿈을 억제하는 효과가 점점 약해지다가, 결국 아무 효과도 없다는 것을 깨달은 겁니다. 각성제의 경우도 비슷했지요. 그래서 그것들을 번갈아 먹은 거고요. 맞습니까?"

환자는 뻣뻣하게 고개를 끄덕였다.

"왜 항상 각성제 쪽의 남용이 더 적었지요?"

"신경이 과민해졌거든요."

"그랬을 거라 장담합니다. 그래서 마침내 섞어서 복용한 게 일품이네요. 하지만 그 자체로는 위험하지 않아요. 그래도 오르 씨, 당신은 위험한 일을 하고 있었어요."

의사는 효과를 주려고 잠깐 말을 멈췄다.

"자신에게서 꿈을 빼앗고 있었던 거라고요."

또다시 환자가 고개를 끄덕였다.

"오르 씨, 자신에게서 음식이나 물을 빼앗으려고 하지는 않겠지요? 최근에 공기 없이 지내려고 시도해 본 적도 없을 테고?"

의사는 계속해서 유쾌한 어조를 유지했고, 환자는 간신히 짤막하게 서투른 미소를 지어 보였다.

"당신은 잠이 필요하다는 것을 압니다. 음식과 물과 공기가 필요한 것처럼 말이죠. 하지만 잠으로는 충분치 않다는 것을 깨달으셨나요? 즉 당신의 몸은 '꿈꾸는' 잠에 대한 몫도 똑같이 강력하게 주장하고 있다는 것을 말입니다. 만약 조직적으로 꿈을 빼앗긴다면, 당신의 뇌는 당신에게 아주 이상한 일들을 하게 될 거요. 안달하게 만들거나, 배고프거나 집중할 수 없게 만들 겁니다…… 많이 들어 본 얘기 같습니까? 그건 그냥 각성제가 아니에요! 자칫 공상에 빠지고, 반응 시간도 뒤죽박죽되고, 잘 까먹고, 무책임해지며, 편집증적인 환각들에 쉽게 빠져들게 됩니다. 그리고 결국엔 꿈을 꾸게 되죠…… 무슨 꿈이든 말이오. 우리가 가진 어떤 약도 당신이 꿈을 꾸지 못하도록 할 수는 없어요, 당신을 죽이는 약이 아닌 한. 예를 들어, 극심한 알코올중독은 중심부뇌교수초용해증이라 불리는 상태로 이어질 수 있는데, 그건 치명적입니다. 그것의 원인은 꿈꾸기의 부족에서 비롯한 하부 뇌의 손상이에요. 잠 부족 때문이 아니란 말씀이죠! 잠자는 동안 발생하는 아주 특별한 상태, 즉 꿈꾸는 상태의 부족 때문인 겁니다. 역설수면, 비동기적(非同期的) 상태라고도 하지요. 이제 당신은 알코올중독자가 아니고 죽은 것도 아니니, 당신의 꿈들을 억누르기 위해 복용한 게 뭐든, 오로지 부분적으로만 약효가 들었다는 것을 알겠군요. 그리하여 첫째, 당신은 꿈들의 일부를 박탈당한 탓에 신체적으로 안 좋은 상태에 있습니다. 그리고 둘째, 당신은 막다른 골목에까지 이르려고 해 왔어요. 자. 무엇이 당신을 막다른 골목으로 움직이게 한 거죠? 내가 생각하기에는 꿈들, 그러니까 악몽들에 대한 두려움, 또는 악몽들이 될 거라고 여기는 것에 대한 두려움 같은데. 이 꿈들에 대해 얘기해 주겠습니까?”

오르는 머뭇거렸다.

하버는 입을 열었다가 다시 닫았다. 곧잘 그는 환자들이 무슨 말을 하려는지 알았고, 그들 스스로 이야기하는 것보다 더 잘 이야기해 줄 수 있었다. 그러나 그들이 단계를 밟는 것이 중요했다. 그것은 그가 해 줄 수 없는 일이었다. 그리고 결국, 그렇게 단계를 밟는 일은 그저 전초적인 것으로서 정신분석의 전성시대로부터 퇴화한 의식이었다. 그것의 유일한 기능은 그가 어떻게 환자를 도와야 할지, 능동적 조건 형성이 필요한지 수동적 조건 형성이 필요한지, 그가 무엇을 해야 할지 결정하도록 돕는 것이었다.

“내가 대부분의 사람들보다 악몽을 더 많이 꾸는 것 같진 않아요.”

오르가 두 손을 내려다보면서 말했다.

“특별한 건 없어요. 나는…… 꿈꾸는 게 겁날 뿐이에요.”

“악몽들을 꾸는 게 말이죠.”

“어떤 꿈이라도.”

“알겠습니다. 그 두려움이 어떻게 시작되었는지 압니까? 아니면 당신이 두려워하는 것, 피하고 싶어 하는 것이 뭔지?”

오르는 바로 대답하지 않고 두 손을 내려다보고 앉아 있었다. 네모지고 불그레한 두 손은 여전히 두 무릎 위에 꼼짝 않고 놓여 있었다. 하버는 아주 조금 그를 부추겼다.

“꿈들의 부조리함이나 무지막지함, 때로는 부도덕함, 그와 같은 것이 당신을 불편하게 만드나요?”

“예, 어떤 점에선 그래요. 하지만 특수한 이유 때문이에요. 저, 여기…… 여기 나는…….”

그러나 하버 역시 그 긴장한 두 손을 지켜보면서 ‘여기가 급소군, 자물쇠야.’라고 생각했다. 불쌍한 자식. 몽정을 하고 그것에 대해 죄스러워 하고 있는 것이다. 소년기 야뇨증, 강박적인 어머니의……

“여기서부터 당신은 나를 못 믿게 될 거예요.”

그 보잘것없는 친구는 보기보다 병이 더 심한 듯했다.

“자나 깨나 꿈을 다루는 사람은 신뢰나 불신에 대해서는 그다지 관심이 없습니다, 오르 씨. 그것들은 제가 많이 사용하는 범주에 들지 않습니다. 그것들은 적합하지 않아요. 그러니 그것은 무시하고, 계속하세요. 나는 흥미롭군요.”

그 말이 짐짓 선심 쓰는 것처럼 들렸을까? 의사는 그 말이 기분 나쁘게 받아들여졌는지 살피려고 오르를 쳐다보았고, 잠깐 그자의 눈과 마주쳤다. ‘유별나게 아름다운 눈이군.’ 하버는 생각했다. 그러고는 그 단어에 놀랐다. 아름다움 또한 그가 자주 사용하는 범주에 들지 않았기 때문이다. 그 홍채들은 푸른빛 또는 잿빛으로 속이 들여다보일 것처럼 투명하게 맑았다. 잠시 하버는 자신을 잊고 맑고 묘한 눈을 다시 빤히 바라보았다. 그러나 아주 잠시일 뿐이었고, 그래서 그 낯선 경험은 그의 의식적인 마음에는 거의 새겨지지 않았다.

오르가 약간 단호하게 말했다.

“음, 나는 꿈들을 꾸는데…… 그것들이 영향을 미쳐요…… 꿈이 아닌 세계에. 현실 세계에요.”

“우리 모두 그렇습니다, 오르 씨.”

오르는 빤히 바라보았다. 이 환자는 완벽하게 고지식한 남자였다.

“깨기 직전 비동기적 상태의 꿈들이 정신의 일반적인 감정의 수위
에 미치는 영향들은······”

그러나 그 고지식한 남자가 하버의 말에 끼어들었다.

“아니요, 내 말은 그 뜻이 아닙니다.”

그리고 약간 더듬으며 말했다.

“내 말뜻은, 그러니까 내가 무슨 꿈을 꾸면······ 그게 사실이 된다
는 거예요.”

“그 말을 믿는 것은 어렵지 않습니다, 오르 씨. 정말로 진지하게 말
씀드리는 겁니다. 그러한 주장에 의심이라도 품게 되고 더구나 믿지
않게 된 것은 순전히 과학적 사고의 증가 덕택이지요. 예언적인······”

“예언적인 꿈들이 아니에요. 나는 아무것도 내다보지 못합니다. 단
지 상황을 ‘바꾸는’ 거예요.”

그 두 손은 꽉 움켜쥐어져 있었다. 의과대학의 대단하신 분들이 이
자를 여기로 보낸 것은 놀랄 일이 아니었다. 그들은 자기들이 해결할
수 없는 미치광이들은 항상 하버에게 보냈다.

“예를 들어 줄 수 있습니까? 이를테면, 당신이 그런 꿈을 처음으로
꾸었던 때를 기억할 수 있나요? 몇 살 때였지요?”

환자는 오랫동안 머뭇거리다가 결국 말했다.

“열여섯 살 때 같습니다.”

그의 태도는 여전히 유순했다. 그 주제에 대해서는 상당한 두려움
을 내보였지만, 하버를 향해서는 아무런 방어적인 모습이나 적대감이
없었다.

“확실하진 않아요.”

"당신이 확신하는 처음 번에 대해 얘기해 봐요."

"열일곱 살 때였어요. 내가 아직 집에 살 때였고, 이모가 우리와 같이 살고 계셨죠. 이모는 이혼을 앞둔 채 일을 안 하고 그냥 기초 생활 지원만 받고 계셨어요. 이모는 좀 방해가 되었죠. 통상의 방 세 개짜리 아파트였는데 항상 거기 있었거든요. 어머니를 짜증나게 했죠. 사려 깊지 못했어요, 제 말은 에셀 이모가요. 욕실을 독차지했거든요…… 그 아파트에는 여전히 개인 욕실이 있었답니다. 그리고 어휴, 이모는 계속 나를 놀리는 장난을 쳤어요. 거의 놀리는 거였죠. 가슴을 드러낸 잠옷 차림으로 내 방에 들어오거나 하는 식이었어요. 이모는 겨우 서른 살 정도였죠. 그 때문에 나는 좀 긴장했어요. 나는 그때까지 여자가 없었고…… 아시죠. 청소년기였으니까요. 어린애를 흥분시키기는 쉽죠. 나는 그것에 분개했어요. 그러니까, 그녀는 내 이모였으니까요."

오르는 하버를 흘끗 보고서 그가 무엇에 분개했는지에 대해 의사가 이해하는지, 그리고 그가 분개한 것이 잘못됐다고 하지 않는지 확인했다. 20세기 후반 성에 대한 집요한 자유방임은 19세기 후반 성에 대한 집요한 억압이 그랬던 것만큼이나 그 유산으로 성적 죄책감과 성적 공포심을 낳았다. 오르는 그가 이모와 자고 싶어 하지 않았다는 것에 하버가 놀랄까 봐 염려스러웠다. 하버는 말없이 흥미로워 하는 표정을 유지했고 오르는 꿋꿋하게 얘기를 계속했다.

"음, 나는 좀 불안한 꿈들을 무수하게 꾸었는데, 그 꿈들 속에는 항상 이모가 있었어요. 대개는 모습을 위장하고요, 때때로 꿈속에서 사람들이 그러는 식으로 말이죠. 한번은 하얀 고양이였는데, 그래도 나

는 그게 에셀 이모라는 걸 알았어요. 어쨌든, 결국 어느 날 밤 이모
는 영화관에 자기를 데려가도록 해서 몸을 만지게 하려고 했죠. 그러
고 나서 집에 오자 내 침대 주위를 계속 어슬렁거리면서 우리 부모님
은 잠들었다는 등 떠들었어요. 마침내 나는 이모를 내 방에서 몰아내
고 잠들었는데, 그러고 나서 이 꿈을 꾸었습니다. 아주 생생한 꿈이었
어요. 일어났을 때 완벽하게 기억할 수 있었으니까요. 에셀 이모가 로
스앤젤레스에서 차 사고로 죽고 전보가 날아드는 꿈이었어요. 어머니
는 울면서 저녁 요리를 하려고 애쓰셨고 나는 어머니가 불쌍했어요.
어머니를 위해 뭔가 할 수 있었으면 하고 바랐지만 어째야 할지 몰랐
죠. 그게 다였어요…… 일어나자, 나는 거실로 갔죠. 소파에 에셀 이
모가 없었어요. 아파트에 다른 사람은 아무도 없었어요, 부모님과 나
뿐이었죠. 이모는 거기에 없었습니다. 거기에 있은 적도 없었어요. 나
는 물어볼 필요도 없었어요. 기억하고 있었으니까. 나는 에셀 이모가
6년 전, 이혼 문제에 대해 변호사를 만나고 난 후 집에 오다가 로스앤
젤레스의 고속도로에서 차 사고로 죽은 걸 알고 있었죠. 우리는 그 소
식을 전보로 받았어요. 그 모든 꿈은 그저 실제로 일어났던 일을 좀
덜어 주는 거예요. 단지 그 꿈을 꿀 때까지는 그 일이 일어나지 않았
었다는 거죠. 제 말뜻은, 이모가 우리와 함께 지내며 마지막 날 밤까
지 거실의 소파에서 자고 있었던 것 '역시' 내가 알고 있었다는 거예
요.”

“하지만 그것을 보여 줄, 증명해 줄 아무것도 없지 않습니까?”

“없죠. 아무것도. 이모는 거기 있지 않았으니까요. 이모가 거기 있
었다는 것을 기억하는 사람은 아무도 없어요, 나를 빼면. 그리고 나는

글렀어요. 이제는.”

　하버는 사려 깊게 고개를 끄덕이며 수염을 쓸었다. 경증의 약물 남용 사례 같았던 것이 이제 심각한 정신 이상처럼 보였지만, 이렇게 직접적으로 제시하는 망상 체계는 겪은 적이 없었다. 오르는 지적인 정신 분열증 환자로서, 분열증질의 창조성과 비뚤어짐 때문에 허풍을 치고 그를 속이는 것일지도 몰랐다. 그러나 오르에게는 그러한 환자들의 어렴풋한 내적 오만이 결여되어 있었다. 그러한 오만에 대해서 하버는 아주 예민했다.

　“마지막 날 이후로 현실이 바뀌었다는 것을 당신의 어머니는 왜 알아채지 못했다고 생각합니까?”

　“글쎄요, 어머니는 그 꿈을 꾸시지 않았죠. 제 말은, 그 꿈이 정말로 현실을 바꾸었다는 겁니다. 그것은 거슬러 올라가 어머니가 내내 그 일부로 속해 계신 다른 현실을 만들었어요. 그 속에 있으면서, 어머니는 다른 아무런 기억이 없으셨던 거예요. 나는 기억이 있었죠, 둘 다 기억했죠, 왜냐하면 내가…… 거기에…… 그 변화의 순간에 있었으니까요. 이런 식으로밖에 설명할 수 없네요. 말이 안 된다는 것을 알아요. 하지만 나는 좀 해명을 해야 했습니다, 아니면 내가 제정신이 아니라는 사실에 직면해야 하니까요.”

　아니다, 이 환자는 대가 약한 사람이 아니었다.

　“나는 판결을 내리는 일을 하는 사람이 아닙니다, 오르 씨. 나는 사실들을 좇지요. 그리고 진정으로 정신의 사건들, 그것들이 나에게는 사실들입니다. 내가 수없이 보았던 것처럼, 다른 사람이 꿈을 꿀 때 그것이 뇌파 기록 장치에 흑백으로 기록되는 것을 당신이 본다면 꿈들을 '비현실적인 것'이라고 얘기하지 않을 겁니다. 그것들은 존재해요. 사건들이죠. 그것들은 흔적을 남깁니다. 좋아요. 당신이 이런 종류의 효과를 가진 듯한 꿈들을 더 꾸어 봤을 것 같소만?"

"몇 번요. 짧게요. 스트레스를 받을 때만. 하지만…… 점점 더 자주 꾸게 되는 것 같았어요. 나는 겁이 나기 시작했어요."

하버가 앞으로 몸을 기울였다.

"왜죠?"

오르는 멍한 표정이었다.

"왜 겁이 났습니까?"

"상황을 바꾸고 싶지 않았으니까요!"

오르가 지극히 명백한 얘기를 하는 것처럼 말했다.

"내가 누구라고 만사가 정해진 방식에 간섭한단 말입니까. 그리고 상황을 바꾸는 것은 내 무의식이에요, 어떤 지적인 통제도 하지 않는다고요. 자기 최면을 시도해 봤지만 아무 도움이 안 되었어요. 꿈들은 앞뒤가 맞지 않고 제멋대로이고 불합리해요…… 부도덕하고요, 조금 아까 선생님이 말했듯이. 그것들은 우리의 반사회적인 부분에서 비롯해요, 최소한 어느 정도는 그렇지 않은가요? 나는 불쌍한 에셀 이모를 죽이고 싶지 않았어요. 그저 이모가 나를 귀찮게 하지 않기를 바랐을 뿐이에요. 글쎄요, 꿈속에서는 과감해지는 것 같아요. 꿈들은 지름길을 택하죠. 나는 그녀를 죽였어요. 6주 전에 1500킬로미터나 떨어진 곳에서 차 사고로. 나는 이모의 죽음에 책임이 있어요."

하버는 다시 한번 수염을 쓸었다. 그리고 느리게 말을 꺼냈다.

"그래서…… 꿈을 억제하는 약들을 썼군요. 그러면 더 이상의 책임들을 피하게 될 테니까.”

“그래요. 그 약들은 꿈이 발전하고 생생해지는 것을 막아 줬어요. 그게 유일하게 확실한, 아주 강력한 것이었어요, 그러니까……”

오르는 맞는 말을 찾았다.

“효과가 있었다고요.”

“알겠어요. 좋습니다. 자, 봅시다. 당신은 결혼하지 않았군요. 본빌-우마틸라 전력 지구를 위한 제도공이고요. 직업은 어떻습니까?”

“괜찮습니다.”

“성 생활은?”

“한 번 계약 결혼을 해 봤어요. 2년 살고 작년 여름에 깨졌습니다.”

“당신이 포기한 건가요, 아니면 여자 분이?”

“두 사람 다요. 그녀는 아이를 원하지 않았어요. 그녀는 완벽한 결혼 상대감은 아니었어요.”

“그리고 그 후로는?”

“음, 사무실에 몇몇 여자들이 있었죠, 나는…… 사실 그렇게 멋진 남자는 아니에요.”

“일반적으로 대인 관계는 어떤가요? 당신이 타인들과 만족스럽게 관계를 맺고 있다고 느끼나요, 주변의 정서적 환경 속에 알맞은 자리를 차지하고 있다고 느낍니까?”

“그런 것 같아요.”

“그러면 당신 인생에 정말로 잘못된 것은 없다고 말할 수 있겠군요. 맞지요? 좋습니다. 이제 얘기해 봐요. 이러한 약물 의존에서 벗어나기를 원합니까, 진정으로?”

“예.”

“그래요, 좋습니다. 자, 당신은 꿈을 꾸고 싶지 않아서 약을 복용해 왔어요. 하지만 모든 꿈들이 위험하지는 않죠. 특정의 생생한 꿈들만 그렇지. 당신은 에셀 이모님이 하얀 고양이인 꿈을 꿨지만, 그분은 다음 날 아침 흰 고양이가 아니었어요…… 그렇죠? 어떤 꿈들은 괜찮습니다…… 안전한 거죠.”

그는 오르가 찬성의 고갯짓을 하기를 기다렸다.

“이제, 이에 대해 생각해 봐요. 이 모든 일을 실험해 보면, 그리고 아마도 안전하게 두려움 없이 꿈꾸는 법을 배우면 어떨까요? 설명해 주리다. 당신은 정서적으로 아주 짐이 되는 꿈꾸기 문제를 갖고 있어요. 말 그대로 당신은 당신의 꿈들 중 일부가 당신이 통제할 수 없는 방식으로 현실 생활에 영향을 미치는 능력을 지녔다고 느끼기 때문에 꿈을 두려워합니다. 자, 그건 정교하고 의미심장한 은유일 수도 있습니다. 그것으로써 당신의 무의식이 당신의 의식에게 현실에 관해 무슨 말을 하려고 하는 거죠. 그러니까 당신이 이성적으로 수용할 준비가 되어 있지 않은 당신의 현실, 당신의 인생에 관해서 말입니다. 하지만 우리는 그 은유를 꽤 말 그대로 받아들일 수도 있어요. 이 시점에서는 합리적인 용어로 그것을 옮길 필요가 없어요. 현재 당신의 문제는 이겁니다. 당신은 꿈을 두려워합니다, 그래도 꿈을 꾸어야 해요. 당신은 약으로 억누르는 시도를 해 봤어요. 그건 효과가 없었죠. 좋아요, 반대로 해 봅시다. 의도적으로 꿈을 꾸도록 해 봐요. 바로 여기서, 집중적으로 생생하게 꿈을 꾸도록 해 보는 겁니다. 내 감독 하에, 통제된 조건 하에서 말이죠. 그렇게 해서 당신이 감당할 수 없어

보였던 것을 다스릴 수 있게 될 겁니다.”

“어떻게 내가 꿈을 불러내죠?”

오르가 몹시 불안해하며 물었다.

“하버 박사의 꿈들의 처소에서는 가능하죠! 최면에 걸려 본 적 있습니까?”

“치과 치료 때문에요.”

“좋습니다. 문제없어요. 여기에는 체계가 있어요. 나는 당신을 최면 상태에 빠트려 잠들도록, 꿈을 꾸도록 암시하고, 당신이 무엇을 꿀지도 암시할 겁니다. 당신이 그냥 최면 상태가 아니라 확실히 진짜 잠들도록 하기 위해 트랜캡(trancap)을 씌울 거요. 당신이 꿈꾸는 동안 내가 지켜볼 겁니다, 신체적으로 그리고 뇌파 기록 장치로, 내내. 그러고 나서 나는 당신을 깨울 거고, 우리는 그 꿈 경험에 대해 얘기할 겁니다. 그것이 안전하게 진행되면, 아마도 다음 꿈을 마주하는 데 약간 더 편안함을 느낄 거예요.”

“하지만 여기서는 효력 있는 꿈을 꾸지 못할 거예요. 그 일은 수십 번이나 수백 번의 꿈들 중 한 꿈에서 일어나거든요.”

오르의 방어적인 합리화는 시종일관 모순이 없었다.

“당신은 여기서 어떤 스타일의 꿈이든 꿀 수 있어요. 꿈 내용과 꿈 영향은 거의 전적으로 동기가 부여된 주제와 적절하게 훈련된 최면학자에 의해 제어될 수 있습니다. 나는 10년 동안 그 일을 해 왔어요. 그리고 당신은 꿈을 꿀 때 바로 나와 함께하고 있을 겁니다, 왜냐하면 당신은 트랜캡을 쓸 거니까. 한번이라도 써 본 적 있습니까?”

오르는 머리를 저었다.

“그래도 뭔지는 알고 있지요?”

“전극을 통해서 신호를 보내어 자극하는 거죠…… 뇌가 그와 같이
어울리도록.”

“개략적으로는 맞습니다. 러시아 인들은 트랜캡을 50년간 이용해
왔어요. 이스라엘 사람들이 그것을 세련되게 했고. 우리가 마침내 거
기에 승선해서 정신 이상 환자를 달래기 위한 전문적인 용도와, 수면
이나 알파파 상태를 유도하기 위한 가정적인 용도로 그것을 대량 생
산화했지요. 자, 나는 린턴에서 강제 치료 중인 심각한 우울증 환자와
몇 년을 일했어요. 많은 우울증 환자들처럼 그녀는 잠이 별로 없었고
특히 비동기적 상태의 수면, 즉 꿈꾸는 수면이 부족했어요. 그녀가 비
동기적 상태에 들어서려고 할 때마다 깨곤 했지요. 악순환적인 효과
였죠. 우울해질수록 더 안 자는 겁니다. 안 잘수록 더 우울해지고. 그
걸 깨뜨려야 했지요. 어떻게? 우리에게 비동기성 수면을 증가시킬 약
은 많지 않아요. ESB(Electrical Stimulation of the Brain) ― 뇌 전기 자
극이오? 하지만 그것은 전극을 이식해야 해요. 깊숙이, 수면 중추들
에. 수술하는 거나 마찬가지지. 나는 잠을 고무시키기 위해 그녀에게
트랜캡을 사용했어요. ‘당신의 그 산만한 저주파 신호를 좀 더 제한시
키면 어떻겠습니까. 국부적으로 그 신호가 뇌의 특정 부분에 바로 향
하게 하면 어떻겠냐는 말이지요.’ ‘오 괜찮고말고요, 하버 박사님, 그
거 쉬운 일이네요!’ 그러나 사실, 일단 전자 기기에 대한 필수적인 연
구 지식을 흡수하고 나서, 기초적인 기계를 만들어 내는 데 두 달이나
걸렸다오. 그러고 나서 나는 적당한 상태, 잠과 꿈꾸기의 다양한 단계
에 있는 건강한 피실험자의 뇌파 기록을 가지고 그 여자 환자의 뇌를

자극하려고 했죠. 운은 별로 없었어요. 다른 뇌에서 찾아낸 신호는 그 여자 환자에게서 반응을 얻을 때도 있고 못 얻을 때도 있었습니다. 추론하는 법을 배워야 했지요, 수백의 평범한 뇌파 기록들로부터 일종의 평균을 내기 위해서. 그러고 나서, 그 환자와 함께 연구하면서, 나는 다시 범위를 좁히고 목적에 맞추어 나갔습니다. 그 환자의 뇌가 내가 가장 원하는 일을 하고 있을 때마다, 나는 그 순간을 기록하고, 증대시키고, 확대하고 지연시키고, 되풀이하고, 뇌가 가장 건강한 임펄스(신경이 정보 전달 시 사용하는 전기 신호 — 옮긴이)들과 어울리도록 자극했습니다. 말이 많았네요. 이제 그 모든 것은 방대한 양의 정보 분석을 필요로 했고, 그리하여 단순한 뇌파 기록 장치 더하기 트랜캡은 이것이 되었죠."

그리고 의사는 오르 뒤에 있는 전자 기계의 숲을 가리켰다. 많은 환자들이 기계에 겁먹거나 지나치게 일체감을 느끼기 때문에, 그는 기계의 대부분을 플라스틱 벽판 뒤에 숨겨 두었지만, 그래도 그것은 사무실의 4분의 1쯤을 차지하고 있었다. 의사가 씩 웃으며 말했다.

"저건 '꿈 기계'요. 무미건조하게 말하자면 '증대기'고요. 저것이 당신을 위해 하는 일은 당신이 안전하게 잠들고 꿈꾸도록 하는 겁니다. 짧고 가볍게 꾸거나 아니면 길고 강렬하게, 우리가 원하는 대로 말입니다. 아, 말이 난 김에, 그 우울증 환자는 이번 여름에 완치되어 린턴에서 나갔지요."

그가 앞으로 몸을 숙였다.

"한번 해 보겠습니까?"

"지금요?"

“미룰 게 뭐 있나요?”

“하지만 오후 4시 30분에 잘 수는 없어요……”

그러고 나서 오르는 얼빠진 얼굴을 해 보였다. 하버는 책상의 속이 꽉 찬 서랍을 부지런히 뒤지고 있었는데, 이제 종이 한 장을 꺼냈다. 보건 교육 후생부에서 요구하는 최면 동의서였다. 오르는 하버가 내민 펜을 받아 서류에 서명하고 나서 고분고분하게 그것을 책상 위에 놓았다.

“좋아요. 잘했습니다. 자, 얘기해 봐요, 조지. 당신의 치과의사가 최면 테이프를 사용했나요, 아니면 직접 하든가요?”

“테이프요. 나는 민감도 단계에서 3이었습니다.”

“그래프의 딱 한가운데군, 그렇죠? 흠, 꿈 내용에 관한 암시가 잘 들도록 하기 위해서는 아주 깊은 무의식 상태를 원합니다. 최면 상태의 꿈이 아니라 순전한 수면상의 꿈을 원해요. 증대기가 그걸 해 줄 겁니다. 하지만 암시가 확실히 아주 깊숙이 들어가도록 하고 싶군요. 그러니, 당신이 깊은 무의식 상태에 들어가도록 몸 상태를 맞추느라 낭비하는 시간을 피하기 위해 v-c 유도를 할 겁니다. 전에 하는 걸 본 적이 있습니까?”

오르는 머리를 저었다. 그는 걱정스러워 보였으나 아무런 반대도 하지 않았다. 그가 풍기는 수용적이고 수동적인 성격은 여성적으로, 심지어 유아적으로 보였다. 하버는 이 육체적으로 약하고 유순한 남자에게 자신이 보호하거나 약자를 괴롭히는 식으로 반응하는 것을 인식했다. 그를 지배하는 것, 그를 보호하는 것은 너무나 쉬운 일이라서 거의 억누를 수가 없었다.

"나는 대부분의 환자들에게 그걸 써요. 그건 빠르고 안전하고 확실합니다. 최면을 유도하는 데에는 단연 최고의 방법이고, 최면을 거는 사람이나 피실험자 모두에게 가장 말썽이 없어요."

지나치게 시간이 연장되거나 서툰 v-c 유도에 의해 피실험자가 뇌에 손상을 입거나 죽었다는 무시무시한 이야기들을 오르는 확실히 들었을 것이다. 그리고 그렇게 나쁜 일이 일어날 가능성이 여기에 해당되진 않는다 하더라도 하버는 좋게좋게 이야기하여 달래야 했다. 그렇지 않으면 오르가 완벽한 유도에 저항할 터였다. 그래서 하버는 빠른 말로 계속 지껄이며 v-c 유도 방법의 50년간의 역사를 설명하고 난 다음에 최면술이라는 주제에서 완전히 벗어나 잠과 꿈들이라는 주제로 돌아갔다. 오르의 주의를 유도 과정에서 그것의 목표 쪽으로 돌려놓기 위해서였다.

"알다시피, 우리가 다리를 놓아야 하는 틈은 깨어 있거나 최면에 걸려 있는 무의식 상태와 꿈꾸는 상태 사이에 존재하는 심연입니다. 그 심연은 평범한 이름을 갖고 있지요. 잠입니다. 평범한 잠, 동기적 상태, 비역설수면, 뭐라 이름 부르든 간에 말입니다. 자, 개략적으로 말해서, 우리가 관심 있는 네 가지 정신 상태가 있습니다. 깨어 있는 상태, 최면 상태, 동기적 상태, 비동기적 상태. 정신 작용의 과정을 보면, 저 동기적 상태, 비동기적 상태, 최면 상태가 모두 공통으로 뭔가를 포함하고 있어요. 잠, 꿈, 그리고 무아지경의 상태이지요. 모두 잠재의식, 즉 무의식의 활동을 풀어 주는 상태입니다. 이것들은 일차적 사고를 사용하는 경향이 있는데, 반면에 깨어 있는 상태의 정신 작용은 이차적 사고, 다시 말해 이성적 사고를 사용합니다. 하지만 이제

저 네 상태의 뇌파 기록을 봅시다. 지금 비동기적 상태, 최면 상태, 깨어 있는 상태는 공통점이 많아요. 반면에 동기적 상태, 그러니까 잠은 완전히 다릅니다. 그리고 당신은 최면 상태에서 진짜 비동기적 상태의 꿈꾸기로 직행할 수 없어요. 동기적 상태가 끼어들어야 하지요. 일반적으로, 밤에 네다섯 번만 비동기적 상태에 들어섭니다. 한두 시간마다, 그리고 한 번에 25분 정도만. 나머지 시간에는 평범한 수면의 이런저런 단계에 있지요. 그리고 그 단계에서도 꿈을 꿀 텐데, 평범하고 생생하지 않아요. 동기적 상태에서 정신 작용은 게으른 엔진과 같아서, 일종의 이미지와 사고들의 꾸준한 중얼거림이지요. 우리가 좇는 것은 비동기적 상태의 생생하고 감정이 실려 있고 기억할 만한 꿈들이에요. 우리의 최면술에 더해진 증대기가 안전하게 그 꿈들을 얻고, 잠의 신경생리학적이고 일시적인 심연을 가로질러 곧장 꿈꾸기에 들어서도록 해 줄 겁니다. 그러니 여기 저 소파에 앉아 주셔야겠습니다. 내 전문 분야는 데멘트, 아세린스키, 베르거, 오스월드, 하르트만, 그리고 다른 이들이 개척했지만, 소파에서 하는 치료는 정신분석의 아버지인 프로이트로부터 곧장 내려온 거죠…… 하지만 우리는 그것을 잠드는 데 사용하는데, 그라면 반대했겠지. 자, 내가 원하는 것은 당신이 여기 소파 끝 부분에 앉아 주십사 하는 겁니다. 그냥 시작일 뿐이에요. 예, 그거예요. 잠시 거기 있게 될 테니 편안히 앉아요. 당신은 자기 최면을 시도했다고 했지요, 그렇죠? 좋아요, 그냥 계속해서 당신이 그것을 위해 사용했던 기술들을 씁시다. 심호흡은 어때요? 열까지 세는 동안 들이쉬고 다섯 셀 동안 참고 있는 겁니다. 그래요, 좋아요, 아주 잘했습니다. 머리 위로 똑바로, 천장을 바라봐 주겠습니까? 좋아요, 그겁니다."

오르가 순종적으로 머리를 뒤로 기울일 때, 하버가 다가와서 재빠르게 조용히 손을 뻗어 왼손을 오르의 머리 뒤에 대고, 엄지손가락과 다른 한 손가락으로 양쪽 귀 뒤 아래를 꾹 눌렀다. 동시에 오른손 엄지와 다른 손가락으로 부드러운 금빛의 수염 바로 밑에 미주 신경과 경동맥이 지나는 지점의 맨목을 꾹 눌렀다. 하버는 손가락들 아래 곱고 창백한 피부를 느꼈다. 처음에는 깜짝 놀라 저항하며 움직이는 것을 느꼈지만 이내 그 맑은 눈이 감기는 것을 보았다. 그는 자신의 기술에, 그리고 그 환자를 순식간에 장악한 것에 기분 좋은 전율을 느끼며 나지막이 빠르게 중얼거렸다.

"당신은 이제 잠이 듭니다. 두 눈을 감고, 잡니다. 긴장을 풀고 마음을 비워요. 당신은 잠이 듭니다, 긴장이 풀리고 힘이 풀립니다. 긴장을 풀어요, 놓아줘요……"

오르는 총에 맞아 죽은 사람처럼 소파 위에서 뒤로 기울어졌고, 오른손은 허리께에서 아무렇게나 내려뜨려졌다.

하버는 바로 옆에 무릎 꿇고 앉아, 오른손으로는 누름 부위들을 가볍게 누른 채, 계속해서 나직하고 빠르게 암시의 말들을 했다.

"당신은 지금 최면 상태에 있습니다, 잠에 빠진 것이 아니라 깊은 최면에 걸린 상태입니다. 그리고 내가 지시할 때까지는 그 상태에서 깨어나지 않을 겁니다. 당신은 지금 최면 상태에 있습니다, 그리고 계속해서 점점 더 깊숙이 최면에 빠져 듭니다. 하지만 여전히 내 목소리를 들을 수 있고 내 지시에 따를 수 있습니다. 이후, 내가 지금 하듯 당신의 목을 그저 건드릴 때마다 언제든 당신은 바로 최면 상태에 들어설 겁니다.”

하버는 그 지시를 되풀이하고 나서 말을 이었다.

“이제 내가 눈을 뜨라고 하면 당신은 눈을 뜰 것이고, 당신 앞에 떠 있는 수정 공을 볼 겁니다. 그것에 단단히 주의를 붙들어 두세요, 그렇게 하면서 당신은 더욱 깊은 최면 상태에 들어갑니다. 이제 눈을 떠요, 그래요, 좋습니다, 그리고 수정 공이 보이면 얘기하세요.”

그 밝은 색의 눈들이 이제 기묘하게 내적인 시선으로 하버를 지나쳐 허공을 보고 있었다.

“지금요.”

최면에 걸린 사내가 아주 나지막이 말했다.

“좋습니다. 계속해서 그것을 보고 있어요, 그리고 규칙적으로 숨을 쉽니다. 곧 당신은 아주 깊은 최면 상태에 있게 될 겁니다…….”

하버는 시계를 흘끗 보았다. 그 모든 일은 겨우 몇 분밖에 걸리지 않았다. 좋았어. 그는 수단에 시간을 낭비하는 것을 싫어했다. 중요한 것은 바라던 목적에 이르는 것이다. 오르가 상상의 수정 공을 멍하니 응시하고 누워 있는 동안, 하버는 일어서서 그에게 조작된 트랜캡을 맞추기 시작했다. 몇 번이나 벗겼다가 다시 놓았다가 하면서 자그마한 전극들을 재조정하여 숱 많은 연갈색의 머리카락 아래 두피에 자리를 잡아 주었다. 그는 자주 나지막하게 이야기하면서, 암시를 되풀이하고 이따금 가벼운 질문들을 던져서 오르가 아직 잠에 빠지지 않고 자신과 교신하는 상태에 머물러 있도록 했다. 트랜캡이 제자리에 놓이자마자 그는 뇌파 기록 장치의 스위치를 켜고, 잠시 그것을 지켜보면서 오르의 뇌가 어떻게 보이는지 살폈다.

트랜캡의 전극 여덟 개가 뇌파 기록 장치로 이어져 있었다. 장치 속에서 여덟 개의 펜이 뇌의 전기적 활동의 항구적인 기록을 표시해 나갔다. 하버가 지켜보고 있는 스크린에서는, 임펄스들이 곧장 재현되면서 어두운 잿빛 위에 휙휙 순간적인 파형(波形)의 하얀색 낙서들을 했다. 그는 마음대로 하나를 독립시키거나 확대할 수 있고 두 개를 포개어 놓을 수도 있었다. 그것은 그가 절대 물리지 않는 장면으로서, 채널 1의 텔레비전 프로그램인 철야 영화와 다름없었다.

거기에는 그가 찾는 들쭉날쭉한 S자 모양이 전혀 없었다. S자 모양은 특정 정신분열증질의 인성 유형이 동반하는 것이었다. 다양성을 빼고는 전체적인 모양에 전혀 특이한 것이 없었다. 단순한 뇌는 비교적 단순한 상하 움직임들의 패턴을 만들어 내며 그것을 되풀이하는 것이 다이다. 그런데 이것은 단순한 뇌가 아니었다. 그것의 움직임은 미묘하고 복잡했으며, 그 반복은 빈번하지도 단조롭지도 않았다. 증대기의 컴퓨터가 그것을 분석할 터이지만, 분석 자료를 볼 때까지 하버는 패턴 자체가 복잡하다는 것 말고는 아무런 독특한 요소도 분리해 낼 수 없었다.

환자에게 수정 공을 그만 보고 눈을 감으라고 명령하면서, 그는 거의 즉각적으로 강력하고 깨끗한 12사이클의 알파파 기록을 얻었다. 그는 뇌를 가지고 좀 더 장난치면서, 컴퓨터 기록을 얻고 최면의 깊이를 시험했고, 그러고 나서 말했다.

"이제, 존……"

아니지, 환자의 이름이 대체 뭐였더라?

"조지. 이제 당신은 1분 내로 잠들 겁니다. 깊은 잠에 빠질 것이고 꿈을 꿀 거예요. 하지만 내가 '안트베르펜'이라고 말할 때까지는 잠들지 않습니다. 내가 그 말을 하면, 당신은 잠들 것이고, 내가 당신의 이름을 세 번 말할 때까지 잠들어 있을 겁니다. 이제 당신이 잠들면, 꿈을, 그러니까 좋은 꿈을 꿀 겁니다. 하나의 선명하고 유쾌한 꿈입니다. 전혀 나쁜 꿈이 아니에요, 유쾌하면서도 아주 선명하고 생생한 꿈입니다. 당신은 깨어날 때 확실히 그 꿈을 기억할 겁니다. 그것은……"

그는 잠시 망설였다. 아무것도 계획해 놓지 않았기에 떠오르는 대로 말했다.

"말에 대한 것입니다. 커다란 구렁말이 들판에서 뛰고 있어요. 주변을 달립니다. 당신은 그 말에 타고 있거나 잡고 있거나, 아니면 그냥 지켜보고 있을 수도 있어요. 하지만 그 꿈은 말에 대한 꿈입니다. 생생한……"

저 환자가 썼던 단어가 뭐더라?

"말에 대한 '효력 있는' 꿈이지요. 그 후로는 아무 다른 꿈도 꾸지 않습니다. 그리고 내가 당신의 이름을 세 번 부르면 당신은 차분하게 쉬는 느낌으로 깨어날 겁니다. 이제, 당신을 잠 속으로 보낼 겁니다…… 말합니다…… 안트베르펜."

그 말에 순종적으로, 스크린에서 살짝 춤추던 선들이 변하기 시작했다. 선들은 점점 더 강하고 느려졌다. 이내 2단계의 수면 축들이 나타나기 시작했고 4단계의 길고 깊은 델타파의 기미가 보였다. 그리고 뇌의 리듬이 바뀌면서, 그 춤추는 에너지가 거주하는 진득한 물질도 변화했다. 두 손은 느리게 호흡하는 흉곽 위에 느슨히 놓여 있고, 얼굴은 무심하며 움직임이 없었다.

증대기는 이미 깨어 있는 뇌 패턴의 완전한 기록을 얻었다. 지금은 동기성 수면 패턴을 기록하고 분석하는 중이었다. 증대기는 곧 환자의 비동기성 수면 패턴들의 처음 정보를 수집할 것이고, 이렇게 첫 번째 꿈속에서조차도 그 패턴들을 수면 중인 뇌에 다시 공급하여, 자신의 전자기적 방출을 증폭시킬 것이다. 실로 이제 그렇게 할 터였다. 하버는 잠시 기다려야 할 거라고 예상했다. 그러나 최면 암시에 환자의 장기간 박탈당하다시피 한 꿈들이 더해져 오르를 바로 비동기적 상태로 밀어 넣었다. 2단계에 도달하자마자 그는 재상승하기 시작했다. 스크린에서 느릿느릿 춤추는 선들이 이따금 한 번씩 큰 파형을 그렸다. 그러더니 다시 급격히 상하로 움직이기 시작했다. 점점 빨라지며 요동쳤는데, 빠르고 일치하지 않는 박자를 취했다. 이제 뇌교는 활동적이었고, 해마상 융기로부터 자동 기록 장치가 그리는 선은 5사이클, 그러니까 세타파를 보여 주었는데, 그것은 이 환자에게서 분명하게 나타나지 않았던 것이었다. 손가락들이 조금 움직였다. 감긴 눈까풀 아래 눈이 움직이며 뭔가를 주시하고 있었다. 입술이 심호흡을 하느라 벌어졌다. 잠든 이는 꿈을 꾸었다.

때는 5시 6분이었다.

5시 11분에 하버는 증대기의 검은색 꿈 단추를 눌렀다. 5시 12분에 깊숙하게 삐죽삐죽한 선과 동기성 수면의 축들이 다시 나타나는 것을 알아채고, 그는 환자에게 몸을 기울여 그의 이름을 분명하게 세 번 불렀다.

오르가 한숨을 쉬었고, 팔을 널찍하게 느즈러진 자세로 움직이며 눈을 떴고, 정신을 차렸다. 하버는 몇 번의 능숙한 동작으로 그의 두부에서 전극들을 떼어 냈다.

"기분은 괜찮습니까?"

그가 상냥하고 자신 있게 물었다.

"좋아요."

"그리고 당신은 꿈을 꾸었죠. 거기까지 내가 얘기할 수 있겠군요. 그 꿈에 대해서 얘기해 주겠습니까?"

"말이었어요."

오르가 자다가 깨서 여전히 어리둥절한 채 쉰 목소리로 말했다. 그는 몸을 일으켜 세웠다.

"말에 대한 거였어요. 저거요."

그러고는 하버의 사무실을 장식하고 있는 창문 크기의 사진 벽장식을 가리켰다. 멋진 경주용 종마인 태머니홀이 풀숲 우거진 목장에서 놀고 있는 사진이었다.

"그에 대해 무슨 꿈을 꾸었나요?"

하버가 즐거워하며 말했다. 첫 번째 최면에서 꿈 내용에 최면 암시가 효과가 있을 거라고는 확신하지 못했기 때문이다.

"그 꿈은…… 그러니까, 나는 저 들판을 걷고 있었어요, 말은 먼 곳에 멈춰 서 있었고요. 그러고 나서 말이 내 쪽으로 뛰어왔는데, 잠시 후 그것이 나를 쓰러트리리라는 것을 깨달았어요. 하지만 나는 겁먹지 않았습니다. 아마 그것의 굴레를 잡을 수 있거나, 몸을 날려 탈 수 있을 거라고 판단한 것 같아요. 그것이 실제로 나를 해칠 수는 없음을 알고 있었습니다. 그것은 당신의 사진 속의 말이지, 진짜 말이 아니었

으니까요. 모두 일종의 게임이었어요…… 하버 박사님, 저 사진에 대
해서 뭔가가…… 이상하지 않으세요?"

"글쎄요, 저게 정신과 의사의 진료실에 지나치게 극적이라고 생각
하는 사람들도 있긴 합니다, 약간 위압적이라고. 소파 바로 맞은편에
실물 크기의 성적인 상징이 있으니까요!"

하버는 웃음을 터뜨렸다.

"저게 한 시간 전에 저기 있었나요? 그러니까, 내가 들어왔을 때에
는 후드 산의 전경이 아니었냐는 거예요…… 내가 그 말에 대한 꿈을
꾸기 전에요."

오 맙소사 저건 후드 산이었어 저 사람이 맞았어

저건 후드 산이 아니었어 후드 산일 리가 없어 저건 말이었어 저건
'말'이었어

저건 산이었어

말 저것은 말이었어 저것은……

그는 조지 오르를 빤히, 멍하니 응시하고 있었고, 오르가 질문한 후
틀림없이 몇 초가 지났지만 간파당했을 리 없다, 자신감을 불러일으
켜야 했다. 그는 대답을 알고 있었다.

"조지, 당신은 저기에 후드 산의 사진이 있었다고 기억하나요?"

"그래요."

오르는 특유의 좀 구슬프지만 흔들림 없는 태도로 말했다.

"그래요. 그랬어요. 눈에 덮여 있었죠."

"흠."

하버는 판결을 내리듯 심사숙고하며 고개를 끄덕거렸다. 가슴 한가

운데의 무시무시한 한기는 이미 지나갔다.

"박사님은 아닌가요?"

그 사내의 눈, 그토록 묘한 빛을 띠었지만 맑고 직시하는 시선. 그것은 정신병자의 시선이었다.

"그래요, 유감스럽게도 나는 아닙니다. 그건 태머니홀, 과거 1989년에 세 번의 승리를 한 말이었어요. 그 경주들이 그렇네요, 우리의 식량 문제 때문에 좀 더 하등한 종들이 밀려나도록 하는 것은 부끄러운 일이오. 물론 말은 완벽하게 과거의 것이죠, 하지만 나는 저 사진을 좋아합니다. 말은 활력과 힘을 가졌어요…… 동물적인 면에서 보자면 완벽한 자기실현이지요. 정신과 의사가 인간의 심리학적인 면에서 성취하고자 애쓰는 것의 이상 같은 거랍니다, 하나의 상징이지요. 그것이 당신의 꿈 내용에 내가 암시한 것의 원천이에요. 물론, 나는 우연히 저걸 바라보았다가……"

하버는 벽장식을 흘끗 곁눈질했다. 물론 그것은 말이었다.

"하지만 들어 봐요, 당신이 제삼자의 의견을 원한다면 크라우치 양에게 물어봅시다. 그녀는 여기서 2년을 일했으니까."

"그녀는 그것이 내내 말이었노라 말할 겁니다."

오르는 차분하지만 슬픔에 잠겨 말했다.

"그것은 항상 말이었죠. 나의 꿈 이후로는. 항상 그랬습니다. 당신이 나에게 그 꿈을 암시했으니, 아마도 당신이라면 나처럼 이중의 기억을 가지고 있을지도 모른다고 생각했어요. 하지만 그런 것 같지 않네요."

그러나 그의 눈빛은 더 이상 우울한 표정이 아니었고, 투명함과 참을성, 도움을 바라는 조용하고 절망적인 호소를 띤 채 다시 하버를 바라보고 있었다.

이 남자는 병들었다. 치료받아야 했다.

"조지, 당신이 다시 왔으면 좋겠군요, 가능하다면 내일."

"글쎄요, 직장에 나가는데……."

"한 시간 일찍 떠서 4시에 여기로 와요. 당신은 자발적 치료를 받는 중이에요. 상관에게 얘기하고, 그에 대해서 아무 그릇된 수치심도 느낄 것 없어요. 인구의 82퍼센트가 한 번 이상은 자발적 치료를 받습니다, 31퍼센트가 강제 치료를 받는다는 것은 말할 필요도 없이. 그러니 4시에 여기 와서 작업에 들어가는 겁니다. 이 일로 우리는 효과를 볼 거예요. 자, 여기 메프로바메이트(정신 안정제의 한 종류 — 옮긴이) 처방전이 있어요. 그것은 비동기성 수면을 완전히 억압하지 않으면서 당신의 꿈들을 자제시킬 겁니다. 사흘마다 자동 약품 제조기에서 보충하면 됩니다. 꿈을 꾸거나, 당신을 겁먹게 하는 다른 경험을 하면, 밤이든 낮이든 나에게 전화해요. 하지만 그 약을 쓰면, 그럴 것 같지는 않네요. 그리고 당신이 기꺼이 나와 함께 열심히 치료를 받는다면, 더 이상 어떤 약도 필요 없어질 겁니다. 당신은 꿈들로 인한 모든 문제를 이겨 내고 완벽하게 벗어날 거예요, 그렇죠?"

오르는 아이비엠 컴퓨터용 처방 카드를 받으며 말했다.

"그게 위안이 되겠네요."

그는 자신 없고 불행하지만 유머를 잃지 않은 미소를 지었다.

"말에 대해 할 얘기가 하나 더 있어요."

머리 하나만큼 더 큰 하버가 그를 빤히 내려다보았다.

"그건 당신처럼 생겼어요."

오르가 말했다.

하버는 벽장식을 잽싸게 올려다보았다. 그랬다. 그 말은 크고 건강하고 털이 많고 불그스름한 누런색에 전속력으로 나아가고 있었다…….

"당신의 꿈속의 말이 나를 닮은 것 같다고요?"

하버는 재빨리 상냥하게 물었다.

"예, 그랬어요."

그 환자가 말했다.

오르가 가 버리자, 하버는 앉아서 태머니홀의 벽장식 사진을 거북하게 쳐다보았다. 그것은 그 사무실에 정말 지나치게 컸다. 빌어먹을, 전망 있는 창문 달린 사무실을 소유할 여력이 있다면 얼마나 좋을까!

3장

*하늘이 돕는 자를 우리는 천자(天子)라고 부른다. 사람들은 배울 수 없는 것을 배우려 한다. 행할 수 없는 것을 행하려 한다. 사리를 따질 수 없는 것을 따지려 한다. 이해될 수 없는 것에서 이해를 멈추는 것이 지극한 앎이다. 그것을 따르지 않는 사람들은 하늘의 물레 위에서 파괴될 것이다. ——「장자」, 23편

조지 오르는 3시 30분에 직장을 떠서 지하철역으로 걸어갔다. 그에게는 차가 없었다. 저축을 하여 폴크스바겐 증기 차를 사서 킬로미터당 세금을 낼 수도 있었지만, 그럴 필요가 어디 있담? 시내에는 자동차가 통제되어 있고, 그는 시내에 살았다. 그는 과거 1980년대에 운전하는 법을 배웠지만 차를 소유한 적은 한번도 없었다. 그는 포틀랜드로 돌아가는 밴쿠버 지하철을 탔다. 기차들은 이미 만원이었다. 그

---

* 저자는 장자의 「경상초편(庚桑楚篇)」에 언급된 '천균(天均, 옳은 것과 그른 것을 아울러 한 가지로 본다는 뜻으로서 만물이 고른 상태를 일컬음)'을 '하늘의 물레(lathe of heaven)'라고 옮겼다. 그러나 2004년 4월 미국의 저널리스트인 빌 모이어스와의 인터뷰에서 저자는 이렇게 말했다. "그것은 명백히 심한 오역이에요. 당시에는 그것을 몰랐습니다. 저 말이 나왔을 때 중국에는 물레가 없었답니다. 조셉 니덤(영국의 생화학자 겸 과학사학자로서 중국 문명에 관한 방대한 업적을 남김)이 내게 편지를 써서 '멋진 번역이지만, 틀렸소.'라고 말해 주었습니다."

는 사방에서 똑같이 몸으로 눌러 대는 힘에 지지를 받아 손잡이나 기둥이 닿지 않는 곳에 서 있었다. 가끔은 밀어붙이는 힘이 중력을 초과하여 발이 들린 채 떠 있기도 했다. 신문을 든 옆의 남자는 한번도 두 팔을 내리지 못하고 스포츠란에 얼굴을 묻은 채 서 있었다. 표제인 "빅 A-1 아프가니스탄 국경 근처 공습"과 부제 "아프가니스탄 침략 위협"에서 오르는 여섯 정류장 동안 한 글자만 멀거니 보았다. 신문 주인은 분투하여 활로를 찾아 가 버렸고, 그 자리는 초록색 플라스틱 접시 위에 두 개의 토마토가 대신했다. 그 위에 초록색 비닐 코트를 입은 노부인이 있었고, 그녀는 세 정류장을 더 오르의 왼발 위에서 있었다.

그는 이스트브로드웨이 정류장에서 몸싸움 끝에 나왔고, 언제나 빽빽한 일 끝난 군중 사이를 헤치고 윌러멧 이스트 타워를 향해 네 블록을 나아갔다. 콘크리트와 유리로 이루어져 거대하고 야하고 겉만 번지르르한 그 원주형 건물은 빛과 공기를 바라는 식물처럼 집요하게 비슷비슷한 빌딩들의 정글에서 경쟁했다. 거리 높이까지는 빛과 바람이 거의 들지 않았다. 거리는 온난했고 가랑비로 가득했다. 비야 포틀랜드(미국 서북부 오리건 주의 항구 도시 ─ 옮긴이)에서 오래된 것이지만, 3월 2일에 21도에 이르는 온난함은 현대에 생겨난 것으로서 대기 오염의 결과였다. 도시와 공업화로 인한 악취를 조속히 제어하지 못한 탓에 점증적이던 추세들이 20세기 중반에 이미 돌이킬 수 없을 만큼 한창에 이르러 있었다. 만일 이것이 가능하다면 말이지만, 대기 중에서 이산화탄소를 몰아내는 데 몇 백 년은 걸릴 터였다. 극지의 얼음이 계속해서 녹아 해수면이 높아지고 있었고, 뉴욕은 더욱더 늘어나는 온실 효과의 희생 도시들 중 하나가 될 터였다. 실로 보스니 워시(미국 동북부의 인구가 집중해 있는 거대 도시권 — 옮긴이)는 모두 위험했다. 거기에 약간의 보상은 있었다. 샌프란시스코 만이 이미 높아져 있었는데, 그것은 수백 제곱킬로미터에 이르는 쓰레기 매립지와 1848년 이후로 계속 그 속에 쏟아 버린 쓰레기를 뒤덮어 끝장낼 터였다. 포틀랜드의 경우는 만에서 130킬로미터쯤 떨어져 있고 그 도시와 바다 사이에 코스트 산맥이 있어서 올라오는 물에는 위협받지 않았다. 오로지 떨어지는 물이 문제였다.

오리건 주 서부는 항상 비가 왔었지만, 이제는 쉴 새 없이 착실하게 미적지근하게 내렸다. 그것은 영원히 억수같이 내리는 따뜻한 수프의 비 속에서 살아가는 것 같았다.

신도시들, 그러니까 우마틸라, 존 데이, 프렌치 글렌은 캐스케이드 산맥의 동쪽에 있었는데, 30년 전에는 사막이었던 곳들이다. 여름에는 여전히 지독하게 더웠으나, 290센티미터에 이르는 포틀랜드의 강우량과 비교하자면 1년에 114센티미터밖에 비가 오지 않았다. 집약 농업이 가능했고 사막은 꽃을 피웠다. 프렌치 글렌은 이제 인구 700만 명의 도시였다. 인구 300만에 아무런 성장 잠재력이 없는 포틀랜드는 진보의 행군에서 아주 멀리 뒤처져 있었다. 즉 포틀랜드에는 새로운 것이 없었다. 그렇다고 다를 바 있는가? 영양실조, 인구 과밀, 전반적인 환경오염은 일반 수준이었다. 구도시들에는 괴혈병과 발진티푸스, 간염이 좀 더 많았고, 신도시에는 갱단의 폭력과 범죄, 살인 사건이 좀 더 많았다. 쥐들이 이쪽으로 달리면 마피아들은 저쪽으로 달렸다. 조지 오르가 포틀랜드에서 사는 것은 항상 그곳에 살았기 때문이고 다른 곳에서의 삶이 더 나으리라고 또는 다르리라고 믿을 이유가 없기 때문이었다.

크라우치 양은 쌀쌀맞은 미소를 지으며 그에게 바로 들어가라고 했다. 오르는 정신과 의사의 진료실은 토끼굴처럼 늘 문이 여러 개일 거라고 생각했었다. 이 사무실은 그렇지 않았지만, 여기서 오고가며 우연히 서로 만날 것 같은 환자들은 두 배였다. 저 위에 의과대학 사람들은 하버 박사가 그저 몇 건 안 되는 정신과 업무만 보며 본래 연구자라고 했다. 그 말에 오르는 성공적이고 배타적인 사람을 떠올렸고, 그 의사의 명랑하고 권위적인 태도는 그것을 확인시켜 주었다. 그러나 오늘, 덜 초조한 상태에서 오르는 더 많은 것을 보았다. 그 사무실은 재정적 성공을 보증하는 백금과 가죽으로 뒤덮여 있지 않았고, 세속의 이해에 대한 과학적 무관심을 보증하는 넝마와 병들이 널려 있지도 않았다. 의자들과 소파는 비닐이었고, 책상은 목제 마감 재료를 성형해 입힌 금속제였다. 진짜는 없었다. 이가 하얗고 구렁말같이 털이 숭숭 나고 덩치가 거대한 하버 박사가 큰 소리로 말했다.

"안녕하시오!"

그 싹싹함은 거짓은 아니었지만 과장된 것이었다. 그 사내에게는 온정이 있고 사교성이 풍부했는데, 그것은 진짜였다. 그러나 그것은 전문가적인 매너리즘에 뒤덮여 있었고 의사 자신이 부자연스럽게 사용하는 탓에 왜곡되어 있었다. 오르는 의사에게서 호감을 사고 싶다는 소망과 도움이 되고 싶다는 욕망을 느꼈다. 그가 생각하기에, 의사들이란 자기밖에 확실히 존재하지 않으며, 그들이 도움을 줌으로써 다른 이들도 존재한다고 증명하고 싶어하기 때문이다. 하버가 그렇게 크게 "안녕하시오!" 하고 인사한 것은 대답을 얻으리라고 결코 확신하지 못했기 때문이다. 오르는 우호적으로 무슨 말을 하고 싶었지만, 개인적인 어떤 얘기도 적당해 보이지 않았다. 그래서 말했다.

"아프가니스탄이 전쟁에 들어갈 것 같네요."

"흠, 지난 8월부터 그럴 가능성이 있었지요."

의사가 자신보다는 세계 정세에 좀 더 밝을 거라는 사실을 알았어야 했다. 오르는 대개 정보에 아주 밝은 편이 아니었고 3주는 뒤떨어져 있었다. 하버가 말을 계속했다.

"그게 동맹국들을 흔들 것 같지는 않아요, 그것이 이란 쪽에 파키스탄을 끌어들이지 않는 한 말입니다. 만약 이란이 파키스탄을 끌어들이면 아마도 인도는 '이스라집트'에 이름뿐인 지원 이상을 해야 할 겁니다."

그 단어는 '신(新) 아랍 공화국―이스라엘 동맹'을 가리키는 말이었다.

"델리에서 굽타가 한 연설로 보아 그가 그 사태를 준비하고 있는 것 같지는 않군요."

"그건 계속해서 퍼지고 있어요."

오르가 부적절하고 기가 죽은 느낌으로 말했다.

"그러니까, 전쟁 말이에요."

"그것 때문에 걱정됩니까?"

"박사님은 그것 때문에 걱정되지 않나요?"

"엉뚱한 대답이군요."

의사는 털이 부숭부숭한 곰이 환하게 웃듯 미소를 지으며 말했다,

커다란 곰신처럼 말이다. 그러나 어제 이후로 그는 여전히 조심하고 있었다.

오르의 질문은 곧 걱정된다는 대답이었다. 마치 대답들이 자신과 상관없는 하나의 대상인 양, 질문자가 객관성을 가장하며 질문으로부터 자신을 제외시킬 수는 없는 법이다. 그러나 오르는 이러한 생각들을 입 밖에 내지 않았다. 그리고 그는 의사의 수중에 있었고, 확실히 그 의사는 자신이 현재 무슨 일을 하고 있는지 알았다.

오르는 사람들이 자기가 뭘 하는지 알 거라고 가정하는 경향이 있었다. 대체로 자신이 그러지 못하다고 짐작하기 때문인 듯했다.

"잘 잤습니까?"

하버가 태머니홀의 왼쪽 뒷발굽 아래쪽에 앉으며 질문했다.

"괜찮았어요, 감사합니다."

"꿈들의 전당에 다시 한 번 가 볼까요?"

하버는 빈틈없이 지켜보고 있었다.

"물론이고말고요, 그 때문에 제가 여기 있는 걸 테니까요."

오르는 하버가 일어나서 책상을 돌아 나오는 것을 보았고, 커다란 손이 자신의 목을 향해 뻗어 오는 것을 보았고, 그러고 나선 아무 일도 일어나지 않았다.

"……조지……"

자신의 이름이었다. 누가 불렀지? 아는 목소리가 아니었다. 메마른 땅, 메마른 공기, 귀에 굉음 같은 낯선 목소리. 빛, 무방향. 돌아갈 곳이 없다. 그는 깨어났다.

꽤 익숙한 방이었다. 그리고 꽤 낯익은 덩치 큰 남자. 그는 루디 게른라이히 디자인의 넉넉한 적갈색 옷을 입었고, 적황색 수염, 선의의 미소, 불투명한 짙은 색 두 눈을 지니고 있었다.

"뇌파 기록 장치상으로 보면 짧지만 생생한 꿈 같네요."

그 굵직한 목소리가 말했다.

"자, 들어 봅시다. 더 빨리 회상할수록 더 완전하니까."

오르는 일어나 앉으며 약간 어지러움을 느꼈다. 그는 소파 위에 있었는데, 거기에 어떻게 갔을까?

"글쎄요…… 대단하지는 않았어요. 다시 말 꿈이었어요. 내가 최면에 걸렸을 때, 다시 저 말에 대한 꿈을 꿀 거라고 말씀하셨나요?"

하버는 머리를 저었는데 긍정도 부정도 아니었고, 그러고 나서 귀를 기울였다.

"음, 마구간이었어요. 이 방이 그랬다고요. 밀짚과 말구유와 구석에 갈퀴 따위가 있었죠. 말이 그 속에 있었고요. 그 말은……"

대답을 기다리는 하버의 침묵은 어떤 둘러대기도 허락하지 않았다.

"그 말은 엄청나게 똥을 쌓아 놓았어요. 누렇고 김이 올라왔죠. 말똥이오. 그건 좀 후드 산처럼 보였어요, 북쪽에 작은 봉우리가 있는 것하며 모든 게요. 이 양탄자 위가 온통 말똥이었고 나한테도 좀 묻었어요. 그래서 나는 '이건 그저 산 그림일 뿐이야.'라고 말했죠. 그러고 나서 깨기 시작한 것 같네요."

오르는 얼굴을 들고, 하버 박사를 지나 그 뒤의 벽장식, 그러니까 후드 산의 벽 크기만 한 사진을 쳐다보았다.

그것은 좀 차분하고 예술품 같은 색조의 평화스러운 사진이었다.

하늘은 잿빛이고, 산은 차분한 갈색 또는 불그스레한 갈색이었고, 정상 근처에 하얀색의 반점들이 있었으며, 전경은 온통 어둑하고 형태 없는 우듬지들뿐이었다.

의사는 벽장식을 보고 있지 않았다. 그는 그 예리하고 불투명한 눈으로 오르를 지켜보고 있었다. 오르가 말을 끝내자 그는 웃음을 터뜨렸다. 크게 한참은 아니었지만 약간 들뜬 듯이 웃었다.

"잘되어 가고 있는 겁니다, 조지!"

"뭐가요?"

오르는 헝클어지고 바보 같은 기분을 느끼며 소파에 앉아 있었다. 잠 때문에 여전히 어지러웠는데, 아마 거기서 잠든 채 입을 벌리고 코를 골며 무기력하게 누워 있었을 것이다. 그러는 동안 하버는 그의 뇌가 비밀스럽게 춤추고 날뛰는 것을 지켜보며 무슨 꿈을 꿀지 얘기했을 것이다. 오르는 발가벗겨지고 소모된 느낌이 들었다. 그리고 뭘 위해서란 말인가?

분명히 그 의사는 말 벽장식을 전혀 기억하지 못했고 그들이 그에 관해 나누었던 대화도 마찬가지였다. 그는 새로운 현재에 합치되어 있었고 모든 기억이 현재로 이어졌다. 그러니 그는 전혀 아무런 도움도 될 수 없었다. 그러나 하버는 지금 사무실을 이리저리 성큼성큼 걸어 다니며 여느 때보다 더 큰 목소리로 떠들고 있었다.

"자! 첫째, 당신은 주문에 따라 꿈을 꿀 수 있고 그러고 있습니다, 최면 암시를 따르고 있는 거죠. 둘째, 당신은 증대기에 근사하게 반응하고 있어요. 그러므로 우리는 마취에 따른 혼수상태가 아니라도 빠르게 효율적으로 같이 일할 수 있습니다. 나는 약을 사용하지 않고 치료하는 것을 더 선호하거든요. 뇌가 스스로 행동하는 것이 화학적 자극으로 유발할 수 있는 어떤 반응보다 훨씬 환상적이고 복잡하답니다. 내가 증대기를 발전시킨 것이 그 때문이죠, 뇌에 자기 자극의 수단을 제공하기 위해서였지요. 깨어 있든 자고 있든 꿈을 꾸고 있든 뇌의 창조적이고 치유적인 능력은 사실상 무한하다오. 그 모든 자물쇠들에 맞는 열쇠만 찾을 수 있다면 말이지요. 꿈꾸기의 힘만으로는 정말 꿈도 못 꿀 일이죠!"

하버는 별 볼일 없는 농담을 할 때마다 여러 번 그랬듯 특유의 큼지막한 웃음을 터뜨렸다. 오르는 거북하게 미소 지었는데, 약간 아픈 곳을 찔린 듯한 인상을 주었다.

"이제 이 방향으로, 그러니까 당신의 꿈들을 이용하고, 그것들을 기피하거나 회피하지 않는 방향으로 당신을 치료해야 한다는 확신이 듭니다. 내 도움을 받아, 당신의 두려움에 직면해 그 속을 꿰뚫어 보는 겁니다. 조지, 당신은 자신의 정신을 두려워하고 있어요, 그 두려움을 견디며 살아갈 수 있는 사람은 없습니다. 하지만 두려워해야 할 까닭이 없어요. 당신은 당신의 정신이 제공할 수 있는 도움과, 그것을 이용하고 창조적으로 써먹을 방법들을 지금껏 알지 못했어요. 당신이 할 일은 자신의 정신적인 힘들로부터 숨지 않는 것, 그것들을 억압하지 않고 풀어 주는 것뿐이오. 우리는 함께 해낼 수 있습니다. 자, 그게 옳다고 생각되지 않나요? 해야 할 옳은 일이라고 말이지요."

"모르겠어요."

오르가 말했다.

하버가 그의 정신적인 힘들을 이용하느니, 써먹느니 하는 얘기를 할 때, 잠시 오르는 꿈을 꿈으로써 현실을 바꾸는 그의 능력을 뜻하는 줄 알았다. 하지만 확실히 그런 뜻이 아니니까 하버가 명확하게 얘기를 안 하는 게 아닐까? 오르가 필사적으로 확인을 바란다는 것을 알고 있으니, 만일 그가 확인해 줄 수 있다면 까닭 없이 말을 안 하고 있을 리는 없을 터였다.

오르는 가슴이 무너져 내렸다. 마취약과 각성제를 사용했을 때 그는 감정적으로 균형을 잃고 말았다. 그는 그것을 알고 있었고, 그러므로 계속해서 자신의 감정들과 싸우고 그것을 다스려야 한다는 것을 알았다. 그러나 이러한 실망은 다스릴 수가 없었다. 이제야 깨달았지만, 그는 작은 희망을 품었었다. 어제, 그 의사가 산이 말로 변한 사실을 알고 있다고 확신했었다. 하버가 처음의 충격 속에 안다는 사실을 숨기려고 한 것이 놀랍거나 걱정스럽지는 않았다. 틀림없이 하버는 자신에게조차 그것을 인정할 수가, 완전히 받아들일 수가 없었을 것이다. 오르 자신이 불가능한 일을 하고 있다는 사실에 직면하는 데에도 오랜 시간이 걸렸더랬다. 그래도 그는 하버가 그 꿈을 아니까, 그리고 자신이 그 꿈을 꿀 때 아마도 그 변화를 볼 수 있을 중심에 있었으니까 기억하고 확인해 줄지 모른다고 기대했던 것이다.

소용없다. 빠져 나갈 길이 없다. 오르는 여러 달 동안 그가 있던 곳에 있었다…… 홀로. 동시에 그리고 맹렬하게, 자신이 미쳤다는 생각과 미치지 않았다는 생각이 들었다. 그것만으로도 충분히 미쳐 버릴 것만 같았다.

그는 소심하게 말했다.

"효력 있는 꿈을 꾸지 않도록 박사님이 나에게 최면 후 암시(최면 상태에서 암시를 걸어 각성 상태 때 그에 따라 행동하게 하는 기법 — 옮긴이)를 주실 수 있나요? 왜냐하면 박사님은 내가 '꿈을 꾸도록' 암시하실 수 있으니까요…… 최소한 당분간은 그 방법으로 약에서 벗어날 수 있을 거예요."

하버는 책상 뒤에 자리를 잡고 곰처럼 몸을 웅크렸다.

"하룻밤 동안이라도, 그게 효과가 있을지는 매우 의심스럽소."

그는 아주 간단히 대답했다. 그러고 나서 갑자기 큰소리로 말했다.

"조지, 그건 당신이 가고자 했던 방향과 똑같이 헛된 방향이 아닙니까? 약이든 최면이든, 여전히 억압이라고요. 당신은 자신의 정신에서 도망칠 수 없어요. 당신은 그걸 압니다, 하지만 아직은 기꺼이 그것과 마주하려고 하지 않아요. 괜찮습니다. 이런 식으로 봐 봐요. 이제 당신은 여기, 소파 위에서 두 번 꿈을 꾸었죠. 그게 그렇게 나빴나요? 어떤 해라도 끼쳤나요?"

오르는 대답도 못할 만큼 의기소침해져서 머리만 저었다.

하버는 계속해서 떠들었고, 오르는 그에게 주목하려고 애썼다. 하버는 이제 공상들에 대해서, 그것들과 밤에 한 시간 반 정도의 수면 주기의 관계에 대해서, 그것들의 쓰임들과 가치에 대해서 떠들고 있었다. 그는 오르의 성미에 맞는 특정 유형의 공상이 있는지 물었다.

"예를 들어, 나는 종종 영웅적인 행동에 대한 공상에 잠깁니다. 내가 바로 영웅인 거죠. 나는 소녀를 구하거나 동료 우주 비행사를 구하고, 포위된 도시를 구하거나 온통 저주받은 행성을 구합니다. 메시아적인 꿈들, 자선가적인 꿈들이지요. 하버가 세상을 구하다! 그 공상들은 엄청난 유희죠…… 공상이 공상으로 끝나는 한. 우리는 모두 자아를 띄워 주는 그런 것이 필요하고, 그것을 공상들로부터 얻지요. 하지만 우리가 공상에 의존하기 시작하면, 현실에 대한 지침이 약간 흔들리게 됩니다…… 그래서 남태평양의 섬 유형의 공상들이 있는 겁니다, 굉장히 많은 중년의 관리직들이 거기에 골몰하죠. 그리고 숭고하게 고통당하는 순교자 유형의 공상, 사춘기의 각종 낭만적인 공상, 가학피학성 변태 성욕자 같은 공상 등등. 대부분의 사람들은 대개의 유형들을 인식하고 있습니다. 우리는 거의 모두 최소한 한 번은 경기장에서 사자들과 마주한 적이 있거나, 폭탄을 던지거나 적들을 멸하거나, 침몰하는 배에서 가슴 큰 여자를 구하거나, 베토벤의 10번 교향곡을 완성해 주거나 한 적이 있습니다. 당신은 어떤 스타일을 선호합니까?”

“아…… 탈출요.”

오르는 그를 도와주려 애쓰는 사내에게 대답하느라 정말로 기운을 끌어모아야 했다.

“달아나는 거요. 궁지에서 벗어나는 거 말입니다.”

“직장에서, 판에 박힌 지루한 일에서 말이지요?”

하버는 오르가 자신의 일에 만족한다고 믿지 않으려는 듯했다. 틀림없이 하버는 야망이 컸기에 어떤 사람한테는 야망이 없을 수도 있다고 믿기는 어려웠을 것이다.

“글쎄요, 제 말뜻은 도시, 인파에서라는 게 더 맞아요. 사방에 사람들이 너무 많아요. 그리고 신문 머리기사들. 모든 것에서요.”

“남쪽 바다로?”

하버가 그 특유의 곰이 웃는 듯한 웃음을 지으며 물었다.

"아뇨. 여기요. 나는 그다지 상상력이 풍부하지 않아요. 나는 도시 바깥 어디쯤에 오두막집을 갖는 공상을 해요. 아마도 코스트 산맥 너머 해묵은 숲이 아직 좀 있는 곳에요."

"실제로 한 채 구입할 생각을 해 봤습니까?"

"휴양 지방은 가장 값싼 지역, 그러니까 남쪽 오리건 황야 아래가 1에이커당 3만 8000달러쯤 해요. 해안가 전망이 있는 부지는 40만 달러쯤 하고요."

하버가 휘파람 같은 소리를 냈다.

"당신이 생각해 봤고…… 그렇게 당신의 공상들에 반응했다는 걸 알겠습니다. 이제 고맙게도 그 공상들은 해방되었습니다, 그렇죠! 흠, 한 번 더 할까요? 거의 반시간이나 남았으니."

"저기……."

"뭡니까, 조지?"

"내가 계속 기억하고 있도록 해 주세요."

그러자 하버 특유의 공들인 거절이 시작되었다.

"이제 당신이 알다시피, 주어진 모든 지시들을 포함하여 최면 동안 경험하는 것은 깨어 있을 때의 기억력에 막힙니다. 일반적으로 우리 꿈들의 99퍼센트를 기억해 내지 못하게 하는 것과 유사한 메커니즘 때문에 그렇지요. 그 장애물을 낮추면 내가 한 암시가 당신에게 서로 다른 갖가지 방향들을 가리키게 될 겁니다, 상당히 섬세한 문제인, 당신이 아직 꾸지 않은 꿈의 내용에 관해서 말이지요. 그것, 그러니까 그 꿈을 당신이 기억해 내도록 지시할 수는 있습니다. 하지만 나의 암시들에 대한 당신의 기억이 당신이 실제로 꾼 꿈에 대한 기억과 온통 뒤섞이는 것을 원하지 않아요. 나는 그것들을 분리시켰으면 합니다, 당신이 꾸어야 한다고 생각하는 꿈이 아니라 당신이 꾼 꿈에 대한 분명한 보고서를 얻기 위해서 말이지요. 그렇죠? 보다시피, 나를 믿어도 됩니다. 나는 당신을 돕기 위해 이 일을 하는 거예요. 당신에게 지나치게 많은 것을 요구하지는 않을 겁니다. 당신을 밀어붙이겠지만, 너무 세게 또는 너무 급하게 그러지는 않을 거예요. 나는 당신이 어떠한 악몽들도 꾸도록 하지 않을 겁니다! 나를 믿어요, 나는 당신만큼이나 이것을 끝까지 해내고 싶고 이해하고 싶습니다. 당신은 지적인 사람이고 협조적인 환자이지요, 그리고 그렇게 많은 근심을 그렇게 오랫동안 홀로 지니고 있었을 만큼 용기 있는 사람입니다. 우리는 해낼 겁니다, 조지. 나를 믿어요."

오르는 그를 완전히 믿지는 않았다. 하지만 그가 설교할 때는 반박할 수가 없었다. 게다가, 오르는 그를 믿고 싶었다.

오르는 아무 말 하지 않고, 소파에 누워 그의 목을 건드리는 커다란 손길에 복종했다.

"됐어요! 자! 무슨 꿈을 꿨나요, 조지? 들어 봅시다, 따끈따끈할 때."

오르는 메슥메슥하고 바보 같다는 느낌이 들었다.

"남태평양에 대한 뭐였는데…… 코코넛들하고…… 기억나지 않아요."

그는 머리를 문지르고 짧은 수염 아래를 긁고 심호흡을 했다. 차가운 물 한 잔이 간절했다.

"그런 다음에…… 당신이 그 대통령, 존 케네디와 걷고 있는 꿈을 꿨어요. 앨더 가였던 것 같아요. 나는 약간 뒤에서 같이 가고 있었는데, 당신들 중 한 사람을 위해 뭔가를 나르고 있었던 것 같아요. 케네디가 그의 우산을 올렸어요…… 나는 옛날 50센트 주화에 나온 것처럼 생긴 그의 옆모습을 보았어요. 그리고 당신이 말했죠. '각하, 더 이상은 그게 필요 없으실 겁니다.' 그러고는 우산을 케네디의 손에서 가져가 버렸어요. 그는 그 일에 화가 난 것 같았고, 뭐라고 했는데 나는 알아들을 수 없었어요. 하지만 비 오던 게 그쳐 있었고, 해가 나왔기에 그가 말했죠. '당신 말이 옳은 것 같군, 이제.' ……비가 그쳤군요."

"어떻게 압니까?"

오르는 한숨을 쉬었다.

"밖에 나가 보면 알 겁니다. 오늘 오후는 끝인가요?"

"나는 더 할 준비가 되어 있는데. 치료비는 정부에서 내잖습니까, 알지요?"

"나는 몹시 피곤해요."

"흠, 그러면 좋습니다, 내일을 위해 끝내도록 하지요. 들어 봐요, 우리가 밤에 만나면 어떻겠습니까? 당신은 평상시대로 잠들고, 최면술을 써서 꿈 내용을 암시하기만 하는 거죠. 그렇게 하면 당신의 근무 일이 온전해질 테고, 내가 근무하는 때는 대개 밤이니까요. 수면 연구자들이 잘 하지 않는 한 가지가 수면이라오! 밤에 만나면 엄청나게 능률이 올라갈 겁니다, 그리고 당신이 어떤 꿈 억제제도 사용할 필요가 없도록 해 줄 테고요. 한번 시도해 보겠습니까? 금요일 밤은 어때요?"

"데이트가 있어요."

오르는 말하고 나서 자신의 거짓말에 놀랐다.

"그러면, 토요일."

"좋습니다."

오르는 축축한 비옷을 팔에 걸치고 방을 떴다. 입을 필요는 없었다. 케네디 꿈은 강력한 효과가 있었다. 그는 이제 꿈을 꾸면 그것들을 확신했다. 그것들의 내용이 아무리 김빠진 것이라 하더라도, 꿈에서 깨면 매우 선명하게 기억할 수 있었고, 다치고 닳은 느낌이 들었다. 마치 두들겨 패는 압도적인 힘에 맞서느라 엄청난 육체적인 애를 쓴 다음처럼 말이다. 그 혼자서는, 한 달 또는 한 달 반에 한 번 이상 그런 꿈을 꾸지 않았었다. 그런 꿈을 꾼다는 '두려움'이 그를 괴롭혔기 때문이다. 이제, 증대기가 그를 계속해서 꿈 꾸는 수면 속에 있도록 하고, 최면 암시가 효력 있는 꿈을 꾸도록 강요했기 때문에 그는 이틀 사이에 네 번 중 세 번 효력 있는 꿈을 꾸었다. 또는, 하버가 단순한 이미지들의 중얼거림이라고 했던 코코넛 꿈을 빼면, 세 번 중 세 번 모두가 그랬다. 그는 녹초가 되었다.

비는 내리고 있지 않았다. 그가 윌러멧 이스트 타워의 문들을 나설 때 거리의 협곡들 위로 3월의 하늘은 높고 청아했다. 바람이 방향을 바꾸어 동쪽에서 불었는데, 때때로 윌러멧 계곡의 습하고 뜨겁고 칙칙하고 흐린 일기에 활기를 실어 주는 건조한 사막의 바람이었다.

더 깨끗한 공기에 조금 기운이 났다. 그는 두 어깨를 꼿꼿이 펴고 걸음을 떼면서 희미한 어지럼증을 무시하려고 했다. 아마도 그 어지럼증은 피곤과 근심에다가 평소와 다른 시각에 두 번의 짧은 선잠, 그리고 승강기를 타고 62개 층을 내려온 것이 조합된 결과일 것이다.

의사가 비가 그친 꿈을 꿀 거라고 얘기해 줬나? 아니면 케네디(이제 다시 생각해 보니, 케네디는 에이브러햄 링컨처럼 수염을 기르고 있었다.)에 관한 꿈을 꾸리라는 것이 암시였을까? 아니면 하버 자신에 대해서 말했나? 알 길이 없었다. 그 꿈의 효력 있는 부분은 비의 그침, 기상의 변화였다. 하지만 그것은 아무것도 증명하지 못했다. 효력을 나타내는 것이 꿈의 외관상 놀랍거나 두드러진 요소가 아닌 경우도 종종 있었다. 그의 잠재의식만이 아는 이유들 때문에, 케네디에게 자기가 덧붙인 부분들이 있었는지 의심스러웠지만 확실히는 알 수 없었다.

그는 끝없이 이어지는 타인들과 함께 이스트브로드웨이 지하철역으로 내려갔다. 표 기계에다 5달러짜리 동전을 집어넣어 표를 받고 차를 타서 강 아래 어둠 속으로 들어갔다.

현기증이 몸과 마음속에서 점점 심해졌다.

강 아래를 가는 것. 그것은 하기에도 이상한 일이고 정말로 희한한 생각이었다.

강을 건너기 위해, 걷거나 헤쳐서 나아가거나 헤엄치는 것, 보트나 페리, 다리, 비행기를 이용해 끊임없이 새로 생겨나고 시작되는 물의 흐름 속에 상류나 하류로 가는 것, 그 모든 것은 말이 된다. 그러나 강 아래를 가면서는 별난 생각이 끼어든다. 길들은 머릿속에 있고 그 바깥에 있는 것은 목적지에 이르기 위해 잘못 선택한 길은 돌아가야 함을 분명하게 보여 주는 장식뿐이라는 것이다.

윌러멧 강 아래에는 트럭과 기차를 위한 아홉 개의 터널이 있고,

강을 가로지르는 16개의 다리가 있었으며, 강을 따라서 43킬로미터에 이르는 콘크리트 제방이 있었다. 그 강과 포틀랜드 중심으로부터 몇 킬로미터쯤 하류에서 합류하는 큰 컬럼비아 강에 대한 치수는 아주 잘 발달되어 있어 가장 길고 맹렬한 비가 온 후라도 양쪽 강 모두 15센티미터 이상 물이 불지 않았다. 윌러멧 강은 그 환경에 유용한 요소로서, 가죽끈과 쇠사슬, 손잡이, 안장, 재갈, 뱃대끈, 밧줄 들로 마구가 채워진 아주 크고 유순한 역축 같았다. 만일 그 강이 유용하지 않았다면 물론 그 도시의 언덕으로부터 거리와 건물 들 아래 어둠 속을 달리는 수많은 실개천과 개울 들처럼 콘크리트로 뒤덮였을 것이다. 포틀랜드가 항구가 된 것은 그 강 때문이었다. 선박들과 길게 열을 이룬 바지선들, 그리고 재목들로 이루어진 큰 뗏목들이 여전히 그 강을 오갔다. 그래서 트럭과 기차와 약간의 자가용차 들은 강 위로 가거나 강 아래로 가야 했다. 지금 브로드웨이 터널 속에서 GPRT 기차를 타고 가는 사람들의 머리 위로는 어마어마한 바위와 자갈들이 있고 엄청난 물이 흘렀으며, 선창의 짐과 원양 항행선의 석탄들이 있고, 거대한 콘크리트 지지물인 고가 고속도로와 통행로가 있고, 냉동 전기 통닭을 실은 증기 트럭들의 행렬이 있고, 5만 5000킬로미터 높이에 제트기 한 대가 있고, 4.3광년 떨어진 곳에는 별들이 있었다. 조지 오르는 강 밑의 어둠에 잠긴 열차의 명멸하는 휘황한 빛 가운데 파리한 모습을 한 채, 수천 명의 사람들 사이에서 가죽끈에 달린 춤추는 강철 손잡이를 잡고 흔들리며 서 있었다. 그를 내리누르는 묵직함, 끝없이 압력을 가하는 무게감을 느꼈다. 나는 악몽 속에 살고 있어, 가끔 잠에서 깰 뿐이지.

유니언 역에서 사람들이 내리며 부닥치고 난폭하게 떠미는 통에 마음속에서 이렇게 설교처럼 장황한 생각이 깨졌다. 그는 가죽끈에 달린 손잡이를 잡고 있는 데 전념했다. 여전히 어지러움을 느끼며, 손잡이를 놓쳐 밀어붙이는 힘에 완전히 굴복했다간 병이 날지도 모르겠다는 걱정이 들었다.

열차가 몹시 신경에 거슬리는 포효 소리와 고음의 꿰뚫는 듯한 쇳소리가 고르게 뒤섞인 소음을 내며 다시 출발했다.

전체적인 GPRT 시스템은 겨우 15년밖에 되지 않았는데, 자가용차 경제가 쇠락하는 중에 열등한 자재들을 가지고 뒤늦게 허겁지겁 세워졌다. 사실 열차 차량들은 디트로이트에서 지어졌는데 그것들은 쓸 만하고 견고해 보였다. 도회지 사람이자 늘 지하철을 타고 다니는 사람인 오르는 그 무시무시한 소음이 들리지도 않았다. 겨우 서른 살이었지만, 그의 청각 신경의 말단들은 엄청나게 반응이 무뎌져 있었고, 소음은 단지 악몽의 일상적인 배경이었다. 그는 가죽끈에 달린 손잡이를 확실히 확보한 채 다시 생각에 빠져 있었다.

그가 부득이 그 주제에 관심을 갖은 후로 늘, 마음이 대부분의 꿈들을 기억하지 못한다는 것은 당황스러웠다. 공상에서든 꿈속에서든, 의식적이지 않은 사고는 명백히 의식적인 기억에 쓸모가 없었다. 하지만 최면 동안 그가 무의식이었나? 아니었다. 말짱하게 깨어 있다가 마침내 자라는 말을 들었다. 그러면 왜 기억할 수 없을까? 그것이 걱정스러웠다. 하버가 뭘 하고 있는지 알고 싶었다. 예를 들어, 오늘 오후의 첫 번째 꿈. 의사는 그저 다시 말에 대한 꿈을 꾸라고 얘기한 것일까? 그리고 자신이 말똥을 덧붙인 것이라면, 그건 민망했다. 아니,

만약 의사가 구체적으로 말똥을 덧붙인 것이라면, 또 다르게 민망한 일이었다. 그리고 사무실 카펫 위에서 김이 올라오는 크고 누런 거름더미로 끝나지 않았으니 아마도 하버가 운이 좋았던 것이다. 물론 어떤 의미에서는 그렇게 되었다. 그 산 사진 말이다.

오르가 엉덩이를 찔린 것처럼 몸을 곧추세웠을 때, 열차는 쇳소리를 내며 앨더 가 역에 들어서고 있었다. 그 산. 예순여덟 명의 사람들이 밀치락달치락 그를 스치며 문들 쪽으로 나아갈 때 그는 생각했다. 그 산이야. 그가 내 꿈속에서 그 산을 되돌려 놓으라고 암시한 거야. 그래서 내가 말을 산으로 바꾼 거지. 하지만 그가 나더러 산을 제자리에 돌려놓으라고 말한 게 맞다면 그는 '전에 말이 거기에 있었다는 것'을 알고 있다는 거야. 그는 알고 있었어. 첫 번째 꿈이 현실을 바꾸는 것을 보았어. 그 변화를 보았다고. 그는 나를 믿고 있어. 나는 미치지 않은 거야!

그래서 커다란 기쁨이 오르를 채웠고, 이런 생각들을 하는 동안, 그 객차에 우겨넣어져 있던 마흔두 명의 사람들 가운데 그에게 가장 가까이 있던 예닐곱 명은 희미하지만 분명한 자비심 또는 안도감을 느꼈다. 손잡이 끈을 오르에게서 뺏는 데 실패했던 여자는 물집 때문에 느끼던 날카로운 고통이 고맙게도 사라진 것을 느꼈다. 그의 왼쪽에 눌려 있던 남자는 갑자기 햇살을 느꼈다. 그의 바로 앞에 쭈그리고 앉아 있던 늙은이는 잠시 자신이 배고프다는 사실을 잊었다.

오르는 생각이 빠른 사람이 아니었다. 사실, 그는 사리를 따지는 사람이 아니었다. 그는 논리의 투명하고 단단한 얼음 위를 지치고 나아가거나 상상의 후류에 높이 치솟지 않고, 실존의 힘겨운 지반을 터벅 터벅 걸으며 꾸준히 나아가는 느린 방법을 통해 어떤 생각들에 이르렀다. 그는 논리적 연관성들을 보지 못했는데, 그것들을 보는 것이 바로 지성의 특성이다. 대신 그는 그것들을 '느꼈다'…… 배관공처럼. 그는 아둔한 사람이 아니었지만, 쓸 수 있을 만큼의 반도 머리를 쓰지 않았다. 또는 가능한 정도의 반만큼도 빠르게 쓰지 않았다. 그는 로스 아일랜드 브리지 웨스트에서 지하철에서 내려 언덕을 몇 블록 걸어 올라갔다. 승강기를 타고, 강철과 싸구려 콘크리트로 지어진 자산 수입자들의 22층짜리 코벳 분양 아파트("시내에서 저비용으로 우아한 생활을!") 18층에 있는 255×330센티미터 크기의 원룸으로 향했다. 그리고 벽냉장고에서 맥주 한 병을 꺼내어 창문(바깥쪽 방을 얻느라 두 배의 방값을 치렀다.) 앞에 서서 한동안 거대하게 번쩍이는 고층 건물들로 가득하고 빛과 활기가 넘치는 포틀랜드의 서쪽 언덕들을 바라보고 있다가, 마침내 이런 생각이 들었다. 왜 하버 박사는 내가 효력 있는 꿈을 꾸는 것을 안다고 얘기하지 않았을까?

그는 이 질문에 대해 한동안 곰곰 생각했다. 이리저리 생각하며, 답을 밝혀 보려고 하다가 그것이 아주 복잡한 문제임을 깨달았다.

그는 생각했다. 하버는 알아, 이제 그 벽장식이 두 번 바뀌었다는 것을. 왜 그가 아무 말 하지 않았을까? 그는 내가 미쳤을까 봐 걱정하는 것을 틀림없이 알아. 나를 돕고 있노라 말하고. 만약 내가 보는 것을 그도 볼 수 있음을 얘기해 줬다면, 그게 그저 망상이 아님을 얘기해 줬다면 굉장한 도움이 되었을 텐데.

오르는 느릿느릿 한참 맥주를 들이켜고 나서 생각했다. 그는 이제 알아, 그 꿈이 비를 멈췄다는 것을. 하지만 내가 꿈이 그렇게 한 거라고 말했을 때 그는 보러 가지 않았어. 겁났던 거야. 아마도 그 때문인 것 같아. 그는 이 모든 일에 겁을 먹었고 좀 더 알아내고 나서야 그것에 대해 정말 어떻게 생각하는지 말해 주고 싶은 거지. 글쎄, 그를 탓할 수는 없어. 겁먹지 않았다면 그게 이상한 일일 테지.

하지만 궁금해, 일단 그가 그 생각에 익숙해지면 무슨 일을 할지…… 그가 어떻게 내 꿈들을 멈출지, 어떻게 내가 상황들을 바꾸지 못하도록 할지 궁금해. 그만했어야 하는데. 이건 도가 지나쳤어, 지나쳤다고……

그는 머리를 저었고 활기로 뒤덮인 환한 언덕들로부터 돌아섰다.

4장

아무것도 지속되지 않고, (현학자들의 정신을 제외하고는) 아무것도 정확하고 확실한 것이 없으며, 완벽이란 어쩔 수 없는 약간의 부정확함을 단순히 부인하는 것일 뿐인데 이 부정확함이야말로 '존재'의 가장 수수께끼 같은 특성이다. ── H. G. 웰스, 「현대의 유토피아」

'포먼, 에셔벡, 굿휴 앤 루티' 법률 사무소는 사람이 사용할 용도로 개조된 1973년도 주차 건조물에 있었다. 포틀랜드 도심의 좀 더 낡은 많은 건물들이 이런 건물들에 속했다. 한때 정말로 포틀랜드 도심의 대부분은 자동차를 주차시킬 공간들로 이루어져 있었다. 처음에는 대개 요금소나 주차 미터기들이 눈에 띄는 아스팔트 평지가 이러한 공간들이었는데, 인구가 증가하면서 그것들도 늘어났다. 실로 자동 승강기 주차 건조물은 포틀랜드에서 옛날에 발명된 것이었다. 그리고 자가용차들이 자신의 배기가스 속에서 질식사하기 전에, 경사진 스타일의 주차 건물들이 15층, 20층까지 올라갔다. 80년대 이후로 이 모든 건물들이 고층 사무실이나 아파트 건물들을 위한 공간을 확보하기 위해 해체되지는 않았다. 일부는 개조되었다. S. W. 번사이드 209번지, 이 건물도 여전히 희미하게 독한 휘발유 냄새가 났다. 시멘트 바닥은 무수한 엔진들의 배설물로 얼룩져 있었고, 공룡처럼 시대에 뒤떨어진 차들의 바퀴 자국들이 소리가 울리는 큰 홀들의 먼지 속에서 화석화되었다. 모든 층들이 묘하게 경사지고 뒤틀려 있었는데, 근본적으로 나선형의 경사진 건축 방식 때문이었다. '포먼, 에셔벡, 굿휴 앤 루티' 사무실들에서는 결코 똑바로 서 있다는 확신이 들지 않았다.

르라셰 양은 펄 씨의 겸용 사무실과 자신의 겸용 사무실을 갈라놓는 서가들과 서류철들의 칸막이 뒤에 앉아 자신을 흑거미라고 생각했다.

거기에 그녀는 독을 품고 앉아 있었다. 단단하게, 반질거리며, 독을 품고. 기다리고 기다렸다.

그리고 제물이 왔다.

타고난 제물이었다. 머리카락은 어린 계집애의 것처럼 갈색에 섬세했고, 금발의 턱수염이 조금 났다. 연약하고 하얀 피부는 물고기의 배 같았다. 순하고 온화하고 말을 더듬거렸다. 제길! 그를 밟으면 우두둑 소리조차 나지 않을 듯했다. 그가 얘기하는 중이었다.

"음, 나, 나는 그게 문제라고, 그러니까 일종의 개인적 자유의 권리 문제라고 생각해요…… 프라이버시의 침해요, 내 말뜻은 그거예요. 하지만 확실하지는 않아요. 그 때문에 조언을 바라는 겁니다."

"흠. 얘기해 봐요."

르라셰가 말했다.

그 제물은 얘기를 시작할 수 없었다. 그의 더듬더듬 말하던 기관이 말라붙었기 때문이다.

그녀는 에셔벡이 미리 전달한 노트를 참조했다.

"당신은 자발적 치료를 받는 중이군요. 자동 약품 제조기의 약물 처방을 관리하는 연방 규제법 위반으로요."

"그래요. 정신과 치료에 동의하면 기소되지 않거든요."

"그게 요점이죠, 맞습니다."

변호사는 무미건조하게 말했다. 그 사내에게서 정확히 말하자면 정신이 박약한 사람이 아니라 불쾌감을 일으킬 정도로 단순하다는 인상을 받았다. 그녀는 목청을 가다듬었다.

그도 목청을 가다듬었다. 원숭이는 보는 대로 따라 한다.

점차, 몹시 동요하면서, 그는 기본적으로 최면이 야기한 잠과 꿈꾸기로 이루어진 치료를 받는 중이라고 설명했다. 그는 그 정신과 의사가 자신에게 특정한 꿈을 꾸도록 주문함으로써, 1984년의 신헌법에 정의되어 있는 개인적 자유에 대한 그의 권리들을 침해하고 있을지도 모른다고 생각했다.

르라셰가 말했다.

"글쎄요. 그와 같은 사건이 지난해 애리조나 주에서 발생했죠. 자발적 치료를 받고 있던 남자가 그에게 동성애적인 성향을 주입하려고 했다는 이유로 치료사를 고소하려고 했어요. 물론 그 정신과 의사는 단순히 표준적인 조건 형성 기술들만 사용했는데, 고소인이 실제로 지독하게 억눌린 동성애자였던 거예요. 그는 그 사건이 법정에 가기도 전에 피닉스 파크 한가운데에서 대낮에 열두 살짜리 소년에게 비역질을 시도하다가 체포되었어요. 그는 결국 테하차피의 강제 치료소로 보내지고 말았죠. 글쎄요. 내가 말하고자 하는 것은 이런 종류의 주장을 할 때는 조심해야 한다는 거예요. 정부의 추천을 받고 있는 대부분의 정신과 의사들은 신중한 사람들이고 존경할 만한 개업의들이에요. 지금 당신이 어떤 실례, 그러니까 어떤 사건을 제시할 수 있다면 그게 진짜 증거로서 도움이 될 수도 있겠지요. 하지만 단순한 의혹들은 도움이 안 될 거예요. 사실, 그들은 당신을 강제 치료에 맡길지도 몰라요, 린턴에 있는 정신 병원 말입니다, 아니면 감옥이나.”

“그들이…… 그냥 또 다른 정신과 의사를 보내 줄 수도 있지 않을까요?”

“글쎄요. 진짜 이유 없이는 그러지 않죠. 의과 대학은 당신을 하버라는 의사에게 맡겼어요. 그리고 당신도 알다시피, 저쪽에 그 사람들은 유능해요. 만일 당신이 하버를 고소한다면 전문가로서 그 얘기를 들을 사람들은 의과 대학의 사람들일 가능성이 아주 크죠, 아마도 당신을 면담했던 사람들과 같은 이들일 거예요. 그들은 증거 없이 의사에게 맞서는 환자의 말을 받아들이지 않을 거예요. 이런 종류의 사례에서는 받아들이지 않죠.”

“정신병 사례 말이군요.”

그 내담자는 애처롭게 말했다.

“정확히 그렇죠.”

그는 잠시간 아무 말이 없었다. 마침내 그는 시선을 들었다. 깨끗하고 밝은 빛깔의 눈들로서 분노도 희망도 없는 표정이었다. 그는 미소를 짓고서 말했다.

“아주 감사했습니다, 르라셰 양. 당신의 시간을 허비해서 유감이군요.”

“이런, 잠시만요!”

그녀가 말했다. 그는 단순한 게 맞을 터였다, 하지만 확실히 미친 것처럼 보이지는 않았다. 심지어 신경이 과민해 보이지도 않았다. 그는 그저 절망적으로 보였다.

"딱 그렇게 쉽게 포기하지는 않아도 돼요. 당신이 승소할 사유가 전혀 없다고 말하지는 않았어요. 당신은 약에서 벗어나고 싶은데, 하버 박사는 현재, 당신 스스로 복용하던 것보다 더 많은 양의 페노바르비탈을 투여하고 있다면서요. 그건 영장 조사가 될 수도 있지요. 비록 그렇게 될지는 강력히 의심스럽지만. 하지만 개인적 자유의 권리에 대한 변론은 내 전문 분야이니, 거기에 프라이버시 침해가 있었는지 알고 싶군요. 나는 그저 당신이 나에게 당신의 사례를 얘기하지 않았다고 한 거예요…… 사례가 있다면 말이죠. 구체적으로, 이 의사가 무슨 일을 했나요?"

"얘기하면, 당신은 나를 미쳤다고 생각할 겁니다."

내담자는 우울하게 객관적으로 말했다.

"내가 그럴지 어떻게 알죠?"

르라셰는 추정에 반발했는데, 변호사로서 훌륭한 자질이긴 해도 그녀는 자기가 좀 심하다는 것을 알았다.

내담자는 똑같은 어조로 말했다.

"내가 이렇게 말했다면 말이죠…… 내 꿈들 중 일부가 현실에 영향력을 끼치는데, 하버 박사가 그것을 알아내어 이용하고 있다고…… 이런 내 재능을, 자신의 목적을 위해서 내 동의 없이 말입니다…… 이렇게 말했다면 당신은 내가 미쳤다고 생각했을 거예요. 아닌가요?"

르라셰는 두 손에 턱을 올린 채 잠시 그를 응시하다가 마침내 날카롭게 말했다.

"글쎄요. 계속해 보세요."

그는 그녀가 어떻게 생각할지 딱 맞췄지만, 그녀는 절대 그걸 인정하지 않았다. 어쨌든, 그가 미쳤다면 그래서 어떻다는 말인가? 이 세상에서 미치지 않고 살아갈 수 있는 정상적인 사람이 어디 있겠는가?

그는 잠시 자신의 두 손을 내려다보았는데, 생각을 정리하려는 게 분명했다.

"알다시피, 그는 기계를 갖고 있어요. 뇌파 기록 장치 같은 고안품인데, 뇌파에 대한 일종의 분석과 조사 결과를 제공해요."

"당신 말은 그가 비인간적인 기계를 소유한 미친 과학자라는 건가요?"

내담자는 희미하게 웃었다.

"내 얘기가 그런 식으로 들리나 보군요. 아뇨, 나는 그가 연구 과학자로서 아주 훌륭한 평판을 지녔으며, 순수하게 사람들을 돕는 데 헌신하고 있다고 믿어요. 그가 나나 누구에게 어떤 해도 끼칠 의도가 없다는 걸 확신합니다. 그의 동기들은 아주 숭고해요."

그는 한순간 그 흑거미의 마법이 풀린 시선과 마주쳤고 더듬거렸다.

"그, 그 기계요. 음, 그게 어떻게 작동하는지는 말씀드릴 수 없네요. 하지만 어쨌든 그걸 사용해서 나의 뇌가 계속해서 비동기적 상태에 있도록 해요. 그는 그걸 그렇게 부르죠…… 그건 당신이 꿈을 꿀 때 취하는 특별한 종류의 수면을 일컫는 용어예요. 평범한 잠하고는 약간 달라요. 그는 최면술로써 나를 잠에 빠트리고, 그런 다음에 이 기계를 켜서 내가 바로 꿈을 꾸도록 해요…… 사람들은 보통의 경우에 그러지 않는답니다. 내가 알고 있기로는 그래요. 그 기계는 확실히 내가 꿈을 꾸도록 하고, 또한 그 기계가 꿈 꾸는 상태를 더 강화하는 것 같기도 해요. 그러고 나면 나는 최면 때 그가 나더러 꾸라고 얘기해 준 꿈을 꾸지요.”

“글쎄요. 구식의 정신 분석 학자가 분석을 위해 꿈들을 얻는다는 것은 아주 확실한 방법론처럼 들리죠. 그런데 그게 아니라 최면 암시로 무슨 꿈을 꿀지 얘기해 준다고요? 그러니 내 추정으로는 그가 어떤 이유에서인지 꿈을 통하여 당신을 조건화하고 있는 것 같군요. 자, 최면 암시에 걸려 있는 사람은 거의 무엇이든 할 수 있고 한다는 사실은 잘 입증되어 있어요, 정상적인 상태에서 의식이 그것을 허용하든 안 하든 간에요. 그 사실은 지난 세기 중반 이후부터 알려져 왔고, 1988년에 ‘소머빌 대 프로잰스키’ 사건 이후에는 법률적으로도 입증되었지요. 글쎄요. 당신이 위험한 일, 그러니까 도덕적으로 반감을 갖게 될 일을 수행하도록 암시하기 위해 이 의사가 최면술을 사용해 왔다고 믿을 만한 근거가 있나요?”

내담자는 머뭇거리다가 말했다.

“맞아요, 위험해요. 꿈이 위험해질 수 있다는 것을 당신이 받아들인다면 그렇죠. 하지만 그가 나에게 뭔가를 하라고 지시하진 않아요. 그것들의 꿈을 꾸라고 할 뿐이죠.”

“글쎄요, 그가 암시하는 꿈들이 도덕적으로 반감을 품게 하나요?”

“그는…… 그는 악인이 아닙니다. 그는 도와주려고 해요. 내가 반대하는 것은 그가 나를 도구로써, 수단으로써 사용하는 거예요…… 설사 그의 목적이 선하다 할지라도요. 나는 그를 비난할 수 없어요……

내 자신의 꿈들이 부도덕한 효과를 미쳤으니까요. 내가 약물로 꿈들을 억누르고자 한 게, 이러한 궁지에 빠진 게 그 때문이죠. 그리고 나는 거기서 벗어나고, 약에서도 벗어나고, 치료받고 싶어요. 하지만 그는 나를 치료할 수 없습니다. 그는 나를 부추기고 있다고요."

잠시 아무 말이 없다가 르라셰가 말했다.

"무엇을 위해서요?"

"현실과 다른 꿈을 꾸어 현실을 바꾸기 위해서요."

내담자는 고집 세게, 희망 없이 말했다.

르라셰는 턱 끝을 다시 두 손 사이에 묻고 잠시 책상에서 시선이 가 닿는 가장 밑에 파란색 클립 상자를 빤히 내려다보았다. 내담자를 흘끗 보았다. 거기에 그는 지금껏 그랬듯 유순하게 앉아 있었지만, 이제는 만일 그녀가 밟아도 확실히 찌그러지지는 않을 거라는 생각이 들었다. 짓밟혀 깨어지지도, 금조차 가지 않을 터였다. 그는 묘하게 속이 꽉 찬 사람이었다.

변호사에게 오는 사람들은 방어적이거나 아니면 공격적이었다. 당연히, 그들은 뭔가를 얻으려고 애썼다…… 유산, 부동산, 법원 명령, 이혼, 위탁, 뭐든 간에. 저렇게 악의 없고 무방비한 친구가 뭘 얻으려 하는지 그녀는 가늠할 수 없었다. 그는 전혀 이해가 안 되는데도 그가 하는 소리는 이치에 맞는 것처럼 들렸다.

그녀가 신중하게 말했다.

"좋아요. 그래서 그가 당신의 꿈들이 하도록 시키는 일에 무슨 문제가 있지요?"

"나는 상황을 바꿀 권리가 없어요. 내가 그러도록 그가 시킬 권리도 없고요.”

맙소사, 그는 정말로 그걸 믿고 있었다. 완전히 빠져 있었다. 그런데도 그의 도덕적 확신은 그녀를 낚았다, 마치 그녀 역시 깊은 물속에서 헤엄치고 있는 고기인 양.

“어떻게 상황을 바꾸죠? 무슨 상황을요? 예를 달라고요!”

그녀는 그에게 어떠한 연민도 느끼지 않았다. 그러나 병자에게, 그러니까 현실을 조작하는 망상을 지닌 정신 분열증 환자나 편집증 환자에게는 당연히 연민을 느껴야 했다. 인용문을 부정확하게 쓰는 묘한 재주를 지닌 머들 대통령이 연두 교서에서 말했듯이 “인간의 영혼을 시험하는 우리 시대의 또 다른 피해자”가 여기 있었다. 그리고 뇌에 결함이 있는, 가엾고 비참하며 피 흘리는 피해자에게 지금 그녀는 못되게 굴고 있었다. 그러나 그에게 상냥해지고 싶은 기분이 들지 않았다. 그는 그것을 감내할 수 있었다.

그가 조금 숙고하면서 말했다.

“그 오두막이오…… 내가 그를 두 번째 방문했을 때였어요. 그는 공상들에 대해서 물었고, 그래서 나는 가끔 원생 보전 구역의 한 곳을 소유하는 공상을 한다고 말해 줬어요. 아시잖아요, 옛날 소설들에서처럼, 교외의 어떤 곳, 도망칠 수 있는 곳이오. 물론 나는 한 곳도 소유하지 않았죠. 누가 그러겠어요? 하지만 지난주, 그는 내가 그런 곳을 소유하는 꿈을 꾸도록 지시한 게 틀림없어요. 왜냐하면 이제는 있거든요. 네스코윈 근처, 사이유슬로 국유림 너머 정부의 땅에 30년을 임대한 오두막이 있다고요. 나는 배트카(배터리를 동력원으로 이용하는 자동차를 뜻함 ― 옮긴이)를 빌려 일요일에 운전해 가서 그것을 보왔어요. 아주 근사하더군요. 하지만……"

"왜 당신이 오두막집을 소유하면 안 되죠? 그게 부도덕한가요? 작년에 원생 보전 구역의 일부를 개방한 후로 많은 사람들이 그러한 집들의 추첨에 빠져 있답니다. 당신은 그저 엄청나게 운이 좋은 거예요."

"하지만 나에겐 오두막집이 없었어요. 아무에게도 없었죠. 그 공원과 숲들은 자연 보호 구역으로 엄격하게 보존되어 있었는데, 지금 그것들 중 남아 있는 것은 캠핑을 위한 변두리들뿐이에요. 거기에 정부가 임대한 오두막집이라곤 원래 한 채도 없었어요. 지난주 금요일까진요. 내가 그 오두막집들이 거기에 있는 꿈을 꾸기 전까진 말입니다."

"하지만, 봐요, 오르 씨, 나는 알고……"

"당신이 안다는 걸 압니다."

그는 상냥하게 말했다.

"나 역시 알아요. 지난해 봄에 국유림의 일부를 어떻게 임대하기로 결정했는지에 대해서 모두. 그리고 내가 신청했고, 추첨에서 당첨 번호에 걸렸고, 등등. 나는 지난주 금요일까지는 그것이 사실이 아니었다는 것 역시 알 뿐이에요. 하버 박사 또한 그걸 알죠."

그녀가 조소했다.

"그러면 지난주에 당신의 꿈이 오리건 주 전체에 대해서 과거로 거슬러 올라가 현실을 바꾸었고, 지난해 워싱턴의 결정에 영향을 미쳤고, 당신과 당신 의사의 기억만 빼고 모든 이의 기억을 지워 버렸다는 건가요? 어떤 꿈이! 그걸 기억할 수 있나요?"

"그래요."

그는 침울하긴 해도 확고했다.

"그건 오두막집과 그 앞에 있는 개천에 관한 꿈이었어요. 르라셰 양, 당신이 이 모든 얘기를 믿으리라고 기대하지는 않아요. 하버 박사 조차도 아직까지 그것을 정말로 이해했다고는 생각지 않아요. 그는 기다렸다가 그 일이 어떻게 벌어지는지 파악하려고 하지 않아요. 만일 이해했다면, 그 일에 대해서 좀 더 신중할 거예요. 그러니까, 그건 이런 식으로 작동해요. 그가 최면에 빠져 있는 나에게 방 안에 분홍색 개 한 마리가 있는 꿈을 꾸라고 말하면, 나는 그렇게 할 겁니다. 하지만 분홍색 개들이 자연의 이치에 맞지 않는 한, 실재의 일부가 아닌 한, 거기에 분홍색 개가 존재할 수는 없죠. 그러니 실제로 벌어질 일은 이렇겠죠. 나한테 분홍색으로 염색한 하얀 푸들 강아지가 있고 그 개가 거기에 존재할 어떤 그럴듯한 이유가 있거나, 아니면 만약 그가 진짜 분홍색 개여야 한다고 고집했다면, 내 꿈이 자연의 이치를 바꾸어 분홍색 강아지들도 포함했을 거예요. 사방에. 홍적세 후 또는 개들이 처음으로 모습을 드러낸 후 언제든지요. 그것들은 늘 검은색이나 갈색, 노란색, 흰색, 그리고 분홍색이었을 테죠. 그리고 그 분홍색 개들 중 한 마리가 홀 앞에서 돌아다니거나, 아니면 그의 콜리거나, 그의 접수원의 발바리거나, 뭔가였겠죠. 놀랄 만한 건 아무것도 없죠. 아무것도 부자연스럽지 않고요. 꿈은 저마다 그것의 궤적을 완벽하게 망라해요. 내가 깨어났을 때 거기에는 그냥 평범한 일상적인 분홍색 개 한 마리가 있을 거예요, 거기에 존재할 완벽하게 합당한 이유를 지니고서. 그리고 누구도 새로운 것을 인식하지 못할 테죠, 나를……그리고 그를 빼면요. 나는 두 개의 기억을 유지하고, 두 개의 현실을 유지해요. 하버 박사도 그렇고요. 그는 변화의 순간 거기에 있으므로, 그 꿈이 무엇에 대한 것인지 알아요. 그는 그것을 인정하지 않지만, 나는 그가 안다는 걸 압니다. 다른 모든 사람들한테는, 분홍색 개들이란 항상 존재했던 것이지요. 나와 박사에게는 존재했던 것이자……존재하지 않았던 것이죠.”

“이중의 시간 궤적, 대안 우주…… 옛날 심야 텔레비전 프로를 많이 보나요?”

르라셰가 말했다.

“아니요.”

손님이 대답했는데, 거의 그녀만큼이나 냉담했다.

“당신더러 이 얘기를 믿어 달라는 건 아녜요. 증거 없이는 당치 않죠.”

“글쎄요. 고맙군요!”

그는 큰 웃음에 가까운 미소를 지었다. 그는 상냥한 얼굴을 지녔다. 그래서 어쩐지, 마치 그녀를 좋아하는 것처럼 보였다.

“하지만 보세요, 오르 씨, 도대체 어떻게 내가 당신 꿈들에 대해 증거를 얻을 수 있겠어요? 특히 당신이 꿈을 꿀 때마다 홍적세 이후의 모든 것을 바꾸어 버림으로써 모든 증거를 파괴한다면?”

마치 희망이 찾아온 것처럼, 그가 돌연 격앙되게 말했다.

“당신이…… 당신이 내 변호사를 맡으셔서 내가 하버 박사와 면담할 때 한 번 참석시켜 달라고 요청하실 수 있나요…… 그래 주실 수 있어요?”

“글쎄요. 가능하죠. 타당한 이유가 있다면 그렇게 되도록 조종할 수 있지요. 하지만 이봐요, 프라이버시 침해 행위 사례일 가능성이 있는 일에 증인으로서 변호사를 부르는 건 치료사와 환자 관계를 완전히 결딴낼 수도 있어요. 당신이 그와 아주 좋은 관계를 유지하고 있는 것 같지는 않지만, 그건 밖에서 판단하기 어렵죠. 사실대로 말하자면, 당신은 그를 신뢰해야 해요, 그리고 알다시피, 어떤 점에선 그도 당신을 믿어야 하고요. 그를 당신 머릿속에서 떨쳐 버리고 싶어서 불쑥 변호사를 내민다면, 글쎄요, 그가 뭘 할 수 있겠어요? 그는 당신을 도우려고 애쓰는 것 같은데."

"그래요. 하지만 그는 나를 이용하고 있어요, 실험……"

오르는 더 말하지 않았다. 르라셰는 딱딱해졌다. 마침내, 거미가 먹잇감을 본 것이다.

"실험 용도로? 그가요? 뭐죠? 당신이 얘기한 기계…… 그건 실험적인 건가요? 보건 교육 후생부에서 승인이 났나요? 자발적 치료 동의서와 최면 동의서 말고 어떤 것에, 어떤 양도 계약서들에 서명했죠? 아무것도 없어요? 당신 말은 고소할 만한 타당한 이유가 있는 것처럼 들리는군요, 오르 씨."

"면담을 관찰하러 오실 수 있을까요?"

"아마도. 수행할 분야는 물론 사적 자유가 아니라 시민권이 될 거예요."

"하버 박사를 곤란하게 하려는 게 아님을 이해하시는 거죠?"

그가 걱정스러운 표정으로 말했다.

"그러고 싶지 않거든요. 그가 선의를 지니고 있다는 걸 알아요. 그저 나는 치료받고 싶은 겁니다, 이용되는 게 아니라."

　"만약 그의 동기들이 선하다면, 그리고 그가 인간 실험 대상에 실험적인 장치를 사용하고 있다면, 화내지 않고 그걸 당연한 일로서 받아들여야 해요. 그게 합법적이라면, 그는 아무 말썽에도 휘말리지 않을 거예요. 나는 이와 같은 일을 두 번 해 봤어요. 보건 교육 후생부에 고용되어서 했지요. 의과 대학에서 쓰일 새로운 최면 유도기를 지켜보는 것이었는데, 그것은 효과가 없었어요. 그리고 포리스트 그로브의 연구소에서 암시로 광장 공포증(넓은 장소에서 이유 없이 두려움을 느끼는 증상 ― 옮긴이)을 유발하여, 사람들이 군중 속에서 오히려 행복감을 느끼도록 하는 법을 증명하는 것을 지켜보았어요. 그건 효과가 있었지만 승인을 받지 못했죠. 우리는 그것이 사상 개조법에 해당된다고 판단했어요. 자, 당신의 의사가 사용하고 있는 거시기를 조사하기 위해 보건 교육 후생부의 명령서를 받을 수 있을 거예요. 그건 당신이 문제가 되지 않도록 해 줄 겁니다. 나는 당신의 변호사로 가지 않을 거예요. 사실 당신을 알지도 못하는 사람으로 갈 거예요. 보건 교육 후생부를 위해 공식적으로 인정받은 미국 자유 인권 협회의 감시자인 거죠. 그래서 이 일이 잘 안 되면, 당신과 의사는 전과 똑같은 관계로 남아 있게 될 거예요. 한 가지 문제는, 내가 ‘당신’의 면담에 초대를 받아야 한다는 건데."

　"그가 그 증대기를 사용하고 있는 정신병 환자는 나뿐이라고 말해 줬어요. 그는 여전히 그것을 고치는 중이라고…… 완벽하게 하는 중이라고 했습니다."

　"그렇다면 정말로 실험적이군요, 그가 그것을 가지고 당신에게 뭘 하고 있든지 말예요. 좋아요. 알겠습니다. 내가 할 수 있는 일을 알아볼게요. 서류들이 다 통과하려면 일주일이나 그보다 좀 더 오래 걸릴 거예요."

그는 괴로운 표정이었다.

"당신이 이번 주에 나를 없애 버리는 꿈을 꾸지는 않을 테죠, 오르 씨."

그녀는 딱딱한 목소리로 아래턱에서 딱딱거리는 소리를 내며 말했다.

"자진해서 그러진 않을 거예요."

그가 고마워하며 말했다…… 아니, 저런, 그건 감사의 마음이 아니 었다, 그건 호감이었다. 그는 그녀가 마음에 들었다. 그는 별 볼일 없 는 빌어먹을 정신병자였지만, 그녀를 좋아할 생각이었다. 그녀도 그 가 마음에 들었다. 그녀는 갈색의 손을 내밀었고, 그는 하얀 손으로 그 손을 맞잡았는데, 꼭 그녀의 어머니가 목걸이 상자 바닥에 항상 간 직했던 빌어먹을 배지 같았다. 어머니는 지난 세기의 한참을 거슬러 올라가 'SCNN'이든가 'SNCC'든가 하는 데에 소속되어 있었고, 배 지 그림은 검은 손과 흰 손이 마주 잡은 것이었다. 이런!

5장

미소를 띤 채, 윌리엄 하버는 오리건 꿈학 연구소의 계단을 성큼성큼 올라가 키 큰 편광 유리문을 지나 에어컨의 건조한 냉기 속으로 들어갔다. 겨우 3월 24일이었지만, 바깥은 이미 사우나 목욕탕 같았다. 그러나 내부는 서늘하고 깨끗하고 평온했다. 대리석 바닥, 신중하게 구비된 가구, 연마된 크롬 도금 재질의 접수대, 반질반질하게 잘 차려입은 접수 계원. 접수 계원이 인사했다.

"안녕하세요, 하버 박사님!"

홀에서 앳우드를 지나쳤는데, 그는 연구 병동에서 오는 중이었고 수면 중인 이들의 뇌파 기록을 지켜보면서 밤을 보낸 탓에 눈이 충혈되고 머리카락이 헝클어져 있었다. 그 일의 많은 부분은 이제 컴퓨터가 했지만, 컴퓨터로 프로그램되지 않은 정신이 필요할 때가 여전히 있었다.

"안녕하세요, 소장님."

앳우드는 웅얼거리듯 인사했다.

그리고 자신의 사무실에서 크라우치 양이 인사했다.

"안녕하세요, 박사님!"

그는 지난해 연구소장의 사무실로 옮겨 왔을 때 페니 크라우치를 데려온 것이 만족스러웠다. 그녀는 충성스럽고 영리했는데, 대형 복합 연구 기관의 상좌에 있는 남자는 자신의 사무실 밖에 충성스럽고 영리한 여자가 필요하게 마련이다.

그는 성큼성큼 안쪽의 사실로 들어갔다.

서류 가방과 서류철들을 소파에 내려놓으면서, 그는 두 팔을 쭉 뻗었고, 그러고 나서는 사무실에 들어서면 처음에 항상 그러듯이 창문으로 갔다. 구석에 있는 큰 창으로서, 동쪽과 북쪽으로 세상의 급속한 발전을 내다보고 있었다. 많은 다리가 놓아진 윌러멧 강의 만곡부가 언덕들 아래를 둘러싸고 있었다. 강 양쪽 편으로 도시의 무수한 고층 빌딩들이 봄 안개 속에 높고 흐릿했다. 교외는 시야 밖으로 후퇴하다가 마침내 먼 미개척지에 이르자 구릉들이 일어났다. 그리고 산지. 거대하지만 뒤로 물러서 있는 듯한 후드 산이 정상 주위에 구름을 품고 있었다. 북쪽으로 계속 올라가면 멀리 어금니처럼 애덤스 산이 솟아 있었다. 그러고 나면 세인트헬런스 산의 오염되지 않은 첨봉이 있고, 그 봉우리의 길고 완만하게 뻗은 잿빛 경사를 따라 더 멀리 북상하다 보면, 어머니의 치마 주위를 돌아다니는 어린아이처럼 작고 민둥민둥한 산꼭대기가 두드러졌다. 레이니어 산이었다.

그것은 영감을 불러일으키는 전망이었다. 볼 때마다 항상 기운이 솟구쳤다. 게다가 일주일간 내리 비가 오고 나서 기압이 올라갔고 강 안개 위로 해가 다시 났다. 수많은 뇌파 기록들로부터 기압과 정신적인 부담의 관계들을 충분히 인식하고 있기에, 쾌청하고 습기가 말라 가는 바람결에 정신과 몸이 떠오르는 느낌이 들 정도였다. '그렇게 떠 있도록, 날씨가 나아지도록 해야 해.' 비밀스러울 정도로 잽싸게 그는 생각했다. 동시에 마음속에서 형성된 아니면 형성되는 중인 일련의 생각들이 있었는데, 이러한 마음의 짧은 기록은 그 생각들과 전혀 상 관없었다. 그것은 순식간에 생겨났다가 마찬가지로 순식간에 기억 속 에서 날아가 버렸고, 마침 그는 사무 기록 장치를 켜서 정부 관련 과 학 연구 기관을 경영할 때 그에 따르는 많은 편지들 중 한 통을 읽기 시작했다. 물론 그것은 판에 박힌 일이지만 해야 했고, 그가 그것을 해야 하는 사람이었다. 자신의 연구 시간을 심하게 까먹긴 해도 그것 에 분노하지는 않았다. 그는 이제 보통 일주일에 대여섯 시간만 연구 실에 있었고, 물론 몇몇 이들의 치료를 감독하고 있기는 해도 그의 환 자는 한 명뿐이었다.

그러나 어떤 식으로든 한 명의 환자는 계속 유지했다. 어쨌거나 그 는 정신과 의사였다. 그가 수면 연구와 꿈학에 빠진 것은 애당초 치료 법상의 응용성들을 발견하기 위해서였다. 과학을 위한 과학이라는 고 립된 지식에는 관심이 없었다. 만일 그것이 쓸모없다면 배워 봤자 소 용없는 것이다. 당면 문제와의 관련성이 그의 기준이었다. 그래서 늘 한 명의 환자는 데리고 있었는데, 자신에게 기본적인 의무를 환기시 키기 위해서였고, 개개 인간의 장애가 있는 인성 구조에 관한 그의 연 구가 인간적 현실에서 동떨어지지 않게 하기 위해서였다. 인간을 제외하면 중요한 것은 아무것도 없기 때문이었다. 개인은 타인들에게 그가 미치는 영향력의 크기에 의해서, 상호 관련성의 범위에 의해서 전적으로 정의된다. 그리고 도덕이란 개인이 타인에게 행하는 선행, 사회 정치적인 통합체 속에 개인이 해야 할 기능의 충족으로서 정의되어야 하며 그렇지 않다면 완전히 무익한 용어이다.

그의 현재 환자인 오르가 오늘 오후 4시에 올 것이다. 그들은 야간에 면담하고자 하는 시도를 포기했기 때문이다. 그리고 크라우치 양이 점심시간에 환기시켜 주었듯, 어느 보건 교육 후생부 검사관이 오늘의 면담을 관찰하러 올 터였다. 증대기의 시행에 관하여 불법적이거나 부도덕하거나 위험하거나 불친절한 점 등등은 없는지 확인하기 위해서였다. 빌어먹을 정부의 호기심 같으니.

그것이 성공에 문제였다. 그리고 그것의 부수물로서 세상에 알려짐, 공공의 호기심, 직업적인 질시, 동료 그룹의 경쟁심들이 문제였다. 만일 그가 여전히 민간 연구자로 있으면서, P.S.U.의 수면 연구실과 윌러멧 이스트 타워의 평범한 사무실에서 꾸준히 일했다면, 그가 시장에 내놓을 준비가 되었다고 결정할 때까지 증대기에 대해서 아무도 주목할 기회가 없었을 것이고, 간섭받지 않은 채 그 장치와 그것의 실용성을 개선하고 완벽하게 했을 것이다. 지금 이곳에서 그의 사업의 가장 사적이고 전문적인 부분인 장애 환자의 정신 치료를 하고 있었기에, 정부가 변호사를 보낸 것이다. 그 변호사는 뭐가 어떻게 돌아가는지 반도 이해하지 못하고 그 나머지는 잘못 이해하고 있을 게 뻔했다.

변호사는 3시 45분에 도착했고, 하버는 큰 걸음으로 사무실 바깥으로 나가 그를, 아니 알고 보니 그녀를 맞이하고 바로 우호적으로 따뜻한 인상을 지었다. 겁먹지 않고 협조적이며, 인간적으로 거짓 없어 보이는 것이 더 나았다. 많은 의사들이 보건 교육 후생부 조사관을 맞을 때 적의를 드러내 보인다. 그리고 그런 의사들은 많은 정부 보조금을 얻지 못한다.

이 변호사를 거짓 없이 따뜻하게 대하는 것이 아주 쉽지는 않았다. 그녀는 날카롭게 찰칵대고 딸각거리는 소리를 냈다. 핸드백에 붙은 묵직한 놋쇠 죔쇠, 묵직한 구리와 황동 장신구가 달가닥댔다. 그리고 두꺼운 이중창 굽의 신발, 눈살을 찌푸리게 하는 몹시 흉한 아프리카 가면 디자인의 큼지막한 은반지, 불쾌한 목소리. 계속 달가닥거리고 쨍강대고 찰칵거리고…… 다시 또 10초가 흐르기 전에, 하버는 그 반지가 말하듯 모든 일이 실로 위장일지 모른다고 의심했다. 많은 소리와 맹렬함은 소심함을 암시하는 것이다. 하지만 그것은 그와 상관없었다. 그는 가면 뒤의 여자를 알 일이 없을 터이고, 그가 변호사인 르라셰 양에게 바른 인상을 줄 수 있다면 그 가면 뒤의 여자는 중요하지 않았다.

아주 우호적으로 일이 이루어지지는 않았지만 최소한 나쁘게 되지도 않았다. 그녀는 유능했는데, 전에도 이런 일을 해 본 적이 있고 이 특별한 임무를 위해 예습을 해 온 터였다. 그녀는 제대로 묻고 들을 줄 알았다.

"이 환자, 조지 오르 말예요, 그는 중독자는 아니에요, 맞지요? 석주의 치료 후에, 그를 정신병자나 정신 장애자로 진단하고 계신가요?"

"보건 사무소에서 정의한 바에 따르면 정신 장애자가 맞습니다. 심각하게 정신적 장애가 있고 인위적으로 현실을 판단하지만, 현재 치료를 받으며 나아지고 있어요."

그녀는 소형 녹음 장치를 가지고 있어서 모든 얘기를 기록하고 있었다. 마치 규칙인 것처럼 5초마다 **틱** 하는 초리를 냈다.

"박사께서 사용하는 치료법을 설명해 주시고, **틱** 이 장치가 그 속에서 하는 역할을 말해 주시겠어요? 그게 어떻게 **틱** 작동하는지 얘기해 주실 건 없어요, 당신의 보고서 안에 있으니까, 하지만 그게 무슨 일을 하지요? **틱** 예를 들어, 그것을 일렉트로손이나 트랜캡과 어떻게 다르게 이용하죠?"

"흠, 그 장치들은, 에, 대뇌 피질 속의 신경 세포들을 자극하는 다양한 저주파의 진동을 생성시킵니다. 그 신호들은 일반화되었다고 부를 만한 것들입니다. 뇌에 그것들이 미치는 효과는 어느 정도 근본적으로, 결정적인 박자에 번쩍하는 섬광 전구나 북소리 같은 청각 자극물의 효과와 유사하지요. 그런데 증대기는 해당 지역에 포착될 수 있는 특정 신호를 전달합니다. 예를 들어, 알다시피, 환자는 뜻대로 뇌의 알파파를 생성해 내기 위해 훈련을 받을 수도 있어요. 하지만 증대기는 아무런 훈련 없이, 그리고 환자가 정상적으로 알파파를 생성해 내지 못할 상태에 있을 때라도 그것을 유도해 낼 수 있습니다. 증대기는 적절하게 배치된 전극봉을 통해 9사이클의 알파파를 보내고, 몇 초 내로 뇌가 그 리듬을 받아들여 무아경에 빠진 선종의 스님처럼 꾸준하게 알파파를 생성하기 시작합니다. 유사하게, 그리고 좀 더 유용하게 어떤 단계의 수면도 유도해 낼 수 있습니다. 수면의 전형적인 사이클과 국부적인 활동들을 가지고서 말이지요."

"그것이 쾌락 중추나 언어 중추를 자극할까요?"

오, 쾌락을 종용하는 기계가 논의에 오를 때면 항상 미국 자유 인권 협회자의 눈 속에서 빛나는 도덕주의적인 번쩍임이란! 하버는 모든 냉소와 짜증을 숨기고 친절하게 성실히 대답했다.

"아닙니다. 저것은 뇌 전기 자극과는 달라요, 아시겠습니까. 어떤 중추에 관해, 전기적 자극이나 화학적 자극을 주는 것과는 다르단 말입니다. 뇌의 특정 영역들에 전혀 침입할 필요가 없어요. 단순히 전체적인 뇌의 활동이 바뀌도록, 다시 말해 그 자신의 자연스러운 또 다른 상태로 전환되도록 유도하는 거예요. 그건 당신이 가볍게 발장단을 치게 하는 외기 쉬운 멜로디와 조금 비슷합니다. 그래서 뇌는 연구나 치료에 바람직한 상태로 들어서서 필요한 만큼 유지되지요, 나는 그것의 비생성적인 기능을 강조하기 위해 증대기라고 부르는 겁니다. 외부에서 부과되는 것은 전혀 없어요. 증대기에 의해서 유도된 수면은 정확히, 말 그대로, 그 특정 뇌에 정상적인 종류와 성격의 잠이에요. 그것과 전기 수면 기계들의 차이는 맞춤옷을 대량생산된 신사복들에 비교하는 것과 같아요. 그것과 전극 이식의 차이는…… 오, 맙소사, 외과용 메스를 대장간에서 쓰는 망치에 비교하는 것과 같단 말입니다!"

"하지만 당신이 사용하는 그 자극들을 어떻게 만들어 내나요? 예를 들어, **팁** 한 환자에게서 알파파를 기록하여 다른 환자에게 사용하는 건가요 **팁**?"

그는 지금껏 이 부분은 피해 왔다. 물론, 거짓말을 할 의도는 없었지만, 다만 모든 연구가 다 행해져서 실험이 끝날 때까지 미완성 연구에 대해서 이야기해 봤자 소용이 없기 때문이었다. 그것은 비전문가에게 아주 잘못된 인상을 심어 줄 수도 있었다. 그러나 그는 술술 대답을 시작했는데, 그녀의 찰칵거리고 장식 고리의 달가닥거리고 '팁 팁'거리는 소리 대신 자신의 목소리를 듣는 게 반가웠다. 그녀가 얘기하고 있을 때면 어째서 오로지 그 조그맣게 신경을 긁는 소리만 들리는지 이상했다.

"처음에 나는 일반화된 일군의 자극들, 많은 환자들의 기록들로부터 평균을 낸 자극들을 사용했지요. 보고서에서 언급된 우울증 환자는 그래서 성공적으로 치료되었습니다. 그러나 그 효과들은 내가 원하는 것보다 일정치 않고 변덕스럽다고 느꼈어요. 나는 실험을 시작했습니다. 물론, 동물들에게요. 고양이들이었죠. 우리 수면 연구자들은 고양이를 좋아한답니다, 아십니까, 그것들은 잠이 많아요! 흠, 동물 대상들을 가지고서 나는 환자 본인의 뇌로부터 이전에 기록된 리듬들을 사용하는 것이 가장 장래성 있음을 발견했습니다. 기록들을 매개로 한 일종의 자동 자극이지요. 내가 추구하는 것은 특수성이에요, 아시겠습니까. 뇌는 그 자신의 알파파에 바로 그리고 자동적으로 반응합니다. 현재 물론 다른 연구 분야를 따라 밝혀진 치료법상의 전망들이 있지요. 점차적으로 환자 자신의 뇌에 약간 다른 패턴을 부과하는 것이 가능할지 모릅니다. 좀 더 건강하거나 좀 더 완전한 패턴을 말이지요. 이전에 그 환자로부터, 또는 가능하다면 다른 환자로부터 기록된 것을요. 이것은 뇌 손상이나 장애, 정신적 외상의 사례들에 아주 유용한 것으로 판명 날 수도 있어요. 그것은 손상을 입은 뇌가 새로운 경로들 속에서 그것의 오래된 습관들을 재건하도록 도울지 모릅니다…… 그 뇌가 혼자서 하기에는 힘들고 오랫동안 분투해야 하는 어떤 것을요. 비정상적으로 기능하는 뇌에 새로운 습관들을 ‘학습시키기’ 등등을 위해 사용될 수도 있을 겁니다. 하지만, 그것은 모두 추론일 뿐이고, 이 시점에서 내가 만약 그 분야로 돌아가 연구한다면, 물론 보건 교육 후생부에 다시 등록 절차를 밟을 테지요.”

그것은 꽤 사실이었다. 그가 그 분야를 따라서 연구하고 있다고 언급할 필요는 없었다. 아직까지는 그것이 아주 결정적이지 않고 오해만 받을 뿐이기 때문이었다.

“내가 이 치료에 사용하고 있는, 기록에 의한 자동 자극의 형식은 그 기계가 기능하는 동안 영향력을 행사하는 것 이상으로는 환자에게 아무 영향을 미치지 않는다고 설명될 수 있을 겁니다, 5분에서 10분 정도 말이죠.”

그녀가 그의 전공에 대해 아는 것보다 그가 그녀의 전공에 대해 더 많이 알았다. 어느 보건 교육 후생부 법률가에 대해서라도 그랬다. 그는 이 마지막 말에 그녀가 살짝 고개를 끄덕거리는 것을 보았다. 변호사의 성미에 맞았던 것이다.

그러나 그녀는 이렇게 말했다.

“그래서, 그게 무슨 일을 한다는 거죠?”

“그래요, 그 얘기를 하려던 중이었어요.”

하버가 대답하고서는 재빨리 어조를 가다듬었다. 그 사이로 짜증을 내보였기 때문이다.

“우리가 이 병례에 관해 데리고 있는 환자는 꿈꾸기를 두려워하는 환자입니다. 꿈 공포증이 있는 사람이지요. 내 치료는 기본적으로 현대 심리학의 고전적인 전통 속에 있는 단순한 조건 형성 치료(자극과 반응의 관계를 형성하는 절차나 과정을 통해 치료하는 것 ― 옮긴이)입니다. 통제된 조건들 아래, 환자는 여기서 꿈을 꾸도록 유도됩니다. 꿈 내용과 정서적 반응은 최면 암시에 의해서 조작됩니다. 환자는 안전하게, 유쾌하게 꿈을 꿀 수 있다고 가르침 받고 있으며, 능동적인 조건 형성은 그가 병적인 공포로부터 벗어나 있게 해 줄 겁니다. 증대기는 이러한 목적을 위한 이상적인 도구예요. 그것은 그 자신의 전형적인 비동기적 상태의 활동을 유발하고 강화함으로써 그가 안전하게 꿈을 꾸도록 해 줍니다. 환자가 저 홀로 다양한 동기성 수면의 단계들을 거쳐 비동기적 상태에 이르는 데에는 한 시간 반쯤 걸릴 텐데, 주간 치료 면담에는 비효율적으로 긴 시간이고, 게다가 깊은 수면 동안에는 꿈 내용에 관련한 최면 암시의 힘이 부분적으로 약해질 수 있어요. 이것은 바람직하지 않습니다. 그가 조건 형성에 있는 동안, 어떤 나쁜 꿈들도, 악몽들도 꾸지 않는 것이 가장 중요하거든요. 그러므로 증대기는 나에게 시간을 절약해 주는 장치이자 안전율을 높여 주지요. 그것 없이도 치료는 이루어질 수 있습니다. 하지만 그러면 아마도 몇 달은 걸릴 겁니다. 증대기를 가지고서는, 몇 주 정도 걸릴 거라 예상합니다. 그건 적절한 사례들에서 대단히 시간을 절약해 주는 것으로 증명될 겁니다, 최면술 자체가 정신 분석과 조건 형성 치료에서 시간 절약 장치로 증명되었던 것처럼 말입니다."

팁 변호사의 녹음 장치가 소리를 냈고, 자신의 책상에 놓인 통신기가 나지막하고 낭랑하고 권위 있는 음성으로 '댕' 하는 소리를 냈다.

아이고, 고마워라.

"이제 우리 환자가 왔군요. 르라셰 양, 이제 그를 만나 보시기를 권고합니다. 그리고 당신이 원한다면 우리가 약간 잡담을 나눌 수도 있어요. 그러면 저쪽 구석의 가죽 의자로 물러나 계실 수 있겠지요, 예? 당신이 있다고 해서 그 환자에게 실제로 달라질 것은 없지만, 만약 그가 계속해서 그걸 의식한다면 상황을 좀 안 좋게 지연시킬 수도 있으니까요. 보다시피, 그는 사건들을 개인적인 위협으로 해석하는 경향이 있는 아주 심각한 불안 상태에 있는 사람이고, 방어적인 망상들을 구축해 놓았어요…… 보시게 될 겁니다. 오 그래요, 녹음 장치는 꺼야죠, 그게 맞습니다, 치료 면담은 기록할 게 아니니까요. 그렇죠? 좋아요, 됐습니다. 그래요, 안녕한가요, 조지? 들어와요! 이쪽은 르라셰 양입니다, 보건 교육 후생부에서 온 관계자입니다. 사용 중인 저 증대기를 보려고 오셨어요."

두 사람은 아주 우스꽝스럽게 뻣뻣한 태도로 악수했다. 절그럭 챙챙! 변호사의 팔찌에서 소리가 났다. 그 대조가 하버는 재미있었다. 거칠고 맹렬한 여자, 온순하고 특징 없는 남자. 그들은 서로 전혀 공통점이 없었다.

그는 그 쇼를 진행하는 것을 즐기며 말했다.

"자, 하던 것을 계속해 볼까요? 아니면 조지, 먼저 얘기했으면 하는 특별한 거라도 있나요?"

그는 특유의 단정적이지 않은 태도로 문제들을 정리해 가고 있었다. 르라셰는 구석의 의자에, 오르는 소파에 앉았다.

"좋아요, 그러면, 됐습니다. 꿈이 흘러나오도록 합시다. 덧붙이자면 그것은 보건 교육 후생부를 위한 기록을 만들어 낼 거예요. 증대기가 당신의 발가락에서 힘을 빠트리거나, 동맥을 경화시키거나, 기분을 들뜨게 하지 않으며, 실로 오늘 밤 꿈꾸는 수면이 보정적으로 약간 줄어드는 것을 빼고는 어떤 형태의 부작용도 없다는 사실에 대한 기록 말이지요."

그 말을 끝내면서 그는 손을 뻗어 오르의 목에 거의 태평하게 오른손을 놓았다.

오르는 한번도 최면에 걸렸던 적이 없는 것처럼 그 접촉에 움찔했다.

그러고 나서 그가 사과했다.

"미안해요. 너무 갑자기 손을 대서서요."

그래서 v-c 유도 방법을 사용하여 오르를 완전히 다시 최면에 걸어야 했다. 그것은 물론 완벽하게 합법적이었지만 하버가 보건 교육 후생부에서 온 감시자 앞에서 사용하고 싶은 정도보다는 꽤 더 극적인 것이었다. 그는 오르에게 무지하게 화가 났다. 지난 오륙 주간의 면담에서 오르에게 점점 저항이 자라나는 것을 감지했더랬다. 일단 오르를 통제 아래 두자, 그는 직접 편집한 테이프를 틀었다. 깊어지는 무의식 상태와 다시 최면을 걸기 위한 최면 후의 암시에 관해 온갖 지루하게 반복되는 소리였다. "당신은 지금 안락하고 편안합니다. 당신은 점점 깊이 무의식 속으로 가라앉고 있습니다." 등등. 테이프가 돌아가는 동안 그는 자기 책상으로 돌아가 르라셰를 무시한 채 조용하고 진지한 얼굴로 서류들을 정리했다. 그녀는 최면 과정을 방해하면 안 된다는 것을 알기 때문에 가만히 있었다. 그녀는 창문 밖의 전경, 도시의 고층 빌딩들을 쳐다보았다.

마침내 하버가 테이프를 멈추고 오르의 머리에 트랜캡을 씌웠다.

"이제, 내가 당신과 연결되어 있는 동안 당신이 어떤 꿈을 꿀지에 대해서 얘기해 봅시다, 조지. 그에 대해 얘기하고 싶은 기분이 들지요, 그렇지요?"

느릿느릿 환자가 고개를 끄덕였다.

"지난번 당신이 여기 있었을 때 우리는 당신을 걱정시키는 것들에 대해서 이야기했어요. 당신은 당신의 일을 좋아하지만, 일하러 가기 위해 지하철을 타는 게 싫다고 했지요. 당신은 내내 사람들이 밀려드는 느낌이 든다고 말했습니다…… 같이 짜부라지고 눌리는 것 같다고요. 당신이 충분히 움직일 공간이 없는 것처럼, 자유롭지 않은 것처럼 느낀다고요."

그는 잠시 말을 멈추었고, 그러자 최면 상태에서는 항상 말이 적은 그 환자가 마침내 이렇게만 대답했다.

"인구 과잉."

"흠, 그것이 당신이 사용한 단어였죠. 그게 이렇게 부자유하다는 느낌에 대해 당신이 한 말, 당신의 은유이지요. 흠, 이제, 그 단어에 대해서 얘기해 봅시다. 당신은 18세기로 거슬러 올라가 맬서스가 인구 증가에 대하여 비상사태를 선포했던 것을 압니다. 그리고 삼사십 년 전에 다시 한 번 그에 대한 공포가 들끓어 올랐지요. 아니나 다를까 인구가 급증했습니다. 하지만 사람들이 예언했던 온갖 두려운 일들이 모두 일어나지는 않았어요. 그들이 그러리라던 것만큼 나쁘지는 않았습니다. 우리 모두 용케 헤어 나와 여기 미국에서 아무 문제 없이 지내고 있고, 우리의 생활수준이 어떤 면들에서 낮아졌다면 다른 면들에서는 한 세대 전보다 훨씬 더 높아졌지요. 이제 아마도 인구 과잉, 넘치는 인구에 대한 지나친 공포는 외부의 현실이 아니라 내부의 정신 상태를 반영하는 것 같군요. 현실이 그렇지 않은데 사람들이 넘친다고 느낀다면, 그게 무엇을 뜻할까요? 아마도 당신은 인간의 접촉을 겁내는 것 같습니다…… 사람들에게 가까워지는 것, 접촉당하는 것을 말입니다. 그리하여 당신이 현실을 멀리 떨어뜨려 놓을 일종의 구실을 찾아낸 거죠.”

뇌파 기록 장치가 돌아가는 중이었고, 하버는 이야기하면서 증대기와 연결시켰다.

“자, 조지, 좀 더 이야기하고 나서 내가 ‘안트베르펜’이라는 키워드를 말하면 당신은 잠드는 겁니다. 깨어나면 기분이 상쾌해지고 기민해진 느낌이 들 거예요. 내가 지금 하고 있는 이야기는 기억하지 못할 터이나 당신의 꿈은 기억할 겁니다. 그건 생생한 꿈, 생생하면서도 유쾌하고 효력 있는 꿈이 될 거예요. 당신은 당신을 걱정시키는 일, 그러니까 인구 과잉에 대해서 꿈꿀 겁니다. 꿈을 꾸면서 그것이 정말로 당신을 걱정시키는 것이 아님을 발견할 겁니다. 결국, 사람들은 혼자 살 수 없답니다. 고독한 상태에 놓이는 것이 가장 심한 감금이지요! 우리는 주변에 사람들이 필요해요. 도움을 얻기 위해, 도움을 주기 위해, 경쟁하기 위해, 그들과 상대하여 우리의 지혜를 더 가다듬기 위해.”

어쩌구저쩌구 어쩌구저쩌구. 변호사의 참석이 그의 능력을 아주 발휘하기 힘들게 했다. 그냥 오르에게 무슨 꿈을 꿀지 얘기해 주는 대신에 그 모든 것을 추상적인 용어로 설명해야 했기 때문이다. 물론, 감시자를 기만하려고 방법을 왜곡하고 있는 것은 아니었다. 그의 방법은 단순히 아직 일정하지가 않았다. 면담 때마다 다양한 방법을 쓰면서 그가 원하는 정확한 꿈을 암시할 확실한 방법을 찾고 있었는데, 그러면서 늘 그가 보기에 일차적 사고의 판박이 같기도 하고, 오르의 정신 속에 있는 능동적인 고집 같기도 한 저항에 맞부딪혔다. 무엇이 방해하는지는 몰라도 하버가 의도했던 대로 꿈이 나타나는 경우는 거의 없었다. 그러니 이 막연하고 추상적인 암시가 여느 암시만큼은 작용할 터였다. 오르에게서 무의식적인 저항은 덜 깨울지도 몰랐다.

그는 구석에서 계속 유심히 응시하고 있던 변호사에게 와서 뇌파 기록 장치의 스크린을 보라고 손짓하고서, 말을 계속했다.

"당신은 혼잡하지 않고 눌려 있지 않다고 느끼는 꿈을 꿀 겁니다. 운신할 공간이 널렸고 돌아다닐 자유가 넘치는 꿈을 꿀 겁니다."

그리고 마침내 말했다.

"안트베르펜!"

그러고는 뇌파 기록 장치의 선을 가리켰기에 르라셰는 거의 즉각적인 변화를 볼 수 있었다.

"그래프 전체를 가로질러 느려지고 있는 것을 보세요."

하버가 중얼거렸다.

"저기에 고전압의 뾰족한 끝이 있죠, 보이지요, 저기 또 다른 게 있고…… 수면 축들입니다. 그는 이미 정상 수면의 두 번째 단계에 들어서고 있습니다. 다른 말로 동기성 수면이든, 당신이 들어 본 게 무슨 용어이든, 밤새 비동기적 상태들 사이에서 발생하는 잠이지요. 이때의 꿈들은 생생하지 않아요. 하지만 나는 그가 깊은 네 번째 단계까지 이르도록 하지는 않습니다, 그는 꿈을 꾸려고 여기 있는 거니까요. 증대기를 켤 겁니다. 저 기록 선들을 주시하고 있으세요. 보이죠?”

“저 사람이 다시 깨어나려던 것 같은데요.”

그녀가 의심스럽게 중얼거렸다.

“그렇죠! 하지만 그건 깨어나려던 게 아닙니다. 그를 보시오.”

오르는 무기력하게 누워 있었고, 머리가 약간 뒤로 넘어가서 짧은 금발 수염이 위로 튀어나왔다. 깊이 잠들었지만 입 주위는 긴장해 있었다. 그가 깊은 한숨을 쉬었다.

“눈까풀 아래, 눈동자들이 움직이는 게 보이죠? 1930년대로 거슬러 올라가 사람들은 그것을 보고 꿈꾸는 수면의 이 모든 현상을 처음으로 파악했죠. 사람들은 그것을 오랫동안 급속 안구 운동(rapid-eye-movement) 수면, 즉 ‘렘(REM)’ 수면이라고 불렀어요. 하지만, 그것은 훨씬 더 굉장한 것이었죠. 그것은 존재의 세 번째 상태예요. 그의 전체적인 자율계가 깨어 있는 삶의 흥분한 순간 속에 있는 것처럼 완전히 동원되는 겁니다. 하지만 근긴장은 없고, 대부분의 근육들은 동기성 수면에서보다 좀 더 깊숙이 이완되지요. 피질과 대뇌 피질 아래, 해마상 융기, 중뇌의 영역들은 모두 깨어 있는 것처럼 활동적이고요, 동기성 수면에서는 이와 달리 비활동적이랍니다. 그의 호흡과 혈압은 깨어 있는 수준과 비슷하거나 그 이상이지요. 자, 맥박을 느껴 보시오.”

그가 그녀의 손가락을 오르의 느즈러진 손목에 갖다 대었다.

“80 또는 85 정도네요. 뭔지는 몰라도 그는 아주 멋진 걸 경험하고 있어요…….”

"그가 꿈을 꾸고 있다는 얘긴가요?"

그녀는 외경심에 싸인 것처럼 보였다.

"맞습니다."

"이 모든 반응들이 정상인가요?"

"그렇고말고요. 우리는 모두 매일 밤, 네다섯 번, 한 번에 최소 10분 정도씩 이러한 일을 겪습니다. 스크린상으로는 아주 정상적인 비동기적 상태의 뇌파 기록입니다. 당신이 감지할 수 있을지도 모르겠는데, 이에 관해 딱 한 가지 이례적인 또는 독특한 점은 저 기록 장치가 그린 선에서 가끔씩 높게 치솟은 부분이에요. 내가 이전에 비동기적 상태의 뇌파 기록에서 한번도 본 적 없는 일종의 갑작스러운 정신적 요동의 결과예요. 그것의 패턴은 특정한 일에 열중해 있는 사람들의 뇌파도에서 관찰되어 온 결과와 유사해 보입니다. 그러니까 창조적이거나 예술적인 작업, 그림 그리기나 시 쓰기, 심지어 셰익스피어 읽기까지도 이런 결과를 보이지요. 이 뇌가 그 순간들에 무슨 일을 하고 있는지는 아직 모르겠습니다. 하지만 증대기가 그것들을 체계적으로 관찰할 기회를 주고 있으니 결국은 분석해 내겠지요."

"저 기계가 이러한 결과들을 초래할 가능성은 없나요?"

"없습니다."

사실, 그는 이렇게 정점의 기록 선들 중 하나를 재생한 것으로 오르의 뇌를 자극하려고 했었다. 그러나 그 실험의 결과로 나온 꿈은 조리가 닿지 않았다. 증대기가 그 정점을 기록했던 이전의 꿈과 현재의 꿈이 뒤범벅된 것이다. 그러나 결론이 나지 않은 실험들을 언급할 필요는 없었다.

"이제 그가 꿈속으로 잘 들어왔으니 실제로 증대기를 떼도록 하겠습니다. 주목하시오, 내가 입력 신호를 끊을 때를 알 수 있을지 봐요."

그녀는 알 수 없었다.

"그는 어쨌든 뇌의 요동을 만들어 낼 거예요. 그러니 저 기록 선들에 유의해요. 당신은 아마 세타파에서 그걸 처음 포착할 겁니다, 저기, 해마상 융기로부터. 확실히 그건 다른 뇌에서도 발생합니다. 새로울 건 전혀 없죠. 내가 다른 상태에서 다른 뇌들은 어떤지 알 수 있다면, 이 환자의 문제가 무엇인지 훨씬 더 정확하게 구체적으로 말할 수 있을 겁니다. 아마 그가 속해 있는 심리학적 또는 신경 생리학적 타입이 있을 거요. 저 증대기의 과학적 탐구의 장래성들이 보입니까? 일시적으로 환자의 뇌를 의사가 관찰하고 싶어하는 어떤 상태로든 되게 한다는 것을 빼면 환자에게 아무런 영향도 미치지 않습니다. 그 상태란 환자의 뇌의 정상적인 상태들에 속해 있고요. 저길 봐요!"

물론, 그녀는 그 정점을 놓쳤다. 움직이는 스크린상에 뇌파 기록을 읽는 것은 연습이 필요했다.

"화가 났군요. 여전히 꿈속에 있어요, 지금…… 곧 우리한테 그 꿈에 대해서 얘기해 줄 겁니다."

하버는 얘기를 계속할 수 없었다. 입이 말랐던 것이다. 그는 그것을 느꼈다. 그 전환, 출현, 변화.

여자 역시 그것을 느꼈다. 그녀는 공포에 질린 표정이었다. 묵직한 황동 목걸이를 부적처럼 목 가까이 들어 쥔 채, 당황하고 충격 받고 겁에 질린 채, 창 밖의 전망을 빤히 쳐다보고 있었다.

그는 예상하지 못했었다. 그만이 그 변화를 인식할 수 있다고 생각했던 것이다.

그러나 그녀는 그가 오르에게 무슨 꿈을 꿀지 얘기하는 것을 들었다. 그녀는 꿈꾸는 자의 옆에 서 있었던 것이다. 하버처럼, 그녀는 거기 그 한가운데 있었다. 그리고 하버처럼 창문 밖을 보았다. 고층 빌딩들이 잔해 하나 남기지 않고 꿈처럼 희미하게 사라지고, 비현실적일 정도의 거리에 이르는 교외가 바람결에 연기처럼 녹아 들어갔다. ‘역병의 세월’ 이전에 몇 백만 명의 인구를 지녔던 포틀랜드 시는 ‘회복기’인 요즘 겨우 10만 명 정도로서, 미국의 모든 도시들처럼 뒤죽박죽 혼란스러웠지만, 그것의 언덕들과 일곱 개의 다리가 놓인 안개 낀 강에 의해서 하나로 통합되었고, 오래된 40층짜리 퍼스트 내셔널 은행 건물이 도심의 스카이라인을 지배했으며, 저 멀리, 그 모든 것 너머로, 고요하고 어슴푸레한 산들은……

그녀는 그 일이 일어나는 것을 보았다. 그리고 하버는 보건 교육 후생부의 참관인이 그 일이 벌어지는 것을 볼지 모른다고 생각한 적이 한번도 없음을 깨달았다. 그것은 있음 직한 일이 아니었기에, 그는 생각조차 못했다. 그리고 이것은 지금까지 자신이 그 변화를, 오르의 꿈들이 한 일을 믿지 않았음을 뜻했다. 그러나 그는 그것을 느꼈으며 보았다, 당황하고 두려워하고 의기양양해 하면서 지금까지 열 번도 넘게. 그는 말이 산이 되는 것을 보았고(하나의 현실이 다른 현실에 중첩되는 것을 볼 수 있다면 말이지만), 지금까지 거의 한 달 동안 오르의 꿈들의 힘을 시험하고 사용해 왔지만, 벌어지고 있는 일을 믿지 않던 것이다.

오늘 하루 종일, 출근했을 때부터 그는 한번도 다음 사실을 생각지 않았다. 일주일 전에 그 연구소는 존재하지 않았기에 그는 오리건 꿈학 연구소의 소장이 아니었다는 사실을. 그런데 지난 금요일 이후로 거기에 한 연구소가 있었고 그것은 지난 18개월 동안 항상 거기에 있었다. 그리고 그는 그곳의 설립자이자 소장이었다. 그에게, 직원들 모두에게, 의과 대학에 있는 동료들에게, 그것을 세운 정부에게도 그러했기에, 그는 그들처럼 그것을 유일한 현실로서 완전히 받아들였다. 그는 지난 금요일까지는 일이 그렇지 않았다는 사실에 대한 기억을 억눌렀었다.

그것은 분명히 오르의 가장 성공적인 꿈이었다. 그 꿈은 강 건너 예전 사무실에서, 후드 산의 빌어먹을 벽장식 사진 아래에서 시작되었고 이 사무실에서 끝났다……. 그리고 그는 거기에 있었고, 그 주위로 벽들이 변하는 것을 보았고, 세상이 재창조되는 것을 알았지만, 그것을 잊었다. 너무나 완벽하게 잊었기에, 낯선 이가, 제삼의 인물이 똑같은 경험을 할지도 모른다는 것은 생각조차 해 본 적이 없었다.

그것이 그 여자에게 무슨 일을 할까? 그녀가 이해할까, 미쳐 버리려나, 어떤 행동을 할까? 그가 그랬듯, 그녀도 양쪽의 기억을 간직하게 될까? 진짜 기억과 새로운 기억, 옛 기억과 진짜 기억을?

그래서는 안 된다. 그녀는 방해할 것이다. 다른 참관인들을 데려와 실험을 완전히 망가뜨리고 그의 계획들을 날려 버릴 것이다.

무슨 희생을 치르고서라도 말릴 테다. 그는 두 손을 움켜쥔 채 폭력을 휘두를 태세로 그녀에게로 돌아섰다.

그녀는 그저 거기에 서 있었다. 누르스름한 살색은 흙빛이 되었고 입은 벌어져 있었다. 그녀는 멍했다. 창문 밖으로 본 것을 믿을 수 없었다. 믿을 수 없었고 믿지 않았다.

하버의 극심한 몸의 긴장이 조금 풀어졌다. 그녀를 보니 너무나 당황하고 정신적인 충격을 받아서 해가 될 수 없다는 확신이 들었다. 그래도, 그는 신속하게 움직여야 했다.

"그는 이제 한동안 잘 겁니다."

그의 목소리는 목 근육이 긴장되어서 쉬기는 했지만 거의 정상적으로 들렸다. 그는 뭐라고 말할지 몰랐지만, 어쨌든 계속했다. 주문을 깨트릴 무슨 얘기라도 해야 했다.

"이제 그가 짧은 동기성 수면 시간을 갖도록 할 겁니다. 지나치게 오래는 말고요, 그러면 꿈에 대한 기억이 불완전해질 테니까. 전망이 근사하죠, 그렇지 않습니까? 우리가 누려 온 동쪽에서 부는 바람, 그 것은 신의 선물이지요. 가을과 겨울엔 여러 달씩 저 산들을 보지 못한답니다. 하지만 구름이 걷히면, 저기에 산들이 있지요. 오리건은 대단한 곳이에요. 합중국에서 가장 해를 입지 않은 주이죠. '대(大)몰락' 전에는 많이 개발되지 않았죠. 포틀랜드는 70년대 후반에서야 막 커지기 시작했지요. 당신은 오리건 주 토박이요?"

잠시 후에 그녀는 불안정하게 고개를 끄덕였다. 그의 목소리의 평범한 어조가 적어도 귀에 들어오기는 했다.

"나는 원래 뉴저지 출신입니다. 아이였을 적에 거기는 끔찍했어요, 환경 파괴 말입니다. '대몰락' 이후에 해야 했던, 그리고 지금도 여전히 하고 있는 동부 연안의 해체와 청소의 양은 믿을 수 없을 정도죠. 그 너머 이곳에, 인구 과잉과 환경적 부실 운영의 진짜 피해는 캘리포니아를 제외하곤 아직까지 일어나지 않았습니다. 오리건의 생태계는 아직 그대로예요."

이건 위험했다, 이 얘기는 중요한 주제의 핵심을 짚었지만 그는 다른 얘기를 생각할 수가 없었다. 마치 강요받은 것 같았다. 그의 머리는 두 종류의 기억, 정보로 혼잡한 두 체계를 보유하느라 너무 꽉 차 있었다. 진짜(이제는 진짜가 아니지만) 세계 중의 하나는 인구가 거의 70억 명에다 기하급수적으로 늘어나던 세계이고, 진짜(이제 진짜인) 세계 중의 또 하나는 10억 명이 안 되고 아직까지 안정되지 않은 세계였다.

맙소사, 오르가 무슨 짓을 한 거지?

그는 생각했다.

60억 명의 사람들.

그들은 어디 있지?

그러나 그 변호사는 깨달으면 안 되었다. 안 된다.

"동부 지방에 가 본 적 있나요, 르라세 양?"

그녀는 막연히 그를 바라보고 말했다.

"아뇨."

"뭐, 굳이 그럴 건 없겠죠. 뉴욕은 어차피 운이 다했으니까요, 보스턴도. 그리고 어쨌든 이 나라의 미래는 그 너머 여기에 있습니다. 여기가 성장점이에요. 내가 꼬마였을 적에 사람들이 말하던 것처럼, 여기가 가장 중요한 곳입니다! 그런데 궁금하군요, 당신이 여기 보건 교육 후생부의 듀이 퍼스를 아는지 말입니다."

"알아요."

그녀가 여전히 얻어맞아 비틀거리듯이 대답했지만, 응대하기 시작했고 마치 아무 일도 없었던 것처럼 행동하기 시작했다. 안도의 떨림이 하버의 몸을 관통했다. 그는 돌연 주저앉아 씨근거리고 싶었다. 위험은 지나갔다. 그녀는 믿을 수 없는 경험을 거부하고 있었다. 그녀는 이제 자신에게 묻고 있었다. 나한테 무슨 문제지? 도대체 왜 창 밖을 보면서 인구 300만 명의 도시를 볼 거라고 예상했을까? 내가 미친 주문 같은 거에 걸렸나?

물론, 기적을 본 사람은 같이 있던 이들이 아무것도 보지 못했다면 제 눈으로 본 것을 거부하는 법이라고 하버는 생각했다.

"여기는 갑갑하죠."

그가 목소리에 살짝 염려의 기색을 띠고 말했다. 그리고 벽에 있는 자동 온도 조절 장치로 갔다.

"나는 방을 따뜻하게 해 놓습니다. 수면 연구학자의 오래된 버릇이죠. 체온은 잠자는 동안 떨어지는데, 많은 피실험자나 환자들이 코감기에 걸리기를 바라지는 않겠지요? 하지만 이 전기 열은 지나치게 효율적이기도 해요. 너무 더워지고 있네요, 그 때문에 지친 느낌이 드는군요…… 그는 곧 깨어날 겁니다."

그러나 그는 오르가 명확하게 꿈을 떠올려서 자세히 이야기하고 그 기적을 확인해 주기를 바라지 않았다.

"조금만 더 자게 해야 할 것 같네요, 이번 꿈의 회상에 대해서는 신경 쓰지 않습니다. 그리고 그는 지금 바로 3단계의 수면에 들어섰어요. 그가 거기에 머무는 동안 우리 이야기를 끝내지요. 달리 질문하고 싶었던 게 있습니까?"

"아뇨. 아녜요, 아닌 것 같네요."

그녀의 팔찌들이 변덕스럽게 짤랑거렸다. 그녀는 눈을 깜박거리며 냉정을 되찾으려고 애썼다.

"박사님의 기계와 그것의 작동에 대해서, 그리고 현재 용도와 그 결과들, 그 모두에 대한 전체 설명서를, 저, 퍼스 씨의 사무실로 보내 주시면, 그걸로 끝나겠군요…… 저 장치에 대한 특허를 따셨나요?"

"한 가지에 대해서는 출원을 했습니다."

그녀가 고개를 끄덕였다.

"가치가 있겠네요."

그녀는 희미하게 짤랑대고 절그럭거리는 소리를 내며 잠든 이 쪽으로 걸어가 있었는데, 이제 가늘고 누르스름한 얼굴에 기묘한 표정을 띠고 서서 그를 내려다보았다.

"기묘한 직업을 갖고 계시네요."

그녀가 갑자기 말했다.

"꿈들. 그리고 사람들의 뇌의 작동을 지켜보고, 그들에게 무슨 꿈을 꿀지 얘기해 주고…… 박사께선 밤에 연구를 많이 할 것 같습니다만?"

"그랬었죠. 증대기가 우리에게서 많은 일을 덜어 줄 겁니다. 원할 때면 언제든, 우리가 연구하고자 하는 종류의 잠을 얻어 이용할 수 있을 거예요. 그러나 몇 년 전 13개월 동안 새벽 6시 전에는 자러 가 본 적이 한번도 없던 때가 있었지요."

그가 웃음을 터뜨렸다.

"이제는 그것에 대해서 자랑한답니다. 내 기록이죠. 요즘엔 야간 근무 부담의 대부분은 직원들이 지도록 합니다. 중년의 보상이죠!"

"잠자는 사람들은 아주 멀어 보여요…… 그들은 어디에 있는 거죠?"

그녀가 여전히 오르를 내려다보며 말했다.

"바로 여깁니다."

하버가 뇌파 기록 장치의 스크린을 톡톡 두들겼다.

"바로 여기요, 하지만 통신에서는 벗어나 있습니다. 그래서 인간이 수면에 대해서 초자연적인 인상을 받는 것이지요. 그것의 철저한 프라이버시 때문에요. 잠자는 이는 모든 이에게서 등을 돌리고 있습니다. 개인의 미스터리는 수면 중일 때 가장 강력하다고, 내 분야의 한 작가가 이야기했지요. 하지만 물론 미스터리는 그저 우리가 아직까지 풀지 못한 문제일 뿐입니다! ……그는 이제 깨어나야 해요. 조지…… 조지…… 일어나요, 조지."

그리고 조지 오르는 대개 그랬듯이, 신속하게, 신음소리를 내거나 멍하게 응시하거나 다시 잠드는 일 없이 한 상태에서 다른 상태로 옮겨 가면서 깨어났다. 그는 몸을 일으켜 세웠고 먼저 르라셰를 보았다가 지금 막 그의 머리에서 트랜캡을 벗겨 낸 하버를 쳐다보았다. 그는 약간 몸을 뻗으며 일어나 섰고, 창문 쪽으로 갔다. 그는 서서 바깥을 바라보았다.

그의 가느다란 형체가 서 있는 자세에는 거의 기념비 같은 독특한 균형이 있었다. 그는 완벽하게 흔들림 없이 뭔가의 중심처럼 가만히 있었다. 그것에 사로잡혀, 하버나 그 여자도 말을 못했다.

오르는 돌아서서 하버를 바라보고 말했다.

"그들은 어디 있죠? 모두 어디로 갔나요?"

하버는 여자의 두 눈이 휘둥그레지는 것을 보았고, 그녀에게서 솟아오르는 긴장감을 보았고, 자신이 위태로운 상황에 있음을 알았다. 말해, 말해야 해!

"뇌파 기록 장치로 판단할 때……"

하버는 딱 바라던 것만큼 울림 있고 따뜻하게 나오는 자신의 목소리를 들었다.

"당신은 지금 막 몹시 강렬한 꿈을 꾸었어요, 조지. 불유쾌한 일이었지요. 사실 그건 악몽에 아주 가까웠습니다. 당신이 여기서 꾼 첫 번째 '나쁜' 꿈이군요. 맞지요?"

"나는 '역병'에 대해서 꿈을 꾸었어요."

오르가 말했다. 그는 병이 날 것처럼 머리부터 발끝까지 와들와들 떨었다.

하버가 고갯짓을 했다. 그는 자신의 책상 뒤에 앉았다. 오르는 그 특유의 유순한 태도, 그러니까 습관적이고 받아들일 만한 일을 하는 태도로, 하버의 맞은편에 면담 받는 사람들과 환자들을 위해 놓인 커다란 가죽 의자에 가서 앉았다.

"당신은 극복해야 할 진짜 난관이 있었고, 그것을 극복하는 것은 쉽지 않았지요. 그렇지요? 조지, 내가 당신더러 꿈속에서 진짜 걱정을 다루도록 한 것은 이번이 처음이었어요. 이번에, 최면 속에서 암시했듯 내 지시 아래, 당신은 정신적인 불안감의 좀 더 깊은 요인들 중 하나에 다가갔습니다. 그 접근은 쉽지도 유쾌하지도 않았지요. 사실, 그 꿈은 난폭자였습니다, 그렇지요?"

"'역병의 세월'을 기억하세요?"

오르가 질문했다. 공격적이지는 않았지만 그의 목소리에는 여느 때와 다른 무언가의 기미가 있었다. 빈정거림인가? 그러고는 르라셰를 돌아보았다. 그녀는 구석의 의자로 물러나 있었다.

"물론, 그럼요. 첫 번째 역병의 타격 때 나는 이미 성인이었습니다. 대기 중에 있는 화학적 오염 물질들이 조합되어 치명적인 발암 물질을 만들어 낼 거라는 첫 번째 성명이 러시아에서 발표되었을 때 나는 스물두 살이었소. 다음 날 밤, 멕시코시티로부터 병원 통계들이 발표되었지요. 그러고 나서 사람들은 잠복기를 산출해 냈고 모두가 숫자를 세기 시작했지. 기다렸어요. 폭동과 지독한 짓들이 벌어지고 '지구 종말단'과 자경단원들이 생겨났죠. 그리고 내 부모님이 그해 돌아가셨고. 아내는 다음 해였다오. 누이 둘과 그들의 아이들은 그 다음 해였고. 그 애들 모두 알고 있었는데."

하버는 두 손을 펼쳐 보이고 나서 무겁게 말했다.

"그럼요, 그 해들을 기억하지요…… 그래야 할 때면."

"사람들은 인구 과잉 문제를 신경 썼어요, 그렇지 않나요? 우리는 정말로 그랬다고요."

오르가 말했는데, 이번에는 날카로움이 선명했다.

"그래요. 그랬지요. 이제 인구 과잉은 없습니다. 핵전쟁 외에 다른 해결책이 있었나요? 이제 남아메리카, 아프리카, 아시아에 영구적인 기아란 없어요. 운송 해협들이 완전히 재건되면, 아직까지 남아 있는 고립된 기아 지역들도 없어질 겁니다. 인간의 3분의 1은 여전히 밤에 굶주린 채로 잠든다고 하지요. 그러나 1980년에는 인구의 92퍼센트가 그랬어요. 이제 갠지스 강에는 기아로 죽은 사람들의 시체 더미 때문에 발생하는 홍수가 없습니다. 오리건 주, 포틀랜드의 노동자 계층의 아이들 중에 단백질이 부족하거나 구루병에 걸린 애들은 없어요. 전에는 있었지요…… '대몰락' 전에는."

"그 '역병' 말이지요."

오르가 말했다.

하버는 대형 책상의 앞쪽으로 몸을 기울였다.

"조지. 얘기해 봐요. 세상에 인구가 넘칩니까?"

"아니요."

그 남자가 대답했다. 하버는 그가 웃는 것 같아 약간 걱정스럽게 뒤로 물러났다. 그러고 나서 오르의 눈이 그 기묘한 빛을 띤 까닭이 눈물 때문임을 깨달았다. 눈물은 거의 터져 나올 지경이었다. 그게 더 나았다. 오르가 자제심을 잃어버리면, 그가 하는 얘기가 혹시 변호사의 무슨 기억과 맞아떨어지더라도 그녀는 여전히 믿지 않으려 할 터였다.

"하지만 반시간 전에, 조지, 당신은 몹시 걱정하고 근심하고 있었어요. 인구 과잉이 문명에, 온 지구의 생태계에 당면한 위협이라고 믿었기 때문이죠. 이제 그 근심이 사라졌을 거라고 기대하지는 않습니다, 그러려면 한참 멀었지요. 하지만 그것의 성격은 바뀌었다고 생각해요, 당신의 인생이 꿈속에서 그것을 거쳤으니까요. 이제, 당신은 현실에서 그것이 아무 근거 없는 근심을 인식하고 있습니다. 근심은 여전히 존재하지만, 달라진 근심이지요. 즉 당신은 이제 그것이 비합리적이라는 것을 압니다…… 그것이 외부의 사실보다는 내부의 욕망을 따른다는 것을 알아요. 그게 시작입니다. 좋은 시작이에요. 한 번의 꿈으로, 한 번의 면담에서 엄청나게 많은 것을 성취한 겁니다! 그것을 깨닫고 있습니까? 자, 당신은 이 모든 일에 접근할 요령을 터득했어요. 당신 위에서 당신을 망가뜨리고, 당신을 억누르고 옥죈다고 느끼게 만든 어떤 것을 이겨 낸 겁니다. 이제부터는 좀 더 괜찮은 싸움이 될 거예요, 좀 더 자유로운 사람이 되었으니. 그게 느껴지지 않습니까? 지금 당장, 이미, 약간 덜 혼잡하다는 느낌이 들지 않나요?”

오르는 하버를 바라보고 나서 다시 변호사를 보았다. 그는 아무 말 하지 않았다.

오랫동안의 침묵이 있었다.

“어리둥절한 것 같네요.”

하버가 말했는데, 말로써 어깨를 두드리는 듯한 격려였다. 그는 오르가 차분해지기를 바랐고, 그를 여느 때의 겸손한 상태로 되돌리고 싶었다. 그러한 상태에서라면 저 제삼자 앞에서 그의 꿈이 지닌 힘들에 대해 무슨 이야기를 할 용기가 안 날 터였다. 그게 아니라면 당장 그를 좌절시키거나, 눈에 띄게 비정상적으로 행동하게 만들고 싶었다. 그러나 하버는 다른 길을 택했다.

“구석에 보건 교육 후생부의 참관인이 은밀히 앉아 있지 않았다면, 위스키 한 잔을 권했을 겁니다. 하지만 치료 면담을 사교 모임으로 바꾸는 건 좋지 않겠지요, 그렇죠?”

“꿈 얘기를 듣고 싶지 않으세요?”

“원한다면 얘기해 봐요.”

“나는 사람들을 묻고 있었어요. 큰 도랑들 중 하나에……. 열여섯 살 때였는데, 나는 매장 단체에서 일하고 있었어요. 나중에 부모님이 혼내셨죠…… 꿈속이기는 하지만 그 사람들은 모두 알몸이었고 기아로 죽은 것 같았어요. 산처럼 쌓여 있었죠. 나는 그들을 모두 묻어야 했어요. 계속 당신을 찾았는데, 당신은 거기에 없었지요.”

“이런, 나는 아직까지 당신의 꿈 속에 등장한 적이 없어요, 조지.”

하버가 안심시키며 말했다.

“아아, 있어요. 케네디랑 같이. 그리고 말의 모습으로.”

“그렇군요. 아주 초창기 치료 때.”

하버는 그 얘기를 얼른 끝맺었다.

“그러면 이 꿈은 당신의 경험에서 몇 가지 실제의 회상 재료들을 이용하여……”

“아뇨. 나는 결코 누군가를 묻은 적이 없어요. 아무도 역병으로 죽지 않았습니다. 어떤 역병도 없었어요. 그것은 모두 내 상상 속에 있는 거예요. 나는 꿈을 꾼 거라고요.”

빌어먹을, 저 멍청하고 별 볼일 없는 자식 같으니! 오르는 제어할 수 없게 되었다. 하버는 머리를 꼿꼿이 들고 인내하면서 말없이 참견하지 않으려고 했다. 그가 할 수 있는 일은 그뿐이었다. 좀 더 강력한 조치를 취하면 변호사가 의심할 터였다.

“당신은 ‘역병’을 기억한다고 했어요. 하지만 당신은 또한 어떤 역병도 없었다는 것, 아무도 오염 물질로 인한 암으로 죽지 않았다는 것, 인구는 그냥 계속해서 점점 더 늘어나기만 했던 것을 기억하고 있지 않나요? 아니에요? 기억하지 못한다고요? 르라셰 양, 당신은 어떤가요…… 당신은 양쪽 모두 기억하나요?”

그러나 이 지점에서 하버가 일어섰다.

“미안하지만, 조지, 르라셰 양이 이 면담에 끼어들도록 할 수는 없어요. 그녀는 자격이 없어요. 그녀가 당신에게 대답하는 것은 타당하지 않습니다. 이건 정신과 치료입니다. 그녀는 저 증대기를 관찰하기 위해 여기 있는 것이고, 그뿐이에요. 이 점을 강조해야겠군요."

오르는 아주 창백했다. 그의 얼굴에서 광대뼈가 두드러졌다. 그는 하버를 빤히 응시한 채 앉아 있었다. 아무 말이 없었다.

"여기에 문제가 하나 생겼군요, 그리고 유감스럽지만 그것을 극복하는 방법은 하나뿐인 듯하네요. 간단히 해결합시다. 나쁜 뜻이 있어서는 아닙니다, 르라셰 양, 하지만 이해할 수 있듯, 당신이 바로 그 문제요. 간단히 말해 우리의 대화는 제삼의 구성원을 지지할 수 없는 국면에 있어요. 참가하지 않는 사람일지라도 말입니다. 최선의 방법은 면담을 그냥 취소하는 겁니다. 지금 바로. 내일 4시에 다시 시작합시다. 그럴까요, 조지?"

오르는 일어나 섰지만 문으로 향하지 않았다.

"우연하게라도 생각해 본 적 있나요, 하버 박사님……."

그는 충분히 침착했지만 약간 더듬으며 말했다.

"저, 저와 같은 식으로 꿈을 꾸는 다른 사람들이 있을지 모른다고요. 현실이 내내 우리 아래서 바뀌어 나가고 있으며, 교체되고 새로워지고 있음을 우리만 모르는 게 아닐까요? 꿈꾸는 자들과 그의 꿈을 아는 자들만이 그것을 아는 거죠. 만일 그게 사실이라면 우리가 모르는 게 다행인 듯싶네요. 이건 충분히 혼란스러우니까요."

상냥하게, 특별히 옳다 그르다 말 없이 안심시키며 하버는 그를 문 쪽으로, 그리고 그 밖으로 인도했다.

"당신은 결정적 단계의 면담에 손상을 입혔어요."

하버가 뒤로 문을 닫으며 르라셰에게 말했다. 그는 이마를 훔쳤고, 피곤과 걱정을 얼굴에 내보였다.

"휴! 참관인이 있는 하루라니!"

"아주 흥미진진했어요."

그녀가 말했고 그녀의 팔찌가 조금 잘그랑거렸다.

"그는 가망이 없지 않아요. 이와 같은 면담은 나에게조차 아주 맥 빠지는 효과를 미칩니다. 그래도 그는 기회가 있어요, 그가 갇혀 있는 망상의 패턴에서, 꿈꾸는 것에 대한 무시무시한 공포에서 빠져나올 진짜 기회 말입니다. 문제는, 그 패턴이 복잡하며 그 속에 갇혀 있는 정신이 우둔하지 않다는 겁니다. 그는 자신을 덫에 빠트려 놓기 위한 새로운 망을 짜는 데 아주 재빨라요…… 그가 10년 전에 치료를 위해 보내졌더라면 좋았을 텐데, 십 대였을 때 말이지요. 하지만 물론 10년 전이면 '복구'가 간신히 시작되었을 때이니. 아니면 1년 전, 그가 약물로 총체적인 현실 대응을 악화시키기 전이기만 했어도 좋았을 텐데. 하지만 그는 애쓰고 계속 노력하는 중이에요. 그리고 아직은 건전하게 현실에 적응해 나가고 있습니다."

"그가 정신병자는 아니라고 하셨잖아요."

르라셰가 조금 반신반의하며 한마디했다.

"그렇지요. 나는 그에게 정신적 장애가 있다고만 말했습니다. 물론, 그가 망가진다면 철저히 망가질 겁니다. 아마도 긴장성 정신분열증 계통으로. 정신적 장애가 있는 사람은 정상적인 사람보다 중증의 정신 장애에 빠지기 더 쉽지요."

그는 더 이상 말을 할 수 없었다. 단어들이 혓바닥 위에서 말라붙어 무의미한 메마른 조각들로 바뀌고 있었다. 자신이 몇 시간씩이나 의미 없는 연설의 홍수를 토해 내고 있었던 것 같고 이제는 더 이상 그것을 통제할 수 없었다. 다행스럽게도 르라세 양 역시 분명히 질릴 만큼 질려 있었다. 그녀는 땡그랑거리고 찰칵거리는 소리를 내며 머리를 젓고는 떠났다.

하버는 소파 근처 벽의 칸막이 속에 숨겨져 있던 녹음기로 먼저 갔다. 그 녹음기에 모든 치료 면담들을 기록했다. 알리지 않은 녹음기들은 정신 요법가들과 '정보국'의 특권이었다. 그는 지난 시간의 기록을 지웠다.

대형 참나무 책상 뒤의 의자에 앉아, 밑바닥 서랍을 열어 잔과 술병을 꺼냈고, 버번위스키를 한 잔 가득 따랐다. 맙소사, 반시간 전에는…… 아니 20년 동안 어떤 버번위스키도 없었는데! 곡물은 극도로 귀했었다. 먹여야 할, 기력을 살려 주어야 할 70억 명의 입 때문에. 가짜 맥주나 (의사를 위한) 무수 알코올 말고는 전혀 없었더랬다. 반시간 전, 그의 책상 속에 있던 병의 정체가 바로 무수 알코올이었다.

한 입에 반잔쯤 마셔 버리고 나서 잠깐 멈추었다. 창 밖을 내다보았다. 잠시 후 그는 일어났고 창문 앞에 서서 지붕과 나무 들 위를 바라보았다. 10만 명. 저녁이 고요한 강을 흐리기 시작했지만, 산들은 정상에 고른 햇빛을 받으며 광대하고 깨끗하게 멀리 떨어져 서 있었다.

"더 나은 세상을 위해!"

하버 박사가 말하며 그의 창조를 위해 잔을 들었고, 오래도록 맛을 음미하다 넘기면서 위스키를 끝냈다.

6장

우리의 임무는 오로지 시작일 뿐이며, 형언할 수 없고 생각할 수 없는 '시간'의 도움만 제외하고 우리에게는 약간의 어떤 도움도 없으리라는 사실을 배우게 될 것이다. 우리는 헤어 나올 수 없는 생사의 무궁한 소용돌이가 우리 자신의 작품이며, 우리 자신이 추구하는 바임을 알게 될 것이다. 즉 세계를 완전케 하는 힘들은 '과거'의 실수들임. 영원한 비애란 오로지 만족할 줄 모르는 욕망의 영원한 갈망임. 그리고 식어 버린 태양들은 스러진 생명들의 끌 수 없는 열정에 의해서만 다시 불타오른다는 것을. ──라프카디오 헌, 「동쪽 나라에서」

조지 오르의 아파트는 코벳 대로의 언덕을 몇 블록 올라가서 있는 옛 목조 건물의 꼭대기 층이었다. 그곳은 시내의 허름한 지구로 대부분의 주택들이 100년이 다 되어 가거나 100년을 훨씬 넘었다. 그의 아파트에는 세 개의 큰 방과 갈고리 모양의 발이 달린 깊은 욕조가 설치된 욕실이 있었다. 지붕들 사이로 강까지 내다보였으며, 강의 아래위로 큰 배와 유람선들, 원목들, 갈매기들이 지나다니고 비둘기들이 커다랗게 원을 그리며 날았다.

그는 당연히, 그가 살았던 다른 아파트를 완벽하게 기억했다. 결코 세워진 적 없는 코벳 분양 아파트 18층에, 접어 넣는 식의 조리기와 고무풍선 침대가 있고 리놀륨 바닥의 홀에 공동욕실이 있는 255×330센티미터 크기의 원룸을.

그는 위터커 가에서 트롤리버스에서 내려 언덕을 걸어 올라가, 그

널따랗고 침침한 계단을 올랐다. 아파트 안에 들어서자, 서류 가방을 바닥에 떨어트리고 침대에 푹 쓰러져 몸을 풀었다. 그는 겁에 질리고 고뇌에 차고 지치고 당황스러웠다.

"뭔가 해야 해, 뭔가 '해야' 한다고."

미친 듯이 계속 혼자 중얼거렸지만 어찌해야 할지 몰랐다. 그는 어찌해야 할지 막막해 본 적이 한 번도 없었다. 항상 요구되는 행위를 했으며, 그 다음에 이루어져야 할 일을 했다. 질문 없이, 억지로 하는 경우 없이, 그에 대한 걱정 없이. 그러나 그렇게 확실했던 걸음이 약을 먹기 시작할 때부터 사라져 버렸고, 이제 그는 아주 길을 잃어버리고 말았다. 행동해야 한다, '조취를 취해야' 한다. 하버가 더 이상 그를 도구로 이용하도록 내버려두면 안 된다. 목숨을 걸고 자신의 운명을 지켜야 했다.

그는 두 손을 뻗어 그것들을 바라보다가 그 속에 얼굴을 묻었다. 얼굴은 눈물로 젖어 있었다. 그는 쓰디쓰게 생각했다.

오 맙소사, 맙소사. 나는 대체 어떤 사람이람? 수염에 눈물이 흘렀나? 하버가 나를 이용할 법도 하지. 어떻게 안 그럴 수 있겠어? 나는 아무런 힘도 없어, 아무 개성도 없고. 나는 타고난 연장일 뿐이야. 나한테는 아무런 운명도 없어. 내게 있는 것은 꿈들뿐이야. 그리고 이제 다른 사람들이 그것들을 지배하지.

하버에게서 도망쳐야 해. 흔들리지 않고 단호해지려고 애써야 해.

하지만 그렇게 생각하는 중에도 자신이 그러지 못하리라는 것을 알고 있었다. 하버는 그를 낚았다, 그리고 그 낚싯바늘은 하나가 아니었다.

꿈의 형태란 아주 별나며 실로 독특해서, 연구 가치가 헤아릴 수 없을 정도라고 하버는 말했다. 그리고 인간의 지식에 대한 오르의 기여는 어마어마해지고 있노라 말했다. 오르는 하버가 진심으로 한 얘기이며 자신이 무슨 소리를 하는지 알고 있다고 믿었다. 사실 오르의 마음에, 그 모든 것의 과학적 양상은 유일하게 희망적인 면이었다. 그가 보기에는 과학이 그의 색다르고 무시무시한 재능에서 유용한 뭔가를 짜내어, 그것을 좋은 목적들에 이용하여 그 재능이 저지른 엄청난 해악에 약간의 보상을 해 줄 것 같았다.

60억 명의 존재하지 않는 사람들에 대한 살인.

머리가 금방이라도 쪼개질 것처럼 아팠다. 그는 우묵하고 금 간 세숫대야에 차가운 물을 틀었고, 30초쯤 얼굴을 푹 담그고 있다가 신생아처럼 벌게져 눈을 감고 젖은 얼굴을 들었다.

하버는 그에 대해서 정신적으로 아는 바가 있었다. 그렇지만 그가 정말로 오르를 쥐고 있는 부분은 법적인 올가미였다. 만일 오르가 자발적 치료를 그만둔다면, 불법적으로 약을 손에 넣은 것에 대하여 고소를 당할 테고 감옥이나 정신병원으로 보내질 터였다. 거기서 빠져나갈 길은 없었다. 그리고 그가 그만두지 않고 그저 면담들을 빼먹거나 협조하지 않는다 해도, 하버에게는 강제할 효과적인 수단이 있었다. 그것은 꿈을 억제하는 약들로서, 그것들은 그의 처방이 있어야만 구할 수 있었다. 이제 통제 없이 자연적으로 꿈을 꾼다는 생각은 그 어느 때보다 더 불안했다. 자신이 빠져 있는 상태에서, 그리고 그 연구실에서 매번 효력 있는 꿈을 꾸도록 조건화된 상태에서, 최면술이 가하는 합리적인 억제 없이 효력 있는 꿈을 꾼다면 무슨 일이 일어날

지 생각하고 싶지 않았다. 그것은 악몽이 될 터였다, 그가 하버의 진료실에서 꾸었던 것보다 지독한 악몽이. 그 점에 대해서 확신했기에, 감히 그 일이 벌어지도록 내버려둘 수 없었다. 그는 꿈 억제제를 복용해야 한다. 그것이 그가 해야 한다고 알고 있는 단 한 가지 사실, 행해져야 하는 사실이었다. 그러나 하버가 허용하는 한에서만 그럴 수 있었고, 그러므로 하버에게 협조해야 했다. 그는 사로잡혀 있었다. 덫에 걸린 쥐였다. 미친 과학자를 위해서 미궁을 달리고 있었으며 출구는 없었다. 없다, 정말로 없었다.

하지만 그는 미친 과학자가 아니야. 오르는 멍하니 생각했다. 그는 아주 정신이 온전한 사람이라고, 아니면 온전했거나. 내 꿈들이 그에게 부여하는 힘의 가능성이 그를 비뚤어지게 하고 있는 거야. 그는 계속해서 한 가지 역할을 하고 있어, 그리고 이 가능성이 그에게 그토록 엄청나게 큰 역할을 부여하고 있지. 그래서 이제 그는 그의 과학조차 목적이 아닌 수단으로 이용하고 있어…… 하지만 그의 목적들은 선해, 그렇지 않아? 그는 인류를 위해 삶을 향상시키기를 바란다고. 그게 잘못인가?

머리가 다시 아파 왔다. 전화기가 울릴 때 그의 얼굴은 물 밑에 있었다. 허둥지둥 얼굴과 머리를 문질러 닦고 어둑한 침실로 더듬으며 돌아왔다.

"여보세요, 오르입니다."

"헤더 르라셰예요."

자그맣고 의혹이 담긴 저음의 목소리가 말했다.

엉뚱하고 자극적인 감흥이 그의 마음속에서 일었다. 마치 한순간에 나무 한 그루가 자라나서 그의 음부에 뿌리를, 그의 마음에 꽃을 피운 것 같았다.

"안녕하세요."

그가 다시 인사했다.

"언제 이 일에 대해서 나랑 만나 얘기할래요?"

"예. 물론이죠."

"글쎄요. 그 기계, 증대기 말예요, 그것을 이용해서 어떤 사례를 만들 수 있을 거라고 생각지 않았으면 좋겠네요. 그건 완벽하게 관례를 따른 것처럼 보여요. 실험실의 광범위한 시험을 거쳤고, 그는 적절한 모든 검사를 했으며 타당한 경로를 거쳤어요. 그리고 이제 그 기계는 보건 교육 후생부에 등록되어 있죠. 물론 그는 진짜 전문가고요. 당신이 처음 나에게 얘기했을 때는 그가 누구인지 몰랐어요. 대단히 훌륭한 사람이 아니면 그런 지위를 얻지 못해요."

"무슨 지위요?"

"글쎄요. 정부가 후원하는 연구소의 소장요!"

그는 그녀가 얘기하는 방식이 좋았다. 그녀는 곧잘 약하고 달래는 듯한 "글쎄요."라는 말로 시작해서 특유의 맹렬하고 냉소적인 문장들을 늘어놓았다. 이야기가 시작되기 전에 의표를 찔러서, 그 말들을 헛되게 만드는 것이었다. 그녀는 용기가, 대단한 용기가 있었다.

"아, 예, 압니다."

그가 애매하게 말했다. 하버 박사는 오르가 오두막집을 소유한 날의 다음 날 소장이 되었다. 그 오두막집 꿈은 그들이 가졌던 한 번의 밤샘 면담 중에 있었다. 그들은 다시는 그런 시도를 하지 않았다.

꿈 내용의 최면 암시는 밤의 꿈꾸기에 효율적이지 않았다. 새벽 3시에 하버는 마침내 포기하고 오르를 증대기에 연결시켜서, 그 밤의 나머지 시간 동안 깊은 수면 패턴을 주입했고, 그제야 두 사람 다 쉴수 있었다. 다음 날 오후 그들은 면담을 가졌는데, 그 면담 중에 오르가 꾸었던 꿈은 너무 길고 혼란스럽고 복잡해서, 그는 자기가 뭘 바꾸었는지, 하버가 그때 무슨 훌륭한 일들을 해내고 있었는지 전혀 알수 없었다. 오르는 예전 진료실에서 잠들었다가 오리건 꿈학 연구소의 진료실에서 정신이 들었더랬다. 그리고 하버는 승진해 있었다. 그러나 거기에는 그것 이상이 있었다…… 그 꿈 이후로 날씨가 약간 덜비를 품은 듯했다. 아마도 다른 것들도 바뀐 듯했다. 그는 확신이 없었다. 그렇게 짧은 시간 안에 그토록 많은 효력 있는 꿈을 꾸어야 하는 것에 이의를 제기했다. 하버는 너무 빨리 몰아붙이지 않겠다는 데에 바로 동의했고 닷새 동안 면담 없이 지내도록 해 주었다. 어쨌든, 하버는 호의적인 인간이었다. 게다가 황금 알을 낳는 거위를 죽이고 싶어 하지는 않았다.

거위. 정확하군. 그게 나를 완벽하게 묘사하는군. 오르는 생각했다. 망할 놈의 허옇고 생기 없는 멍청한 거위. 그는 르라세가 하고 있는 얘기를 조금 놓쳤다.

"미안합니다, 얘기를 놓쳤네요. 지금 약간 머리가 둔한 것 같아요."

"당신 괜찮아요?"

"예, 좋아요. 그냥 좀 피곤할 뿐이에요."

"당신은 불쾌한 꿈을 꿨어요. '역병'에 대해서, 그렇죠? 그 후로 당신은 무시무시해 보였어요. 면담 때마다 그렇게 되나요?"

“아뇨, 항상은 아니에요. 이번엔 나쁜 쪽이었죠. 당신은 그걸 알 수 있을 것 같은데. 우리가 만날 계획을 잡고 있었던가요?”

“그래요. 월요일 점심이라고 내가 말했어요. 당신은 시내에 있는 브래드퍼드 인더스트리스에서 일하죠, 그렇죠?”

살짝 놀랍게도 그는 자신이 그렇다는 것을 깨달았다. 존 데이와 프렌치 글렌의 거대 도시들에 물을 대기 위한 본빌―우마틸라의 대규모 치수 계획은 존재하지 않았다. 그 도시들도 존재하지 않았다. 포틀랜드를 빼곤 오리건에 아무런 큰 도시들도 없었다. 그는 그 지구를 위해서가 아니라, 시내의 사설 장비 업체를 위해 일하는 제도공이었다. 그는 스타크 가의 사무실에서 일했다. 물론이다.

“예, 나는 1시에서 2시까지 쉬어요. 앤크니 가에 데이브네에서 만나면 되겠네요.”

“1시에서 2시라면 좋아요. 그러면 데이브네에서. 월요일 날 거기서 보죠.”

“잠시만요. 들어 봐요. 저기…… 하버 박사가 뭐라고 말했는지 얘기해 주면 안 될까요? 그러니까, 내가 최면에 빠졌을 때 나에게 무슨 꿈을 꾸라고 말했는지 얘기해 줄 수 있냐는 거예요. 당신은 모두 들었죠, 그렇죠?”

“그래요, 하지만 나는 그럴 수 없어요, 그의 치료에 끼어드는 게 될 테니까. 만약 그가 당신이 알기를 원했다면 당신에게 얘기했겠죠. 그건 도리에 어긋나는 것 같아 못하겠어요.”

“당신 말이 맞는 거 같네요.”

“그래요. 미안해요. 그러면, 월요일에?”

"안녕히."

그는 돌연 우울과 불길한 예감에 사로잡혔고, 그녀가 인사하는 소리를 듣지도 않고 수화기를 제자리에 돌려놓았다. 그녀는 그를 도울 수 없었다. 그녀는 용기 있고 강했지만, 아주 강인하지는 않았다. 아마도 그녀는 그 변화를 보았거나 감지했을 것이다. 하지만 그 사실을 치워 버리고 거부했다. 왜 아니겠는가? 이중 기억, 그것은 감당하기에 무거운 짐이고, 그녀는 그것을 떠맡아야 할 이유가 없었다. 자신의 꿈이 현실이 된다고 주장하는 얼빠진 소리를 하는 정신병자를 잠시라도 믿어야 할 동기가 없었다.

내일은 토요일이었다. 4시부터 6시까지, 아니면 더 늦게까지 하버와 긴 면담이 있었다. 출구가 없었다.

식사 때였지만 오르는 배고프지 않았다. 그는 자신의 높고 어슴푸레한 방이나 거실의 조명을 켜지 않았다. 여기서 살았던 3년간 거실에 가구를 놓는 데 관심을 가져 본 적이 없었다. 그는 지금 거실을 돌아다니고 있었다. 창문으로 조명과 강이 내다보였고, 공기 중에는 흙먼지와 초봄 냄새가 났다. 거실에는 목조틀의 벽난로, 여덟 개의 흰 건반이 달아난 직립형 피아노가 있고, 난로 옆에 바닥재 나무 쪼가리들이 쌓여 있었으며 25센티미터 높이의 낡은 일본식 대나무 탁자가 있었다. 광내지 않고 쓸지 않은 맨 소나무 바닥에는 어둠이 고요히 가로놓여 있었다.

조지 오르는 포근한 어둠 속에 몸을 쭉 뻗고 얼굴을 아래로 한 채 누워 있었다. 먼지 긴 나뭇바닥의 냄새를 맡았고, 그의 몸을 받치고 있는 바닥의 단단함이 느껴졌다. 그는 잠들지 않은 채 가만히 누워 있었다. 잠이 아닌 다른 어디, 더 멀리, 더더욱 멀리, 꿈들이 없는 곳이 있었다. 그가 그곳에 가 본 것은 처음이 아니었다.

그가 일어난 것은 클로르프로마진 알약을 먹고 자러 가기 위해서였다. 하버는 이번 주에 그에게 페노티아진 계열의 약들을 시도하고 있었다. 그 약은 잘 듣는 듯했다. 필요할 때 오르를 비동기적 상태에 들어서도록 하면서도 꿈들의 강도를 약화시켜 결코 꿈들이 효력 있는 수준에까지는 오르지 못하도록 했다. 그것은 괜찮았다. 하지만 하버는 다른 모든 약들과 마찬가지로, 그것의 효과도 감소하다가 결국엔 아무런 효과도 없어질 거라고 말했다. 죽음 말고 사람이 꿈을 꾸지 못하게 하는 것은 아무것도 없노라고 하버는 말했었다.

최소한 오늘 밤은 깊이 잠들었고, 꿈을 꾸었는지는 모르지만 그랬다면 그 꿈들은 영향력 없이 휙휙 지나가 버렸다.

그는 거의 토요일 정오가 되어서야 잠이 깨었다. 냉장고로 가서 속을 들여다보았다. 그리고 잠시 생각에 잠겨 서 있었다. 그의 인생에서 어느 개인 냉장고 속에서 보았던 것보다 더 많은 음식이 들어 있었다. 그러니까 그의 다른 인생에서 말이다. 70억 명의 사람들 사이에서 살았던 인생인데, 그 인생에서 음식은 결코 충분하지 못했다. 거기서는 달걀이 그 달의 사치품이었다…… "오늘은 달걀을 낳았어!" 그의 반쪽 아내는 달걀 배급품을 구입하면 그렇게 말하곤 했다…… 묘했다, 이번 인생에서 그와 도나는 시험 결혼을 하지 않았다. 법적으로 이야기하자면, '역병' 이후의 시기에는 그런 것이 없었다. 완전 결혼뿐이었다. 유타 주에서는, 출생률이 사망률보다 여전히 낮았기 때문에 종교적이고 애국적인 이유들로 일부다처제를 다시 제정하려고까지 하고 있었다. 그러나 그와 도나는 이번에 어떤 종류의 결혼도 하지 않았고 그저 같이 살았을 뿐이다. 그래도 그것은 오래가지 않았다. 그는 다시 냉장고 안의 음식으로 주의를 돌렸다.

그는 70억 명의 세계에서 존재했던 그 마르고 말라비틀어진 골격의 사내가 아니었다. 사실, 그는 꽤 튼실했다. 그러나 그는 굶주린 사람이 할 법한 식사를, 엄청난 식사를 했다. 반숙, 버터 바른 토스트, 안초비, 포육, 셀러리, 치즈, 호두, 마요네즈를 바른 냉가자미 한 조각, 양상추, 절인 비트, 초콜릿 쿠키 등 선반에서 찾을 수 있는 것은 닥치는 대로 먹었다. 이렇게 마구 먹어 대고 나니 육체적으로 훨씬 나아진 느낌이 들었다. 그는 무슨 생각을 했는데, 대용품이 아닌 진짜 커피를 마시는 것처럼 그것은 실제로 그를 웃게 만들었다. 어제, '그' 인생에서, 나는 효력 있는 꿈을 꾸었어. 그 꿈은 60억 명의 목숨을 없애고 지난 사반세기 동안의 모든 역사를 바꾸어 버렸어. 하지만 그러고 나서 내가 창조한 '이' 인생에서는 효력 있는 꿈을 꾸지 않았지. 나는 하버의 진료실에 있었어, 좋아, 그리고 꿈을 꾸었지. 그렇지만 그것은 아무것도 바꾸지 않았어. 쭉 이대로였고, 나는 그저 '역병의 세월'에 대한 나쁜 꿈을 꾸었을 뿐이야. 나에게 잘못된 건 아무것도 없어. 난 치료가 필요하지 않아.

그는 이런 식으로 전에 생각해 본 적이 없었고, 그런 생각은 꽤 유쾌해서 싱긋 웃게 할 정도였지만, 아주 유쾌한 것은 아니었다.

다시 꿈을 꾸리라는 것을 알고 있었기 때문이다.

이미 2시가 지났다. 그는 씻고 나서, 레인코트(진짜 면직물로, 다른 인생에서는 사치품이었다.)를 찾아 입고 연구소를 향해 출발했다. 몇 킬로미터쯤 걸어, 의과 대학을 지나 더 멀리 나아가 워싱턴 파크로 들어섰다. 물론 거기서 트롤리버스를 탈 수 있었지만, 그 버스는 가끔씩 오는 데다 빙 돌아서 갔고, 어쨌든 급할 게 없었다. 따뜻한 3월의 비 사이로 한가한 거리들을 지나는 것은 유쾌했다. 나무들은 잎을 내고, 밤나무들은 그것들의 촛불을 밝힐 준비가 되어 있었다.

'대몰락', 즉 5년 내로 50억 명의 인구를, 그 후 10년 내로 또 10억 명을 감소시킨 악성 역병은 세계의 문명들을 뿌리째 흔들긴 했어도 결국엔 온전히 남겨 두었다. 어떤 것도 근본적으로 바뀌지 않았고, 양적으로만 바뀌었을 뿐이다.

공기는 여전히 치유 불가능할 만큼 매우 오염되어 있었다. 그 오염이 '대몰락'을 수십 년 앞당겼고, 실로 대몰락의 직접적인 원인이었다. 그것이 이제는 신생아를 제외하면 누구에게도 크게 해를 끼치지 않았다. '역병'은 백혈병과 비슷한 변종들 속에서 여전히 선택적으로, 말하자면 신중하게, 네 명의 아기들 중 하나를 택하여 6개월 내로 그 목숨을 앗아갔다. 살아남은 사람들은 사실상 암에 저항력이 있었다. 그러나 거기에는 다른 슬픔들이 있었다.

저 아래 강 옆에 어떤 공장들도 연기를 내뿜지 않았다. 어떤 차들도 배기가스로 공기를 오염시키며 달리지 않았다. 얼마 안 되는 차들은 증기 차들과 전지로 작동하는 것들이었다.

또한, 이제는 지저귀는 새들도 없었다.

'역병'의 결과들은 사방에서 눈에 띄었다. 그 자체가 여전히 만연해 있는데도 전쟁이 발발하는 것을 막지 못했다. 사실 근동에서 벌어지는 전투는 좀 더 인구가 넘치던 세상에서 그랬던 것보다 더 야만적이었다. 미국은 무기와 군수품, 비행기들, 연대에 의한 "군사적 조언자들"로서 심하게 이스라엘—이집트 편을 들었다. 중국은 마찬가지로 심하게 이라크—이란 편을 들었지만, 아직 중국인 군사를 파견하지는 않았고, 티베트, 북한, 베트남, 몽고 인 군사들만 보냈다. 러시아와 인도는 거북하게 거리를 두고 있는 상태였다. 그러나 이제 아프가니스탄과 브라질이 이란과 한 패가 되려고 하고 있었고, 파키스탄은 이스라집트 편에 뛰어들지도 몰랐다. 그러면 인도는 공황 상태가 되어 중국을 지지하게 될 터인데, 그것은 소비에트 사회주의 연방이 어쩔 수 없이 미국 편을 들게 될 만큼 충분히 위협적일 터였다. 이것은 열두 개 핵보유국 진용을 하나로 몰고, 여섯 개 국을 한쪽으로 몰았다. 일은 예상한 대로들 진행되었다. 그러는 동안 예루살렘은 파괴되었고, 사우디아라비아와 이라크의 민간인들은 땅굴에서 사는 한편, 탱크와 비행기들이 공중에 불꽃을 흩뿌리고 물에는 콜레라가 퍼졌으며 아기들은 네이팜탄에 눈이 멀어 굴 밖으로 기어 나왔다.

오르는 모퉁이 신문 가판대에서 어느 헤드라인에 주목했다. 요하네스버그에서 여전히 백인들이 살육당하고 있다는 내용이었다. '반란' 이후로 이제 여러 해가 지났는데, 남아프리카에는 아직도 학살할 백인들이 있었다! 사람들은 거칠었다……

그가 포틀랜드의 잿빛 언덕들을 오르고 있을 때 따뜻하고 오염된 비가 아무것도 쓰지 않은 그의 머리에 부드럽게 내렸다.

비 속을 내다보는 커다란 구석 창이 있는 진료실에서 오르는 말했다.

"제발, 내 꿈들을 이용해서 상황을 개선하려는 것을 그만둬요, 하

버 박사님. 되지 않을 겁니다. 그건 부당해요. 나는 '치료받고' 싶다고
요."

"조지, 그것이 당신의 치료를 위한 단 한 가지 필수 조건이지요! 치
료를 '원하는 것' 말입니다."

"그건 내 말에 대한 대답이 아니에요."

그러나 덩치 큰 남자는 마치 양파 같았다. 그는 인격, 신뢰, 응답의
껍질을 계속해서 벗었다. 껍질들은 무궁해서 끝이 없고, 그에게는 중
심이 없었다. 어디에도 하버는 멈춘 적이 없는데, 멈춰야 했다, 여기
서 그만하겠노라 말해야 했다! 그는 아무런 존재도 아닌, 오로지 껍
질일 뿐이었다.

"당신은 나의 효력 있는 꿈들을 이용해서 세상을 바꾸고 있어요. 그
런데 당신이 그러고 있다는 것을 인정하려 하지 않죠. 왜 인정하지 않
나요?"

"조지, 당신의 관점에서 보면 타당한 듯하지만, 내 관점에서는 정말
로 대답할 수 없는 질문들을 하고 있다는 것을 깨달아야 해요. 우리는
같은 방식으로 현실을 보지 않습니다."

"얘기할 정도로는 충분히 같지요."

"그래요. 다행스럽게도. 하지만 묻고 대답하는 게 항상 가능하진 않
아요. 아직은 아닙니다."

"나는 당신의 질문들에 대답할 수 있어요, 그러고 있고요…… 하지
만 어쨌든 보라고요. 당신은 상황들을 계속 바꿀 수 없어요, 상황들을
계속 지배하려고 해서는 안 돼요."

"당신은 마치 그것이 무슨 보편적인 도덕률인 양 말하는군요."

하버는 특유의 상냥하고 숙고하는 듯한 미소를 짓고 수염을 쓰다듬으며 오르를 바라보았다.

"하지만 사실, 이 세상에서 인간의 목적이 바로…… 뭔가를 하고, 뭔가를 바꾸고, 뭔가를 다스리고, 더 나은 세상을 만드는 것 아닌가요?"

"아닙니다!"

"그러면 인간의 목적이 뭐죠?"

"모르겠어요. 사물은 목적이 없어요, 우주가 마치 하나의 기계인 것처럼 거기서 모든 부분이 유용한 기능을 갖고 있는 것일 뿐이죠. 은하계의 기능이 뭘까요? 우리의 삶이 목적이 있는지 없는지 나는 모르고 그것이 중요한지도 모르겠어요. 중요한 것은 우리가 하나의 부분이라는 것이죠. 피륙 속에 실 한 가닥이나 들판에 풀잎처럼요. 그것도 일부분이고 우리도 일부분이에요. 그런데 우리가 하는 일은 풀밭에 부는 바람 같은 거라고요."

잠깐의 침묵이 있었다. 그리고 하버가 대답했을 때 그의 어조는 더 이상 상냥하거나 안심시키거나 기운을 북돋우는 것이 아니었다. 아주 중립적이었고, 경멸감이 느껴질락 말락 했다.

"당신은 유대 기독교 합리주의의 서구에서 자라난 사람으로서는 독특하게 수동적인 견해를 지니고 있네요. 일종의 타고난 불교 신자로군요. 동양의 신비주의를 공부해 본 적이 있나요, 조지?"

대답이 뻔한 그 마지막 질문은 노골적인 빈정거림이었다.

"아니요. 그것들에 대해서는 아무것도 모릅니다. 하지만 사물의 틀을 강제하는 것이 잘못이라는 것은 알아요. 그러면 안 돼요. 그것이

100년간 우리의 실수였죠. 당신은…… 어제 무슨 일이 일어났는지 모릅니까?”

그 불투명하고 짙은 색의 두 눈이 오르의 눈과 마주쳤다, 똑바로.

“어제 무슨 일이 일어났는데요, 조지?”

길이 없다. 출구가 없었다.

하버는 이제 최면 과정에 대한 그의 저항을 줄이기 위해 펜토탈나트륨을 사용하고 있었다. 오르는 그 주사에 굴복하면서, 주삿바늘이 한순간 따끔하고 그의 팔의 혈관 속으로 미끄러져 들어가는 것을 지켜보았다. 이것이 그가 가야 하는 길이었다. 그에게는 아무런 선택권이 없었다. 그에게는 한 번도 아무런 선택권이 없었다. 그는 꿈꾸는 자일 뿐이었다.

하버가 뭔가를 처리하러 가 버린 사이에 약이 효과를 나타냈다. 그러나 그는 15분 내로 신속하게 돌아왔는데, 원기 왕성하고 명랑하며 거리낄 것 없는 모습이었다.

“좋았어! 계속합시다, 조지.”

오르는 머리가 둔한 상태로, 오늘 그가 뭘 계속할지 알았다. 전쟁이다. 신문들은 그 이야기로 가득했고, 새로운 소식을 잘 받아들이려 하지 않는 오르의 머릿속조차도 여기에 오면서 그 생각으로 가득 차 있었다. 근동에서 자라나고 있는 전쟁. 하버가 그것을 끝낼 터였다. 그리고 아프리카의 살육들도 틀림없이. 하버는 자비로운 사람이었으니까. 그는 인류를 위해 세상을 더 낫게 만들기를 원했다.

목적이 수단을 정당화한다. 하지만 거기에 목적이 없다면? 우리가 가진 것은 수단뿐이다. 오르는 소파에 기대어 눈을 감았다. 하버의 손이 그의 목을 건드렸다.

"이제 최면 상태에 들어갈 겁니다, 조지. 당신은……."

하버의 굵고 낮은 목소리가 말했다.

어둠.

어둠 속.

아직 완전히 밤은 아니었다. 들판에 마지막 어스레한 빛이 남아 있었다. 나무숲은 거무스름하고 물기 있어 보였다. 그가 걷고 있는 길이 하늘로부터 희미한 마지막 빛을 포착했다. 그 길은 길게 쭉 뻗어 있는 옛날 교외 고속도로, 갈라진 아스팔트 도로였다. 거위 한 마리가 사오 미터쯤 앞에서 걷고 있는데 고개를 까딱대는 하얗고 침침한 형체로만 보였다. 가끔씩 그것은 조금 윗윗 하는 소리를 냈다.

데이지 꽃처럼 흰 별들이 돋기 시작했다. 큰 별 하나가 길 오른쪽에서 어둑한 전원 위로 나지막이, 바르르 떨며 하얗게 막 피어났다. 그 별을 다시 쳐다보았을 때 더욱 커지고 환해져 있었다. 커지고 있어. 그는 생각했다. 그것은 더 환해지면서 점점 붉은 빛을 띠는 듯했다. 더욱 붉어지며 커지고 있었다. 눈동자 같은 그것이 허공을 떠돌았다. 유체 속의 미립자처럼 불규칙운동을 하는 그것 주위로 작은 청록색의 광선들이 획획 나아갔다. 광대한 크림색의 후광이 큰 별과 가느다란 광선들 주위에서 떨며 더 희미해졌다 더 분명해졌다 고동쳤다. **오 안 돼 안 돼 안 돼!** 어마어마하게 환해진 큰 별이 폭발하면서 눈이 멀 것만 같았다. 그가 땅바닥에 쓰러지며 두 팔로 머리를 덮을 때 하늘이 휘황한 죽음의 광선들을 터뜨렸지만, 미처 얼굴을 돌리지 못해 그것을 지켜보아야 했다. 땅이 위아래로 요동쳤고, 거대한 금들이 진동하며 대지의 표층을 뚫고 나아갔다.

"놔둬, 놔두라고!"

하늘을 마주한 채 그가 커다란 비명을 질렀고, 그러고는 가죽 소파에서 깨어났다.

오르는 일어나 앉았고, 땀에 젖어 떨리는 두 손에 얼굴을 묻었다.

이윽고 어깨에 묵직하게 하버의 손이 느껴졌다.

"또 불쾌한 꿈이었나요? 이런, 당신을 편안하게 풀어 준 줄 알았는데. 나는 평화에 관한 꿈을 꾸라고 했소."

"그런 꿈이었어요."

"하지만 그게 당신을 심란하게 했습니까?"

"나는 우주의 전투를 지켜보고 있었어요."

"지켜보고 있었다고요? 어디에서?"

"지구에서요."

오르는 간략하게 꿈 얘기를 하면서 거위 얘기는 뺐다.

"그들이 우리 것을 빼앗았는지 우리가 그들 것을 빼앗았는지는 모르겠어요."

하버가 웃음을 터뜨렸다.

"저 밖에서 무슨 일이 벌어지는지 볼 수만 있으면 좋을 텐데요! 그러면 우리가 좀 더 관련 있다고 느끼겠죠. 하지만 물론 그런 충돌들은 인간의 시야가 단순히 따라잡을 수 없는 속도와 거리에서 발생하지요. 당신의 해석이 실재보다 훨씬 더 생생할 겁니다, 틀림없어요. 70년대의 괜찮은 공상 과학 영화 얘기처럼 들리네요. 꼬마 때 보러 가곤 했는데…… 하지만 왜 암시가 평화였는데 전투 장면의 꿈을 꾸었을까요?”

“그냥 평화뿐이었나요? 평화에 관한 꿈…… 박사님이 말한 것은 그 뿐이었습니까?”

하버는 바로 대답하지 않았다. 그는 증대기를 제어하는 데 전념해 있었다.

“자, 됐습니다.”

마침내 그가 말했다.

“이번엔 실험적으로, 당신이 암시를 꿈과 비교하도록 해 봅시다. 아마 왜 그 암시가 부정적인 꿈으로 나왔는지 알아낼지도 모릅니다. 내가 말했지요…… 이런, 테이프를 돌려야지.”

그가 벽의 패널 쪽으로 갔다.

“이 면담을 모두 테이프에 기록하나요?”

“그렇고말고요. 정신 치료의 표준적인 관행입니다. 몰랐나요?”

‘어떻게 내가 그게 숨겨져 있는지 알았겠어, 아무런 소음도 없고 당신이 얘기해 주지도 않았는데.’

그러나 오르는 아무 말 하지 않았다. 그것은 표준적인 관행일지도 모르고, 하버의 인격적인 오만함일지도 몰랐다. 하지만 어느 쪽이더라도 그 점에 대해서 그가 할 수 있는 일은 별로 없었다.

“찾았어요, 이쯤이어야 하는데. 지금은 최면 상태예요, 조지. 당신은…… 여기군! 정신을 놓지 마요, 조지!”

테이프가 거슬리는 소리를 냈다. 오르는 머리를 저으며 눈을 깜박였다. 물론, 마지막 문장은 테이프에서 나오는 하버의 목소리였다. 그렇지만 오르는 여전히 최면 유도 약에 빠져 있는 상태였다.

“약간 건너뛰어야겠군요. 자, 됐어요.”

이제 다시 테이프 위에서 하버의 목소리가 이야기하고 있었다.

“……평화. 더 이상 인간들이 다른 인간들에 의해 대량 학살당하는 일은 없습니다. 이란과 아랍과 이스라엘에는 더 이상 전투가 없어요. 아프리카에 더 이상 집단 학살은 없어요. 다른 나라에 쓸 태세로 비축된 핵무기나 생화학 무기도 없습니다. 더 이상 사람들을 죽일 방법이나 수단 들에 대한 연구는 없습니다. 세상은 화목합니다. 평화는 지구상에서 보편적인 생활 방식이에요. 당신은 화목한 세상에 대한 꿈을 꿀 겁니다. 이제 당신은 잠이 듭니다. 내가 말하면……”

하버는 키워드를 듣고 오르가 잠에 빠지지 않도록 하기 위해 테이프를 뚝 멈췄다.

오르가 이마를 문질렀다.

“글쎄요, 나는 지시를 따랐어요.”

“거의 따르지 않았죠. 지구와 달 사이의 우주에서 벌어지는 전투에 관한 꿈을 꾸는 건…….”

하버는 테이프처럼 갑작스럽게 말을 멈췄다.

오르는 하버가 약간 안됐다는 느낌이 들었다.

“‘지구와 달 사이’라…… 내가 잠들 때 우리는 그런 말을 쓰지 않았죠. 이스라집트에서 상황은 어떤가요?”

예전의 현실로부터 만들어진 단어가 기묘하게 놀라운 효과를 지니며 이번 현실에서 내뱉어졌다. 초현실주의처럼, 그것은 사리에 맞는 듯하지만 맞지 않았고, 사리에 맞지 않는 듯하면서도 사리에 맞았다.

하버는 길쭘하고 훌륭한 방을 오락가락했다. 한 번 그의 곱슬곱슬

한 적갈색 수염을 손으로 훑었다. 그 손짓은 계산된 것이었고 오르에게 낯익었지만, 그가 말을 꺼냈을 때 오르는 이번만은 그가 무진장하게 쌓여 있는 특유의 즉흥적인 표현들에 의지하지 않고 조심스럽게 단어들을 찾아 선택하고 있다고 느꼈다.

"당신이 '지구 방위'를 평화에 대한, 궁극의 안녕에 대한 상징이나 은유로 썼다는 것이 묘하군요. 그러나 그게 부적당하지는 않아요. 아주 미묘할 뿐입니다. 꿈들은 끝없이 미묘하지요. 끝없이. 사실 우리가 우리들끼리 싸우기를 멈추고, 우리의 공격적이고 방어적인 힘들을 외부로 돌리고, 지역적인 추진력들이 모든 인류를 포함하도록, 공동의 적에 맞서 우리의 무기들을 모으도록 한 것은 바로 그 위협, 말도 안 통하고 분별없고 적대적인 외계인들의 침략 위협이었지요. 만일 그 외계인들이 치지 않았다면, 누가 알겠소? 실제로, 우리는 여전히 근동에서 싸우고 있는 중일지도 모르죠."

"작은 화를 피하려다가 큰 화를 당하는 법이에요. 모르시겠어요, 하버 박사님? 당신이 나로부터 얻을 것이 그뿐임을? 보세요, 내가 박사님을 방해하고 싶어서, 당신의 계획을 좌절시키고 싶어서 이러는 게 아닙니다. 그 전쟁을 끝내는 것은 좋은 생각이었어요, 전적으로 나는 그에 동의합니다. 나는 심지어 지난 선거에 '고립주의자'에게 표를 던지기까지 했어요. 해리스가 우리를 근동에서 꺼내 주겠다고 약속했으니까요. 하지만 내가, 아니 내 무의식이 전쟁 없는 세상이란 상상조차 할 수 없는 것 같습니다. 그것이 할 수 있는 최선은 한 가지 전쟁을 또 다른 전쟁으로 대치하는 거예요. 당신이 말했죠, 인간이 다른 인간들에 의해서 살해당하는 일은 더 이상 없다고. 그래서 내가 외계인들 꿈을 꾼 거예요. 박사님의 생각들은 건전하고 이성적이지만, 당신이 이용하려고 하는 것은 내 무의식이지 내 이성적인 사고가 아니라고요. 아마도 이성적으로는 내가 나라 때문에 서로를 죽이려고 하는 일이 없는 인류를 상상할 수 있을 거예요, 사실 이성적으로 전쟁 영화보다는 그것이 상상하기가 더 쉽죠. 하지만 당신은 이성 너머의 뭔가를 다루고 있어요. 당신은 그 일에 적당하지 않은 도구를 가지고 진취적이고 인도주의적인 목표들에 가 닿으려 애쓰고 있다고요. 인도주의적인 꿈을 꾸는 사람이 어딨나요?”

하버는 아무 말 하지 않고 아무 반응도 보이지 않았다. 그래서 오르는 계속 얘기했다.

“아니면 그저 그 일에 알맞지 않은 게 그냥 내 무의식, 비합리적인 사고가 아니라 내 총체적인 자아, 내 전체일지도 몰라요. 박사님이 말했듯, 나는 지나치게 패배주의적이거나 수동적인 것 같아요. 나에겐 큰 욕망들이 없어요. 아마 그것이 내가 이런…… 효력 있는 꿈을 꾸는 능력을 가진 것과 무슨 관련이 있을 겁니다. 하지만 그렇지 않다면, 그걸 할 수 있는 다른 사람들이 있을지 몰라요, 좀 더 박사님 같은 사고들을 지닌 사람들요. 그들과 같이라면 더 잘 작업하실 겁니다. 박사님은 그걸 시험해 볼 수 있어요. 내가 유일할 리 없습니다. 아마 나는 그저 우연히 그걸 인식하게 된 걸 거예요. 하지만 나는 하고 싶지 않아요. 이 곤경에서 빠져나오고 싶어요. 견딜 수가 없다고요. 제 말은, 이걸 생각해 보시라고요. 좋아요, 근동에서는 6년 동안 전쟁이 없었죠, 좋습니다, 하지만 이제 달 위에 외계인들이 있어요. 그들이 지상에 내리면 어쩝니까? 당신은 평화라는 미명으로, 내 무의식에서 무슨 괴물들을 끄집어낸 거죠? 나는 알지도 못한다고요!"

"외계인들이 어떻게 생겼는지는 아무도 모릅니다, 조지."

하버가 이성적이고 안심시키는 어조로 말했다.

"우리 모두 그들에 대한 악몽이 있어요, 신만이 아시지요! 하지만 당신이 말했듯, 그들이 달에 착륙한 후로 지금까지 6년이 지났지만 아직까지 지구에 이르지 못했어요. 이제, 우리의 미사일 방어 시스템은 완벽하게 효율적이죠. 외계인들이 지금껏 그러지 않았다면, 이제 와서 그걸 꿰뚫고 쳐들어올 거라고 생각할 이유는 없지요. 위험했던 시기는 처음 몇 달간이었죠, 국제간 협동 기지에 '대 방어 시설'이 결집되기 전까지."

오르는 어깨를 축 늘어뜨린 채 잠시 앉아 있었다. 그는 하버에게 "거짓말쟁이! 왜 나에게 거짓말을 하는 거죠?"라고 고함치고 싶었다. 하지만 그 충동은 절실하지 않았다. 그것은 아무런 도움이 되지 않았다. 그가 짐작하기로, 하버는 자기 자신을 속이고 있기에 정직할 수가 없었다. 그는 자신의 마음을 두 개의 완전히 밀폐된 반쪽들로 구분하고 있을지도 몰랐다. 그래서 한쪽에서는 오르의 꿈들이 현실을 바꾼다는 것을 알고, 그 목적을 위해 꿈들을 이용했다. 다른 한쪽에서는 자신의 꿈이 현실을 바꾼다고 생각하는 정신분열증 환자를 치료하기 위해 최면 치료와 꿈 정화 반응을 쓰고 있다고 믿는 것이다.

하버가 그렇게 하여 자기 자신과의 대화를 피할 수 있다는 생각을 떠올리기는 좀 힘들었다. 오르 자신의 마음은 그러한 구분들을 몹시 마뜩잖아 해서 타인들에게서 그것을 인식하는 데에 느렸기 때문이다. 그러나 그러한 구분들이 존재한다는 것은 알고 있었다. 그는 아이들이 좀 더 안전하게 자랄 세상을 만든답시고 폭격기에 조종사들을 태워 갓난아기들을 죽이는 정치가들이 다스리는 나라에서 컸다.

그러나 이제, 그것은 옛 세계였다. 이 멋진 신세계가 아니었다.

"나는 망가지고 있어요. 그걸 알아야 한다고요. 당신은 정신과 의사잖아요. 내가 엉망이 되고 있는 것을 모르겠습니까? 우주 공간에서 외계인들이 지구를 공격하다니! 나에게 다시 꿈을 꾸라고 요구하면, 당신이 뭘 얻을 것 같습니까? 아마 완전히 비정상적인 세계, 비정상적인 정신의 산물일걸요. 괴물, 유령, 마녀, 용, 변질된 것들…… 우리 속에 지니고 있는 온갖 것들, 어린 시절의 그 모든 공포, 밤의 두려움, 악몽 들을요. 그 모든 것들이 풀려나는 것을 당신이 어떻게 막을 수 있죠? 나는 못 막아요. 나는 통제가 안 된다고요!"

"통제에 대해서는 걱정할 것 없소! 당신이 지향하여 노력할 것은 자유요."

하버는 기운차게 말했다.

"자유! 당신의 무의식은 공포와 악행의 개수대가 아닙니다. 그것이 빅토리아시대의 관념이지요, 지독하게 파괴적인 관념이고. 그것은 19세기 최고의 지성들 대부분을 기형으로 만들었고, 20세기의 전반기 내내 심리학을 무력하게 했지요. 당신의 무의식을 두려워하지 마시오! 그것은 악몽들의 컴컴한 구렁텅이가 아니라오. 그거와는 딴판이죠! 그것은 안녕과 상상력, 창조력의 원천이에요. 우리가 '악'이라 부르는 것은 문명에 의해서 만들어집니다. 그것의 압박과 억압 들이 개성의 자연스럽고 자유로운 자기표현을 불구로 만드는 겁니다. 심리 치료의 목적은 정확히 이거요. 그러한 근거 없는 두려움과 악몽들을

제거하는 것, 무의식적인 것을 합리적인 의식의 빛 속으로 꺼내 와 객
관적으로 검사하고 거기에 '두려워할 것은 아무것도 존재하지 않는
다'는 사실을 발견하는 것이지요."

"하지만 존재하지요."

오르가 아주 나지막이 말했다.

하버는 마침내 그를 놓아주었다. 오르는 봄의 황혼 속으로 나와 연
구소 계단에 잠시 서서, 두 손을 주머니에 넣은 채 저 아래 도시의 가
로등들을 내려다보았다. 안개와 어스름에 몹시 문대어져서 그것들은
어두운 수족관에 든 열대어들의 자그마한 은빛 형체들처럼 움직이
며 깜박깜박하는 듯했다. 케이블카 한 대가 절거덕거리며 여기 연구
소 앞, 워싱턴 파크 꼭대기의 회차 지점을 향하여 가파른 언덕을 오르
고 있었다. 그는 거리로 나갔고 케이블카가 회차하는 동안 차에 올라
탔다. 그의 걸음은 불안정한 데다 목적이 없었다. 그는 몽유병자처럼,
뭔가에 휘몰린 사람처럼 움직였다.

7장

공상, 그것과 사고의 관계는 성운과 별의 관계와 같다. 그것은 꿈의 경계들이며, 사고의 미개척 영역이다. 살아 있는 투명한 것들이 거주하는 대기인 것이다. 즉 거기에 미지의 것의 시작이 있다. 그러나 그것을 넘어 '가능성'은 광대하게 펼쳐져 있다. 다른 존재들, 다른 사실들이 거기에 있다. 초자연주의가 아니다, 오로지 무궁한 자연의 신비로운 연속일 뿐…… 잠은 우리가 또한 일어날 성싶지 않은 것이라고 부르는 그 '가능성'과 접촉을 유지한다. 밤의 세계는 하나의 세계이다. 밤은 그 자체로 하나의 우주이다…… 미지의 세계의 알 수 없는 것들은 진정한 대화에 의해서든 그 심연의 간극의 비실제적인 확장에 의해서든 인간의 이웃이 된다…… 그리고 잠자는 이는 아주 확실히 보는 것도, 아주 의식이 없는 것도 아닌 채, 기묘한 동물들, 이상한 초목들, 끔찍하거나 눈부신 창백함, 귀신들, 가면들, 형체들, 괴물들, 혼란들, 빛 없는 달빛, 기적의 수상한 변형들, 캄캄한 심연 속에 성장과 사라짐, 어둠 속을 부유하는 형태들을 일견한다. 그 모든 미스터리를 우리는 '꿈꾸기'라고 부르고, 그것은 그저 보이지 않는 실재가 다가오는 것일 뿐이다. 꿈은 밤의 수족관이다.
— 빅토르 위고, 「바다의 노동자」

3월 30일 오후 2시 10분, 헤더 르라셰가 앤크니 가에 데이브의 파인 푸드를 떠서 계속해서 남쪽으로 4번 대로를 나아가는 것이 보였다. 황동 잠금쇠가 있는 커다란 검은색 핸드백을 들고 붉은색 비닐 우비를 입고 있었다. 이 여자를 주의해서 봐야 한다. 그녀는 위험하다.

그 불쌍한 빌어먹을 정신병자를 만나는 일이야 어찌되든 신경 쓰지 않았지만, 제길, 급사들 앞에서 멍청하게 보이는 것은 싫었다. 그녀는 점심시간의 많은 사람들 한가운데서 30분 동안 한 테이블을 차지한 채 "기다리는 사람이 있어요.", "미안하지만, 기다리는 사람이 있다고요." 그러다가, 아무도 오지 않고, 계속 아무도 오지 않는 바람에 결국 주문을 해서 화급하게 음식을 밀어 넣어야 했고, 이제 속이 쓰렸다. 불쾌함과 분함과 지루함이 머리 꼭대기까지 치솟았다. 아아, 어쩔 수 없는 작자 같으니.

그녀는 모리슨 가에서 왼쪽으로 돌았다가 돌연 멈춰 섰다. 이쪽에서 뭘 하고 있담? 이 길은 '포먼, 에셔벡, 루티' 쪽으로 가는 길이 아니었다. 서둘러 그녀는 북쪽으로 몇 블록을 되돌아가, 앤크니 가를 건너고, 번사이드 가에 이르렀다가 또다시 멈춰 섰다. 도대체 뭘 하고 있는 거지?

번사이드 남서쪽 209번지에 개조된 주차 건물로 가는 것이다. 개조된 주차 건물이라니? 그녀의 사무실은 모리슨 가의 펜들턴 빌딩에 있었다. '대몰락' 이후 포틀랜드에 첫 번째로 세워진 사무실용 빌딩이었다. 50층짜리, 네오잉카 양식의 건물. 개조된 주차 건물이라니, 대체 누가 개조된 주차 건물에서 일을 한단 말인가?

그녀는 번사이드를 따라 내려가서 올려다보았다. 과연, 거기에 그 건물이 있었다. 그 위로 온통 빌어먹을 광고판들이 있었다.

그녀의 사무실은 거기 3층에 있었다.

인도에 서서 그 기묘하고 슬쩍 비뚜름한 바닥에 좁다란 창문 틈들이 있는 폐기된 건물을 빤히 쳐다보면서, 실로 아주 이상한 느낌이 들었다. 지난 금요일 그 정신과 면담에서 무슨 일이 일어난 거지?

그녀는 그 별 볼일 없는 자식을 다시 만나 봐야 했다. 오르 씨든 그가 누구든 간에 말이다. 그는 점심 식사에 그녀를 바람맞혔지만, 그것은 상관없었다. 그녀는 아직도 그에게 물어봐야 할 몇 가지 질문들이 있었다. 그녀는 남쪽으로 성큼성큼 걸어갔다. 찰칵찰칵, 딸깍딸깍거리며 펜들턴 빌딩으로 향했다. 그리고 그녀의 사무실에서 그에게 전화했다. 먼저 브래드퍼드 인더스트리스(아뇨, 오르 씨는 오늘 안 나왔어요, 아뇨, 그는 전화하지 않았습니다.), 다음으로 그의 집(따르릉. 따르

릉. 따르릉).

아마, 다시 하버 박사에게 전화해야 할 터였다. 하지만 그는 워싱턴 파크의 저 위 꿈의 궁전을 다스리는 대단한 거물이었다. 그리고 어쨌든 그녀의 생각은 이랬다. 그녀가 오르와 무슨 관련이 있다는 것을 하버가 알면 안 되었다. 거짓말쟁이는 자기가 판 함정에 떨어지는 법이다. 거미는 자신의 거미줄에 갇힌다.

그날 밤 오르는 7시에도, 9시에도, 11시에도 전화를 받지 않았다. 그는 화요일 오전에 직장에 없었고 화요일 오후 2시에도 없었다. 화요일 오후 4시 30분에 헤더 르라셰는 '포먼, 에셔벡, 루티' 사무실을 떠서 트롤리버스를 타고 위터커 가에서 내려, 코벳 대로로 언덕을 걸어 올라가 그 건물을 발견했고 초인종을 울렸다. 수없이 손때 묻은 여섯 개의 누름단추들 중 하나였는데, 누름단추들은 세공 유리판을 끼운 문의 껍질이 벗겨져 나가는 틀 위에 지저분하고 조그맣게 열 지어 있었다. 그 건물은 1905년이나 1892년 즈음에는 누군가의 자부심이자 낙이었다가, 그 후로 힘든 시절에 이르렀지만 침착하게 때 묻은 기품을 지닌 채 계속해서 몰락을 향해 나아가고 있었다. 오르의 집의 초인종을 눌러도 아무 대답이 없었다. 그녀는 "관리인 M. 아렌스"라고 씌어진 초인종을 울렸다. 두 번. 관리인이 나왔고, 처음에는 비협조적이었다. 하지만 흑거미의 재주 가운데 한 가지는 더 못한 벌레들을 위협하는 재주였다. 관리인은 그녀를 위층으로 데려가서 오르의 집의 문을 두들겨 보았다. 문이 열렸다. 잠가 놓지 않았던 것이다.

그녀는 뒤로 물러섰다. 돌연 그 안쪽에 죽음이 있을지도 모른다는 생각이 들었다. 그리고 그것은 그녀의 공간이 아니었다.

개인 재산에 무관심한 관리인은 안으로 불쑥 들어갔고 그녀는 꺼리면서 뒤따랐다.

그 크고 낡고 휑한 방들은 어둑했고 비어 있었다. 죽음을 생각하는 것은 어리석어 보였다. 오르는 많은 것을 소유하지 않았다. 독신 남자다운 지저분함이나 난잡함은 없었지만 그렇다고 지나치게 깔끔 떠는 독신남도 아니었다. 그 방들에는 그의 개성의 특징이 거의 없었지만 그래도 그가 거기에 살고 있다는 것을, 조용하게 살아가는 조용한 남자라는 것을 알 수 있었다. 침실의 탁자에는 물잔이 있었는데, 그 안에 작은 흰색의 히스 꽃 가지가 있었다. 물은 줄어들어 1센티미터가 못 되었다.

"그가 어디로 갔는지 나는 몰라요."

관리인이 뿌루퉁하게 말했고, 도움을 구하는 모습으로 그녀를 보았다.

"그가 사고를 당한 것 같소? 뭔 일을?"

관리인은 술 장식이 있는 양가죽 코트를 입고, 코디(버펄로 빌 코디, 미국 19세기 후반 서부에서 겪은 모험담과 그것을 바탕으로 한 순회공연 쇼로 유명함—옮긴이)같이 긴 머리털에, 물병자리를 상징하는 청춘 시절의 목걸이를 하고 있었다. 겉으로 봐서는 30년간 같은 옷만 입어 온 듯했다. 그는 밥 딜런(포크 음악계의 거장. 1960년대 미국 저항 문화의 아이콘—옮긴이)이 비난조로 넋두리하는 식으로 말했다. 심지어 마리화나 냄새도 났다. 늙은 히피들은 결코 죽지 않는다.

그의 냄새가 어머니를 떠올려서 헤더는 상냥하게 그를 바라보았다.

"코스트 산맥 쪽에 소유하고 있다는 처소로 간 것 같네요. 사실, 그는 건강하지 않아요, 아세요? 그는 정부의 치료를 받고 있어요. 그가 만약 치료를 받지 않으면 말썽에 휘말릴 거예요. 그 오두막 위치가 어딘지, 아니면 거기에 전화가 있는지 아시나요?"

"모르는데."

"당신 전화 좀 써도 될까요?"

"그 사람 걸 써요."

관리인이 어깨를 으쓱하며 말했다.

그녀는 오리건 주립 공원에 있는 친구에게 전화를 걸어 추첨으로 당첨된 서른네 채의 사이유슬로 국유림 오두막집을 찾아 그 위치를 알려 달라고 시켰다. 관리인이 주위에서 듣고 있다가, 그녀가 전화를 끝내자 말했다.

"고위층의 친구군, 그렇죠?"

"그건 도움이 되죠."

"당신이 조지를 찾아내길 빌겠소. 그 친구 마음에 들거든. 그는 내 제약 카드를 빌려 쓰지."

관리인이 말하고서 갑자기 웃듯이 큰 콧숨을 내뱉었다가 뚝 그쳤다. 헤더가 떠날 때 그는 현관문의 껍질이 벗겨져 가는 틀에 뚱하게 기대어 있었는데, 그와 그 낡은 집은 서로를 받쳐 주는 듯했다.

헤더는 트롤리버스를 타고 다시 시내로 돌아와서 허츠 렌터카에서 포드 증기 차를 빌려 서99번 고속도로를 타고 출발했다. 그녀는 즐기고 있었다. 흑거미가 먹잇감을 쫓는 것이다. 왜 그녀가 탐정 대신에 빌어먹을 멍청한 삼류 시민권 변호사가 되었을까? 그녀는 법이 싫었다. 그것은 공격적이고 자신감 있는 개성을 필요로 했다. 그녀에게는 그것이 없었다. 그녀는 몰래 움직이고 교활하고 소심하고 비늘로 뒤덮인 듯한 성격을 지니고 있었다. 그녀도 영혼의 질병을 앓고 있었던 것이다.

작은 차는 곧 도시에서 벗어나 흔적만 남은 교외로 향했다. 한때는 수킬로미터를 서부 고속도로를 따라 달리며 놓여 있던 교외 지역은 사라지고 없었다. 80년대 '역병의 세월' 동안, 어떤 지역들에서는 스무 명 중 한 명도 살아남지 못했고, 교외 지역들은 살기에 좋은 곳이 아니었다. 슈퍼마켓으로부터 멀리 떨어져 있고, 차에 충전할 가스가 없고, 주변에 난평면 구조(1층과 2층 사이에 중간 2층이 끼어 있는 구조 ― 옮긴이)의 목장 가옥들은 죽은 자들로 가득했다. 아무 도움도 아무 먹을 것도 없었다. 성공한 사회적 지위의 상징인 아프간하운드, 저먼 셰퍼드, 그레이트데인 같은 개의 무리들이 우엉과 질경이로 엉망이 된 풀밭들을 거칠게 뛰어다녔다. 전망창은 금이 가 있었다. 누가 와서 저 깨어진 유리를 수리할까? 사람들은 도시의 옛 중심으로 다시 몰려들었다. 그리고 약탈당한 교외 지역들은 불에 타올랐다. 1812년 모스크바(당시 나폴레옹의 군대가 러시아를 침공했음 ― 옮긴이)처럼, 신이나 야만인의 행위처럼. 그 지역들은 더 이상 원하는 사람들이 없었고 불에 타올랐다. 분홍바늘꽃(불탄 자리에 나는 여러해살이풀 ― 옮긴이), 그 꽃으로부터 벌들이 최상의 꿀을 만들었고, 그것들의 땅은 점점 더 넓어져 켄싱턴 홈스 웨스트, 실번 오크 마노 이스테이츠, 벨리 비스타 파트 지역을 뒤덮었다.

해가 질 즈음 그녀는 튜얼러틴 강을 건너고 있었다. 가파르게 숲이 우거진 제방들 사이로 강은 실크처럼 매끄러웠다. 잠시 후 달이 나왔는데 만월에 가깝고, 남쪽으로 향하는 길의 왼쪽에서 노랬다. 그녀는 굽은 길에서 어깨 너머로 달을 쳐다보며 걱정스러워했다. 달과 시선을 주고받는 것은 더 이상 유쾌하지 않았다. 그것은 지난 수천 년간처럼 '성취할 수 없는 것'을 상징하지도, 지난 몇 십 년간처럼 '성취된 것'을 상징하지도 않았고, '잃어버린 것'을 상징했다. 도둑맞은 동전, 주인을 겨냥한 총의 포구, 하늘이라는 피륙 속에 난 둥근 구멍이었다. 외계인들이 달을 점령한 것이다. 그들이 달 기지를 공격했을 때 인류는 태양계에서 그들의 존재를 처음으로 알아챘고, 외계인들은 돔형의 건물 속에 있는 마흔 명의 인간들을 질식시켜 끔찍하게 살해했다. 동시에 같은 날, 그들은 러시아의 우주 정거장을 파괴했다. 그것은 지구 주위를 도는 커다란 엉겅퀴의 관모 씨앗같이 묘하고 멋지게 생긴 정거장이었고, 그곳에서부터 러시아 인들은 화성으로의 행군을 시작하려던 참이었다. '역병'이 누그러든 지 겨우 10년 만에, 결딴났던 인류 문명은 불사조처럼 다시 일어서 지구 궤도로, 달로, 화성으로 향했다. 그리고 이들을 만났다. 형태 없고 말 없고 분별없는 만행을. 우주의 어리석은 증오를.

　길들은 고속도로가 제왕이었을 때처럼 유지되지 않았다. 거친 조각과 구덩이 들이 있었다. 그러나 헤더는 종종 제한 속도(시속 70킬로미터)까지 속도를 올려 운전하면서 달빛을 받아 어슴푸레한 넓은 분지를 지나고, 얌힐 강을 네다섯 번 건너고, 던디와 그랜드 론드를 지났는데, 한쪽은 사람들이 사는 마을이고 다른 쪽은 카르나크(이집트의 신전 유적지 — 옮긴이)처럼 망해서 황폐해져 있었다. 그리고 마침내 그 언덕들, 그 숲에 이르렀다. '밴더저 삼림 길'이라는 해묵은 나무

도로 표지판이 있었다. 오래전부터 벌목 회사들에게서 보호된 땅이었다. 미국의 모든 숲이 식료품 가방이나 난평면 가옥이나 일요일 아침의 딕 트레이시(체스터 굴드가 1931년부터 《시카고 트리뷴》에 연재한 만화 ─ 옮긴이)를 위해 완전히 사라져 버리지는 않았다. 약간은 남아 있었다. 오른쪽으로 분기점이 있었다. 사이유슬로 국유림이었다. 온통 그루터기들과 병든 묘목들뿐인 빌어먹을 나무 농장 역시 없었고, 처녀림이었다. 커다란 솔송나무들이 달빛에 물든 하늘을 어둑하게 했다.

그녀가 찾던 표지판은 나뭇가지들과 양치식물로 무성한 어둠이 파리한 전조등 빛을 삼켜 버려 간신히 눈에 띄었다. 그녀는 되돌아가서 덜커덩거리며 천천히 바퀴 자국을 따라갔고 1.5킬로미터쯤 언덕을 넘어서자 마침내 첫 번째 오두막집이 보였다. 널빤지 지붕에 달빛이 비쳤다. 8시가 약간 지난 때였다.

오두막집들은 구획된 부지 위에 있었고 10미터 내외로 서로 떨어져 있었다. 나무들은 거의 희생되지 않았지만 덤불은 정리가 되었고, 한번 그 모양을 보고 나니 달빛 받은 작은 지붕들을 알아볼 수 있었다. 그녀는 개천을 건너 앞쪽의 집들로 갔다. 한 창문만 불이 밝혀져 있었다. 이른 봄의 화요일 밤이었다. 그래서 행락객은 많지 않았다. 그녀는 차문을 열다가 개천의 큰 소리에 깜짝 놀랐다. 끊임없는 힘찬 포효였다. 영원하고 타협을 모르는 찬양! 그녀는 불 밝혀진 오두막으로 가면서, 어둠 속에서 두 번 발부리가 채였고 집 옆에 주차되어 있는 차를 보았다. 허츠의 배트카. 확실했다. 하지만 아니라면 어쩌지? 낯선 사람일 수도 있었다. 글쎄, 제길, 저 사람들이 잡아먹지야 않겠지, 잡아먹으려나? 그녀는 문을 두드렸다.

잠시 후, 조용하게 투덜거리며 그녀는 다시 문을 두드렸다.

개천이 시끄럽게 소리쳤고 숲은 아주 조용했다.

오르가 문을 열었다. 머리카락은 엉키고 흐트러졌고 두 눈은 충혈
되었으며 입술은 메말라 있었다. 그는 눈을 껌벅이며 그녀를 빤히 바
라보았다. 망가지고 끝장난 사람처럼 보였다. 그것을 보니 그녀는 겁
이 났다.

"어디 아픈가요?"

그녀가 날카롭게 물었다.

"아뇨, 나는…… 들어와요…….."

그녀는 들어갈 수밖에 없었다. 거기에는 프랭클린 스토브(발명자인
벤저민 프랭클린의 이름을 딴 난로 ― 옮긴이)용의 부지깽이가 있었다.
그걸로 자신을 방어할 수 있을 터였다. 물론, 그가 먼저 잡아 공격할
수도 있겠지.

오, 다행스럽게도 그녀는 체격이 거의 그만 했고 상태는 훨씬 나았
다. 겁쟁이 겁쟁이.

"약에 취했어요?"

"아뇨, 나는……."

"당신이 뭐요? 무슨 문제죠?"

"잠을 잘 수 없어요."

자그마한 오두막에는 장작을 땐 연기와 갓 베어 낸 나무 냄새가 멋
지게 풍겼다. 세간은 금속판 두 개짜리 요리용 상판이 있는 프랭클린
스토브와 오리나무 가지들이 가득한 상자, 진열장, 탁자, 의자, 군용

간이침대뿐이었다. 헤더가 말했다.

"앉아요. 당신은 무시무시해 보인다고요. 술이 필요한가요, 아니면 의사? 내 차에 브랜디가 좀 있어요. 같이 있으면서 링컨 시티에서 의사를 찾아보는 게 좋겠어요."

"나는 괜찮아요. 그냥 **중얼중얼중얼** 졸린 것뿐이에요."

"잠을 못 잔다고 했잖아요."

그는 붉고 흐릿한 눈으로 그녀를 바라보았다.

"내 스스로 못 자게 하고 있어요. 겁나서요."

"이런 맙소사. 얼마나 이 상태로 있었던 거죠?"

"**중얼중얼중얼** 일요일."

"일요일부터 안 잤다고요?"

"토요일인가?"

질문하듯이 그가 말했다.

"뭔가 복용했어요? 각성제?"

그는 머리를 저었다.

"약간 잠이 들었었어요."

그는 꽤 분명하게 말했고, 그러고 나서는 아흔 살 먹은 사람처럼 깜박 또 잠이 든 듯했다. 그러나 믿을 수 없게도 그녀가 지켜보는 중에 바로 다시 잠이 깨었고 본정신으로 말했다.

"나를 쫓아서 여기로 온 거예요?"

"그럼 누굴 쫓아 왔겠어요? 크리스마스 나무를 베러요? 제발요. 당신은 어제 점심에 나를 바람맞혔어요."

"아."

그가 분명하게 그녀를 보려고 애쓰며 말했다.

"미안해요. 나는 제정신이 아니었어요."

그러면서, 미치광이 같은 머리카락과 눈빛에도 불구하고 그는 갑자기 본모습이 되어 있었다. 인간적 품위를 지닌 사람 말이다. 지금까지 인간적 품위는 찾아보기 힘들 정도로 희미해져 있었더랬다.

"그건 괜찮아요. 상관없어요! 하지만 당신은 치료를 빼먹고 있어요…… 그렇죠?"

그가 고개를 끄덕였다.

"커피 좀 드실래요?"

그가 물었는데, 그것은 품위 이상이었다. 고결함인가? 완전성? 조각되지 않은 나무토막처럼 말이다.

무한한 가능성, 구속되지 않고 움직이지 않고 조각되지 않은 존재의 한계 없고 절대적인 완전성이었다. 오로지 자기 자신일 뿐이면서, 모든 것인 존재.

요컨대 그녀는 그를 그렇게 보았고, 그러한 통찰 가운데 가장 인상 깊은 것은 그의 힘이었다. 그는 그녀가 지금껏 알았던 사람들 중에 가장 강한 사람이었다. 중심에서 옮겨질 수 없는 존재였기 때문이다. 그리고 그것이 그가 마음에 드는 이유였다. 그녀는 나방이 불빛에 이끌리듯 힘에 이끌렸다. 그녀는 어린아이처럼 사랑이 넘쳤지만 아무 힘이 없었으며 지금껏 기댈 사람이 없었다. 사람들이 그녀에게 기대었더랬다. 30년 동안 그녀는 그녀에게 기대지 않는, 기대지 않을, 그럴 수 없는 누군가를 만나기를 고대해 왔다……

키 작고 핏발선 눈에, 정신 이상에, 몸을 숨긴 채, 여기에 바로 그 사람이 있었고, 그는 그녀에게 힘의 요새였다.

인생이야말로 가장 놀랍도록 혼란스러운 것이라고 헤더는 생각했다. 그 다음에 무엇이 올지 '결코' 예측할 수 없다. 그녀는 외투를 벗었고, 그러는 동안 오르는 진열장 선반에서 잔을, 찬장에서 깡통 우유를 꺼냈다. 그리고 그녀에게 강한 커피 한 잔을 가져다주었다. 카페인 함량 97퍼센트짜리였다.

"당신 것은 없어요?"

"나는 너무 많이 마셨어요. 가슴이 쓰려요."

그녀의 가슴은 완전히 그에게로 쏠렸다.

"브랜디는 어때요?"

그는 원하는 것처럼 보였다.

"당신이 잠들지 않게 해 줄 거예요. 약간 들뜨게 할걸요. 가서 가져올게요."

그는 차로 돌아가는 그녀의 뒤쪽에 손전등을 비추어 주었다. 개천이 소리쳐 대고, 나무들은 말없이 늘어져 있고, 하늘에서는 달이 노려보고 있었다, 외계인의 달이.

오두막집으로 돌아와 오르는 적당히 브랜디 한 잔을 따라 맛을 음미했다. 그는 부르르 떨었다.

"좋은데요."

그러고는 그것을 단숨에 쭉 들이켰다.

그녀는 그 말에 맞장구치며 그를 지켜보았다.

"나는 항상 1파인트짜리 술병을 가지고 다녀요. 그건 자동차 도구함에 넣어 놨던 거예요. 경찰이 멈춰 세우면 면허증을 보여 줘야 하는

데 핸드백 속에 술병이 있으면 좀 웃기니까. 하지만 대개는 직접 갖고 다닌답니다. 매년 두어 번은 묘하게도 큰 도움이 되네요.”

“그래서 당신이 그렇게 큰 핸드백을 갖고 다니는 거로군요.”

오르가 술이 오른 목소리로 말했다.

“당연히 그렇죠! 내 커피에도 그걸 좀 넣어야 할 것 같네요. 커피를 좀 약하게 해 줄지 몰라요.”

그러면서 그녀는 그의 잔도 다시 채웠다.

“어떻게 육칠십 시간을 깨어 있었던 거죠?”

“완전히 그런 건 아니에요. 그저 난 눕지 않았어요. 서서도 좀 잘 수는 있지만 정말 꿈을 꿀 수는 없죠. 누워야 꿈꾸는 잠에 들 수 있어요, 누우면 중요한 근육들의 긴장이 풀리거든요. 책에서 읽었어요. 이러는 건 아주 효과가 있어요. 아직까지 진짜 꿈은 꾸지 않았으니까. 긴장이 풀리지 못하면 다시 깨어나죠. 그러고 나서 지금은 약간의 환각 상태 같아요. 벽 위에 사물들이 꿈틀거리거든요.”

“계속 그렇게 해 나갈 수는 없어요!”

“없죠. 알아요. 나는 그냥 하버로부터 도망쳐야 했어요.”

침묵. 그는 또다시 잠깐 늘어진 상태가 된 듯했다. 그는 좀 바보 같은 웃음을 지었다.

“내가 정말로 알겠는 한 가지 해결책은 자살이에요. 하지만 그러고 싶지 않아요. 그건 옳은 것 같지 않아요.”

“당연히 옳지 않아요!”

“하지만 어떻게든 그걸 멈춰야 해요. 난 멈춰져야 한다고요.”

그녀는 그의 말을 이해할 수 없었고, 그러고 싶지도 않았다.

"여긴 근사한 곳이네요. 장작 냄새를 맡아 본 지 20년은 되었어요."

"공기를 오염시키죠."

그가 약하게 웃으며 말했다. 그는 기력을 다 소진한 듯했다. 그러나 그녀는 그가 간이침대에 똑바른 자세로 앉아 있으려고 자신을 억제하며 벽에 기대지도 않는 것을 알았다. 그는 몇 번 눈을 깜박거렸다.

"당신이 문을 두드렸을 때, 그게 꿈인 줄 알았어요. 그래서 **중얼중얼** 늦게 나온 거예요."

"당신 스스로 이 오두막집 꿈을 꿨다고 했죠. 아주 수수한 꿈이네요. 왜 샐리시 해변의 스위스풍 별장이나, 퍼페추아 곶에 성 같은 것을 소유하지 않았어요?"

그는 낯을 찌푸리며 머리를 저었다.

"내가 원한 것은 모두……"

잠시 더 눈을 깜박거리고 나서 그가 말했다.

"일어난 일이에요. 당신에게 일어난 일이고요. 금요일에. 하버의 진료실에서. 그 면담요."

"내가 그걸 물으러 온 거예요!"

그 말이 그를 다시 정신 차리게 했다.

"당신은 알고……."

"그런 것 같아요. 그러니까, 뭔가 벌어졌음을 내가 안다는 거예요. 그 후로 내내 확실히 나는 한 짝인 바퀴들로 두 개의 길을 달리려고 해 왔어요. 일요일에 내 아파트에서 벽으로 곧장 걸어갔다고요! 보이죠?"

그녀가 이마의 갈색 피부 아래 거무스름한 멍을 내보였다.

“그 벽은 현재 거기에 있는데 원래는 현재 없었어야 한다고요……
당신은 어떻게 내내 이런 일을 참고 살아가는 거죠? 뭐가 어디에 있
는지 어떻게 알죠?”

“모릅니다. 모든 게 뒤죽박죽이에요. 꼭 벌어지도록 되어 있는 일이
라면 그렇게 자주 벌어지도록 되어 있지는 않아요. 하지만 이건 너무
심해요. 내가 미쳤는지, 아니면 그저 충돌하는 온갖 정보들을 다룰 수
없는 것인지도 이제는 모르겠어요. 나는…… 그런데…… 당신 말은
정말로 나를 믿는다는 뜻인가요?”

“달리 어쩌겠어요? 그 도시에 일어난 일을 보았다고요! 나는 창
문 밖을 내다보고 있었단 말예요! 내가 그걸 믿고 싶어 했노라 생각
할 건 없어요. 믿고 싶지 않았으니까, 믿지 않으려고 애썼다고요. 맙
소사, 끔찍해요. 그런데 하버 박사, 그는 나 역시 그걸 믿는 걸 원치
않았어요, 그렇죠? 그는 확실히 무슨 얘기를 유창하게 늘어놓았어요.
하지만 그때, 그러니까 당신이 깨어났을 때 한 얘기를 듣고, 그 다음
에 내가 벽으로 뛰어들고, 틀린 사무실로 가고…… 그러고 나서는 계
속 의심스러워했죠. 금요일 이후로 당신이 다른 무슨 꿈을 꾸어서 만
사가 또다시 변한 게 아닌가 싶었어요. 하지만 내가 거기에 없었으니
그건 모르죠, 그리고 나는 계속 궁금해 했어요. 무슨 일이 바뀌는지,
뭐가 정말 진짜이고 아닌지. 제길, 그건 지독하다고요.”

“바로 그거예요. 들어 봐요, 당신은 그 전쟁을 알죠…… 근동에서의
전쟁요.”

“분명히 알죠. 남편이 거기서 사망했으니까.”

“당신의 남편이? 언제요?”

그는 총에 맞은 표정이었다.

"그들이 전쟁을 그만두기 딱 사흘 전에요. 테헤란 회담과 미국과 중국의 조약이 있기 이틀 전이고. 외계인들이 달 기지를 날려 버리기 하루 전이고요."

그는 겁에 질린 것처럼 그녀를 바라보고 있었다.

"뭐 잘못됐어요? 아, 이런, 그건 오래된 상처예요. 6년 전, 거의 7년이 다 되었죠. 그리고 그가 살아 있었다면 우리는 지금쯤 이혼했을걸요, 형편없는 결혼 생활이었으니까. 자, 그건 당신 잘못이 아니었어요!"

"이제는 뭐가 내 잘못인지도 모르겠어요."

"글쎄요, 짐의 경우는 확실히 당신 잘못이 아니에요. 그는 그냥 덩치 크고 잘생긴 검은 피부에 나쁜 자식이었어요. 스물여섯 살에 거물급 공군 대장이 되었고 스물일곱 살에 격추되었죠. 당신이 그걸 발명했다고 생각하진 마요, 알겠어요? 그건 수천 년 동안이나 벌어져 온 일이라고요. 그리고 그건 다른…… 길에서도 똑같이 일어났었어요, 금요일 전에, 세상이 그토록 북적거렸을 때도요. 똑같이오. 단지 그때는 전쟁 초였을 뿐이죠…… 그렇죠?"

그녀의 목소리가 가라앉으며 나지막해졌다.

"맙소사. 그건 전쟁 초였어요, 휴전 직전이 아니라. 그 전쟁은 계속되었죠. 지금도 여전히 계속되고 있었어야 하고요. 그리고 없었어요…… 어떤 외계인들도 없었다고요…… 있었나요?"

오르가 머리를 저었다.

"당신이 '그들'을 꿈꾸었나요?"

"그가 나로 하여금 평화에 관한 꿈을 꾸게 했어요. 지구상에 평화를, 인간들 사이에 선을. 그래서 내가 그 외계인들을 만들었죠. 우리에게 뭔가 싸울 거리를 주기 위해서."

"당신이 그런 게 아녜요. 그의 기계가 그러는 거죠."

"아닙니다. 나는 그 기계 없이도 꿈을 꿀 수 있어요, 르라셰 양. 그것이 하는 일은 그의 시간을 덜고, 내가 바로 꿈꾸도록 하는 것뿐이에요. 비록 그가 최근에 어떻게든 그것을 향상시키려고 작업 중이었지만. 그는 상황을 향상시키는 데 열심이에요."

"헤더라고 불러 줘요."

"예쁜 이름이네요."

"당신의 이름은 조지고요. 면담에서 그가 계속 당신을 조지라고 부르더군요, 당신이 진짜 영리한 푸들 강아지나 붉은털원숭이인 양 말예요. 누워라, 조지. 이 꿈을 꿔, 조지."

그는 웃음을 터뜨렸다. 그의 치아는 희었고, 부스스하고 혼미한 모습이었지만 그 사이로 유쾌하게 웃음이 터져 나왔다.

"그건 내가 아니에요. 내 무의식이죠, 그러니까, 그가 얘기하는 상대 말예요. 그의 목적들을 위한 개나 원숭이 같은 거죠. 무의식은 이성적이지 않지만, 뭔가를 수행하라고 그것을 훈련시킬 수는 있어요."

그는 하고 있는 얘기가 아무리 지독하더라도 결코 냉소하며 말하지 않았다. 적의 없고 증오 없는 사람들이 정말로 존재할까? 그녀는 의아해했다. 우주에 결코 심술궂지 않은 사람들이 있을까? 악을 인식하고 그것에 저항하면서도 전혀 그것에 물들지 않는 사람들이 있을까?

물론 존재했다. 셀 수 없이 많은 산 자와 죽은 자들이. 순수한 동정

심에 운명의 물레로 돌아왔던 사람들, 그들이 그 길을 따른다는 것도
모르는 채 따를 수 없는 길을 따르는 사람들, 앨라배마에 소작농의 아
내와 티베트의 라마승과 페루의 곤충학자와 오데사의 목공과 런던의
채소 상인과 나이지리아의 염소 치기와 오스트레일리아 어디쯤 메마
른 강바닥 옆에서 지팡이를 깎고 있는 늙고늙은 노인과 다른 모든 이
들. 우리는 모두 그들이 누구인지 안다. 그들은 충분히 많다, 우리가
계속 나아가도록 할 만큼 충분히. 아마도.

"자, 봐요. 얘기해 보라고요, 알아야겠어요. 그건 하버에게 간 후로
시작되었나요……."

"효력 있는 꿈들 말이죠. 아뇨, 그 전부터요. 그 때문에 하버에게 갔
죠. 나는 그 꿈들 때문에 겁에 질려 있었고, 그래서 꿈꾸는 것을 억누
르느라 불법적으로 진정제들을 얻고 있었어요. 나는 어째야 할지 몰
랐어요."

"그러면 지난 이틀간 깨어 있으려고 애쓰는 대신에 뭔가를 복용하
지 그랬어요?"

"금요일 밤에 갖고 있던 걸 다 써 버렸어요. 여기서는 약을 지을 수
가 없고요. 하지만 나는 도망쳐야 했어요. 하버 박사로부터 깨끗이 달
아나고 싶었어요. 그가 실현하고자 하는 것보다 항상 상황은 좀 더 복
잡해져요. 그는 상황을 옳게 풀 수 있을 거라고 생각해요. 그리고 상
황을 옳게 풀려고 나를 이용하지만, 그는 나를 이용한다는 사실을 인
정하려고 하지 않아요. 거짓말을 하죠. 똑바로 보지 않기 때문이에요.
그는 뭐가 진실이고, 뭐가 있는 그대로인지 관심 없어요. 그는 자신의
마음, 그러니까 마땅히 되어야 할 일에 대한 자신의 생각들 말고는 아

무엇도 보지 못하거든요.”

“글쎄요, 변호사로서 내가 당신을 위해 해 줄 게 없네요.”

헤더가 그의 말을 썩 잘 이해하지는 못한 채 말했다. 치와와에게서 털이라도 자라게 했을 만큼 독한 커피와 브랜디 섞은 것을 홀짝거리고 있었기 때문이다.

“그의 최면 유도에 수상스러운 점은 없어요, 그건 알 수 있어요. 그는 그냥 당신에게 인구 과잉과 어리석은 생각에 대해 걱정 말라고 했을 뿐이니까요. 그리고 만일 그가 특수한 목적을 위해 당신의 꿈들을 이용한다는 사실을 숨기기로 마음먹었다면, 그럴 수 있죠. 최면을 이용해서 다른 누가 지켜보고 있는 중에는 당신이 효력 있는 꿈을 꾸지 못하게 했을 수도 있다는 거예요. 그가 왜 내가 면담을 목격하도록 내버려 뒀을까요? 그가 그 면담들에서 자신을 믿는다는 걸 확신해요? 나는 그를 이해하지 못하겠어요. 하지만 어쨌든, 변호사가 정신과 의사와 그의 환자 사이에 끼어드는 것은 어렵죠. 특히 그 의사가 유명 인사이고 환자는 자기 꿈들이 현실이 된다고 생각하는 미치광이일 때는 말이죠…… 이런, 나는 이걸 법정에 가져가고 싶지 않아요! 하지만 봐요. 당신이 그를 위해 꿈을 꾸는 것을 막아 줄 방법이 없나요? 정신 안정제 같은 건 어때요?”

“자발적 치료 중에는 제약 카드를 소지하지 못해요. 그가 약들을 처방해 줘야만 하죠. 어쨌든, 그의 증대기는 내가 꿈을 꾸도록 할 수 있어요.”

“그건 프라이버시 침해예요. 하지만 그게 사건이 되지는 못할 거예요…… 들어 봐요. 만일 당신이 그를 바꾸는 꿈을 꾼다면 어때요?”

오르는 잠과 브랜디 때문에 몽롱한 가운데 그녀를 멍하니 바라보았다.

"그를 좀 더 자비롭게 만드는 거예요…… 글쎄요, 당신은 그가 자비로운 사람이라고, 호의를 지니고 있다고 얘기하죠. 하지만 그는 권력욕이 많아요. 그는 책임지는 일 없이 세상을 다스릴 엄청난 방법을 찾아낸 거라고요. 글쎄요. 그의 권력욕이 줄어들도록 만들어요. 그가 '정말로' 착한 사람인 꿈을 꾸라고요. 그가 당신을 이용하는 게 아니라 당신을 치료하려고 애쓰는 꿈을 꿔요!"

"하지만 내가 꿈들을 선택할 수는 없어요. 누구도 그럴 수 없죠."

그녀는 맥이 빠졌다.

"잊고 있었네요. 이 일이 진짜라는 걸 받아들이자마자, 그게 당신이 통제할 수 있는 무언가라고 계속 생각하고 있었어요. 하지만 그럴 수 없죠. 당신은 그냥 그걸 '할' 뿐이죠."

"나는 아무것도 하지 않아요. 결코 아무것도 한 적이 없어요. 그저 꿈을 꾼다고요. 그러고 나면 현실이 그렇고."

오르가 침울하게 말했다.

"내가 당신에게 최면을 걸게요."

헤더가 느닷없이 말했다.

믿을 수 없는 사실을 진실로 받아들였던 탓에 그녀는 약간 어지러운 느낌이 들었다. 오르의 꿈들이 작용한다면, 그 밖에 뭐가 작용하지 않을까? 또한 그녀는 정오 이후로 아무것도 먹지 않았기 때문에 브랜디를 탄 커피를 마시니 세차게 두들겨맞는 것 같았다.

그는 약간 더 멍하니 바라보았다.

"나는 최면을 걸어 봤거든요. 대학에서, 법과 대학원 입학 준비 중에 심리학 과목을 들었어요. 우리는 모두 한 과목에서 최면을 거는 사람과 최면 당하는 사람 양쪽 다 연습했어요. 나는 꽤 괜찮은 피실험자였지만, 다른 사람들에게 최면을 거는 일에 진짜 재주가 있었죠. 내가 당신에게 최면을 걸게요, 그리고 꿈을 암시할게요. 하버 박사에 대해서…… 그를 해가 없도록 만드는 거예요. 그냥 그 꿈을 꾸라고만 얘기할게요, 더 이상은 없고요. 알겠어요? 그게 안전하지 않을까요…… 이 시점에서, 우리가 시도할 수 있는 가장 안전한 일 아닐까요?"

"하지만 나는 최면에 저항해요. 전엔 그러지 않았는데, 요즘은 그렇다고 하버 박사가 말하더군요."

"그가 경동맥 주사를 쓰는 이유가 그 때문이군요? 그걸 지켜보는 게 아주 싫었어요, 마치 살인처럼 보이더라고요. 나라면 그럴 수 없었을 거예요. 어쨌든, 내가 의사는 아니죠."

"내 치과의사는 그냥 최면 테이프를 사용했더랬죠. 그건 잘 들었어요. 어쨌든 내가 보기엔 그랬던 것 같아요."

그는 완전히 잠결에 이야기하는 중이라 막연히 이야기를 늘어놓고 있는 것일지도 몰랐다.

그녀가 상냥하게 말했다.

"그 얘기는 당신이 최면이 아니라 그 최면의에게 저항하고 있다는 말처럼 들리네요…… 어쨌든, 우리는 시도해 볼 수 있어요. 그리고 그게 효과가 있다면, 내가 당신에게 하버 박사에 관한 하나의 작은, 당신이 그걸 뭐라고 했더라…… 작은 '효력 있는' 꿈을 꾸라고 최면 암시를 줄 수 있고요. 그러면 그는 사실대로 말하면서 당신을 도우려고 할 거예요. 당신 생각엔 효과가 있을 거 같아요? 믿고 맡기겠어요?”

“어쨌든, 내가 좀 잘 수는 있겠네요. 나는…… 언젠가는 자야 해요. 내가 오늘 밤을 견뎌 낼 수 있을 것 같지 않아요. 만일 당신이 최면을 걸 수 있다면…….”

“할 수 있을 것 같아요. 하지만 먼저, 여기서 뭘 좀 들었어요?”

“그래요.”

그가 꾸벅거리며 말했다. 잠시 후에 그의 정신이 돌아왔다.

“아, 예. 미안해요. 여기 오면서 당신은 식사를 안 했군요. 저기 빵 덩어리가 있는데…….”

그가 찬장을 뒤졌고, 빵과 마가린, 완숙 달걀 다섯 개, 참치 캔, 약간 오래된 양상추를 꺼내 왔다. 그녀는 두 개의 양철 파이 접시와 세 개의 각종 포크들, 작은 과도를 찾아냈다.

“당신은 식사했어요?”

그녀가 다그쳤다. 그는 확실하지 않았다. 그들은 함께 식사를 준비했다, 그녀는 식탁 의자에 앉은 채, 그는 선 채로. 서 있으니 그는 다시 기운이 나는 듯했고, 아무것도 먹지 않은 게 맞았다. 그들은 모든 것을 반으로, 다섯 번째 달걀까지도 나누어야 했다.

“당신은 아주 친절한 분이군요.”

그가 말했다.

“내가요? 왜요? 내가 여기 온 것 때문에요? 이런 맙소사, 난 겁먹었다고요. 금요일에 세상이 바뀌는 바람에! 나는 그 문제를 바로해야 했어요. 봐요, 당신이 꿈꾸고 있을 때 나는 강 건너, 내가 태어났던 병원을 바로 내려다보고 있었어요. 그런데 갑자기 그게 거기에 없었고 결코 존재한 적도 없어진 거예요!"

"나는 당신이 동부 출신인 줄 알았는데."

그가 말했다. 당면 문제와의 관련성은 그 순간 그에게 그다지 중요한 점이 아니었다.

"아니에요."

그녀는 참치 캔을 싹 비우고 나이프를 핥았다.

"포틀랜드. 이젠, 두 번이네. 두 개의 다른 병원에서. 맙소사! 하지만 거기서 태어났고 길러졌죠. 내 부모님도 마찬가지였고요. 아버지는 흑인에 어머니는 백인이었어요. 그건 좀 재밌어요. 70년대 진짜 군대의 흑인 권력자 타입 알죠, 아버진 그런 분이셨는데 어머니는 히피였어요. 아버지는 앨비나의 복지 원조를 받는 집안 출신에 아버지가 안 계셨죠. 어머니는 포틀랜드 하이츠 출신에 법인 변호사의 딸이었고요. 그러다가 중퇴해서 약물과, 당시 사람들이 하던 온갖 마약에 빠졌죠. 그리고 두 분은 시위운동을 하던 어느 정치 동맹에서 만났어요. 시위가 여전히 불법이었을 때였죠. 그리고 결혼하셨고요. 하지만 아버지는 아주 오래 들러붙어 있지는 못하셨죠, 제 말은 결혼 생활뿐만 아니라 그 모든 상황에요. 내가 여덟 살 때 아버진 아프리카로 가셨어요. 가나로 가신 것 같아요. 아버지는 아버지네 사람들이 원래 거기서 왔다고 생각하셨지만, 진실은 몰랐죠. 그들은 언제부터인가 루이지애나에서 살았고, 르라셰는 프랑스어이니 노예 소유주의 이름이었겠죠. 그건 '겁쟁이'라는 뜻이에요. 내가 프랑스인 성을 지녔기 때문에 고등학교 때 프랑스어를 배웠죠."

그녀는 소리 죽여 웃었다.

"어쨌든, 아버진 그냥 가 버리셨어요. 그리고 불쌍한 이브와 일종의 결별을 한 셈이고요. 그게 내 어머니 이름이에요. 어머니는 결코 내가 당신을 '어머니'나 '엄마' 같은 호칭으로 부르는 걸 원하지 않으셨어요. 그게 중산층 핵가족의 소유욕이라나요. 그래서 난 어머니를 이브라고 불렀죠. 그리고 우리는 잠시 후드 산에 있는 무슨 공동체 같은 데서 살았어요, 맙소사! 겨울엔 추웠죠! 하지만 경찰이 그 공동체를 해체했어요, 그들은 그게 반미국적 음모라고 했죠. 그리고 어머닌 남한테 좀 얻어 살고 나서, 누군가의 물레나 가마를 이용할 수 있을 때는 멋진 도기를 제작했지만, 대개는 작은 상점들이나 레스토랑 같은 곳의 일을 거들었죠. 그 사람들은 서로 많이 도왔어요. 진짜로 많이. 하지만 어머니는 결코 습관성 마약을 멀리하지 못하고 중독되어 있었죠. 1년간 끊었다가도 다시 빠져 들곤 했어요. '역병'은 이겨 내셨어요, 하지만 서른여덟 살 때 불결한 바늘을 사용했다가, 그 때문에 돌아가셨죠. 그리고 빌어먹을 어머니의 '가족'이 나타나서 나를 떠맡지 않았더라면 좋았을 텐데. 본 적도 없는 사람들이었다고요! 그리고 그들은 나를 대학에 보내고 법과 대학원에 보냈죠. 그리고 나는 매해 크리스마스 전날 저녁 만찬을 위해 거기에 갔고요. 나는 그들에게 명색뿐인 흑인이었죠. 하지만 실은 말예요, 정말로 내 신경을 건드리는 건, 내 피붓빛이 뭔지 판단을 못 내리겠다는 거예요. 그러니까, 내 아버지는 흑인이셨죠, 진짜 흑인이오…… 아, 그분에게 약간의 백인 피가 흐르긴 했지만 '흑인'이셨어요, 그리고 어머니는 백인이었죠. 그리고 나는 어느 쪽도 아니에요. 봐요, 아버지는 어머니가 백인이라는 이유로 정말로 어머니를 증오했어요. 하지만 또한 사랑했죠. 그런데 내 생각에 어머니는 '아버지' 당신을 사랑하는 것보다 훨씬 더 그분이 흑인이라는 사실을 사랑하셨던 것 같아요. 글쎄요, 그래서 나는 어느 쪽일까요? 나는 결코 그 문제를 풀지 못했어요."

"갈색이오."

그가 그녀의 의자 뒤에 서서 상냥하게 말했다.

"지저분한 색이에요."

"대지의 색이죠."

"당신은 포틀랜드 사람이에요? 같은 시기에?"

"그래요."

"저 엄청난 개천 소리 때문에 당신 얘기를 들을 수가 없네요. 사람의 손이 닿지 않은 곳은 조용할 줄 알았더니. 계속 얘기해 봐요!"

"하지만 이제 나에겐 무수한 어린 시절이 있어요. 어느 쪽 얘기를 해 줘야 할까요? 한쪽에서는 부모님 두 분 다 '역병의 세월'의 첫해에 돌아가셨어요. 또 한쪽에서는 어떤 '역병'도 없었죠. 모르겠어요…… 그 어느 것도 아주 흥미롭지는 않네요. 그러니까 내 말뜻은, 얘기할 거리가 없다고요. 내가 한 것은 살아남는 것뿐이었어요."

"글쎄요. 그게 중요한 문제죠."

"더 심각해지고만 있어요. '역병', 그리고 이제는 외계인들……."

그는 무책임한 웃음을 지었지만, 그녀가 돌아보았을 때 그의 얼굴은 지치고 비참했다.

"나는 당신이 그들을 꿈꾸어 냈다는 게 믿기지 않아요. 그냥 믿을 수가 없다고요. 나는 그렇게 오랫동안, 6년 동안이나 그들을 무서워했단 말예요! 하지만 내가 그에 대해 생각하자마자 당신이 그랬다는 걸 알았죠, 왜냐하면 그들은 다른…… 시간의 궤도, 아니면 뭐든 간에 요, 거기서는 존재하지 않았으니까. 하지만 사실, 그들이 무시무시하게 넘쳐 나던 인구보다 더 심각할 것도 없어요. 끔찍하게 좁아터진 아파트에서 나는 네 명의 다른 여자들과 살았죠, 여사무원 분양 아파트에서요, 맙소사! 그리고 무시무시한 지하철을 탔고, 내 치아는 끔찍했고, 풍족하게 먹을거리는커녕 부족하게라도 먹을 것 또한 없었죠. 이거 알아요, 그때 나는 45킬로그램이었는데 지금은 54킬로그램이에요. 금요일 이후로 9킬로그램이나 늘었다고요!"

"맞아요. 당신은 무시무시하게 말라깽이였죠, 내가 당신을 처음 봤을 때. 당신의 법률 사무소에서."

"당신도요. 여위어 보였죠. 단지 다른 사람들도 모두 그랬기 때문에 나는 그걸 눈치 채지 못했죠. 조금이라도 잠을 자면 이제 당신은 꽤 튼실한 타입 같아 보이겠는데요."

그는 아무 말도 하지 않았다.

"생각해 보면 다른 이들 모두 역시 훨씬 나아 보여요. 봐요. 당신이 하는 일을 피할 수 없다면, 그리고 당신이 하는 일이 상황을 조금이라도 호전시킨다면, 당신은 그에 대해서 어떤 죄책감도 느껴서는 안 돼요. 말하자면, 당신의 꿈들은 그냥 행동의 진화에 있어서 새로운 길인지도 몰라요. 긴급 직통 전화인 거죠. 가장 잘 적응한 생존자이고요. 긴급한 우선권을 가진 거예요."

"아아, 그보다 심각해요."

그는 지금까지와 똑같은 공허하고 바보 같은 어조로 말했다. 그는 침대에 앉았다.

“당신은……”

그는 몇 번인가 더듬거렸다.

“당신은 4년 전…… 1998년 4월에 대해 뭔가 기억하고 있나요?”

“4월요? 아니, 아무것도 특별한 게 없는데요.”

“세상이 끝장났을 때이죠.”

오르가 말했다. 근육 경련이 그의 얼굴을 일그러뜨렸고 그는 숨이 찬 것처럼 헉헉거렸다.

“다른 사람은 누구도 기억하지 못하죠.”

“무슨 뜻이죠?”

그녀가 모호하게 겁에 질려 물었다. 4월, 1998년 4월, 내가 1998년 4월을 기억하던가? 그녀는 기억나지 않았고 기억해야 한다는 걸 알았다. 그리고 겁에 질렸다…… 그에게 겁이 난 걸까? 아니면 그와 같이? 그를 위해서?

“그건 진화가 아니에요. 그냥 자기 보호일 뿐이에요. 나는 못하겠어요…… 음, 그건 더 나빴어요. 당신이 기억하는 것보다 훨씬 나빴다고요. 그건 당신이 기억하는 첫 번째 세상과 똑같은 세상이었죠, 70억 명의 인구가 있는 세상. 단지…… 더 나빠졌을 뿐이었어요. 1970년대에 몇몇 유럽 국가를 제외하고는 어느 나라도 충분히 이른 시기에 배급 제도와 공해 통제와 산아 제한을 시작하지 못했고, 그래서 우리가 마침내 식량 배급을 관리하고자 했을 때는 너무 늦어서 식량이 충분하지 않았죠. 마피아가 암시장을 굴렸고, 모두가 먹을 것을 구하려면 그 암시장에서 사야 했는데, 많은 이들이 아무것도 구하지 못했죠. 당신이 기억하는 대로, 그들은 1984년에 헌법을 새로 썼어요. 하지만 그

때쯤에 상황은 훨씬 더 심각해졌죠. 심지어 더 이상은 민주주의 국가인 척도 못하고, 일종의 경찰 국가가 되었죠. 하지만 그건 효과가 없었어요, 바로 실패로 돌아갔죠. 내가 열다섯 살 때 학교들이 문을 닫았습니다. '역병'은 없었지만 유행병이 돌았죠, 이질, 간염 그리고 나서는 임파선종이 잇따랐어요. 하지만 대부분은 몹시 굶주렸어요. 그러고 나서 1993년에 근동에서 그 전쟁이 시작되었지만, 달랐어요. 그건 이스라엘이 아랍 국가들과 이집트에 맞서는 전쟁이었어요. 거대 국가들이 모조리 그 전쟁에 끼어들었죠. 한 아프리카 국가가 아랍 편에 섰고 이스라엘의 두 도시에 핵폭탄을 사용했어요, 그래서 우리는 이스라엘이 앙갚음하는 것을 거들었죠, 그리고……."

그는 잠시 조용했다가 말을 이었는데 분명 자기 이야기가 끊겼던 걸 모르는 듯했다.

"나는 그 도시에서 빠져나오려고 애쓰고 있었어요. 산림 공원으로 들어가고 싶었죠. 나는 아팠고, 계속 걸을 수 없어서 서쪽 언덕들 위에 있는 이 집의 계단에 앉았어요. 가옥들은 홀랑 불에 탔지만 계단들은 시멘트였죠. 층계들 사이의 한 틈에 민들레꽃 몇 송이가 피어 있었던 게 기억나요. 나는 거기에 앉았는데 다시 일어설 수가 없더군요, 그리고 일어서지 못하리라는 걸 알았죠. 나는 일어서서 가고 있다, 도시를 빠져나가고 있다고 계속 생각했지만, 그건 그냥 일시적인 착란이었을 뿐이고, 정신이 들자 다시 그 민들레꽃들이 보였고 내가 죽어 가고 있음을 알았어요. 그리고 다른 이들도 모두 죽어 가고 있음을 알았죠. 그러고 나서…… 꿈을 꾸었어요."

잠겨 있던 그의 목소리가 이제는 꽉 막힌 듯했다. 그가 마침내 말했다.

"나는 괜찮았어요…… 집에 있는 꿈을 꾸었죠. 정신이 드니 문제없었어요. 집의 침대에 있었죠. 단지 그 집은 내가 소유했던 어떤 집도 아니었고, 다른 때, 처음이었죠. 나쁜 때였어요. 맙소사, 그게 기억나지 않았으면 얼마나 좋을까. 대개는 기억나지 않거든요. 기억을 못 해요. 그 후로 언제나 자신에게 그건 꿈이었다고 말했죠. '그것'은 꿈이었다고! 하지만 아니었어요. 이게 꿈이죠. 이건 현실이 아니에요. 이 세계는 있음 직하지도 않다고요! 그 꿈이 참이었어요. 그게 일어난 일이었죠. 우리는 모두 죽었고, 우리가 죽기 전에 세상을 망쳐 놓았죠. 아무것도 남아 있는 게 없어요. 꿈들 말고는 아무것도."

그녀는 그를 믿었고, 화내며 자신의 믿음을 부인했다.

"그래서요? 아마도 그 세계가 존재했으리라는 것뿐이잖아요! 그게 뭐든, 좋아요. 당신은 자신이 해서는 안 되는 뭔가를 할 수 있는 사람이라고 생각하는 건 아니겠죠, 그렇죠? 대체 자신을 뭐라고 생각하는 거예요! 들어맞지 않는 것은 아무것도 없어요, 다 벌어지기로 되어 있던 일이고요. 언제나! 그것을 현실이라 부르든 꿈이라 부르든 뭐가 중요하죠? 그건 모두 한 가지라고요…… 그렇지 않은가요?"

"모르겠어요."

오르는 번민하며 말했다. 그녀는 그에게로 가서 아파하는 아이를, 또는 죽어 가는 이를 안듯이 그를 안았다.

그녀의 어깨에 놓인 그의 머리는 무거웠고, 하얀 피부의 네모진 손은 그녀의 무릎에 늘어져 있었다.

"당신 잠들었죠?"

그녀가 말했다. 그는 아무런 부정도 하지 않았다. 그를 세차게 흔드
니 겨우 아니라고 말했다.

"아뇨, 아녜요."

그가 말하면서 똑바로 일어나 앉으려 했다.

"아뇨."

그는 다시 축 늘어졌다.

"조지!"

그것은 진짜였다. 그의 이름을 쓰는 게 도움이 된 것이다. 그는 그
녀를 바라볼 만큼 꽤 오래 눈을 뜨고 있었다.

"깨어 있어요, 잠시만 깨어 있으라고요. 나는 최면을 시도해 보고
싶어요. 그러면 자도 돼요."

그녀는 오르가 꾸고 싶은 꿈이 뭔지, 하버와 관련하여 최면 상태에
서 그에게 영향을 미칠 게 뭔지 물어볼 요량이었지만, 이제 그는 너무
멀리 가 있었다.

"자, 거기 간이침대 위에 앉아요. 봐요…… 저 등불의 불꽃을 봐요,
그래야 해요. 하지만 잠들지는 마요."

그녀는 식탁 위, 달걀 껍데기와 부스러기들 사이에 기름등을 놓았다.

"그저 저기에 눈을 맞추고 있어요, 그리고 자면 안 돼요! 당신은 긴
장이 풀리고 편안한 느낌이 들 거예요, 하지만 아직은 잠들지 않아요,
내가 '잠들어요'라고 말하기 전까지는 아니에요. 그거예요. 이제 편안
하고 안락한 느낌이 듭니다……."

연극하는 느낌으로, 그녀는 최면술사들이 하는 말을 계속했다. 그
는 거의 바로 최면 상태가 되었다. 그녀는 그게 믿기지 않아 그를 시

험했다.

"당신은 왼손을 들 수 없어요. 들어 보려고 하지만, 너무 무거워 들 수가 없습니다…… 이제 손이 다시 가벼워지고, 당신은 손을 들 수 있어요. 그거예요…… 흠. 이제 1분 내로 당신은 잠들 거예요. 당신은 약간의 꿈을 꿀 거예요. 하지만 그냥 누구나 꾸듯 평범한 꿈일 거예요, 특별한 꿈들이 아닙니다…… 효력 있는 꿈들이 아니에요. 단 한 가지만 빼고. 당신은 하나의 효력 있는 꿈을 꿀 거예요. 그 속에서……."

그녀는 말을 멈췄다. 갑자기 겁이 났다. 차가운 불안감에 사로잡혔다. 내가 뭘 하고 있지? 이건 연극이, 게임이 아니다, 어리석은 이가 끼어들 것이 아니다. 그는 그녀의 지배 아래 있었다. 그리고 그의 힘은 헤아릴 수 없었다. 그녀는 상상도 못할 책임을 떠맡은 것이다.

그녀가 그랬듯, 사물이 제자리에 맞춰져 있는 것을 믿는 사람, 하나는 전체의 일부이자, 일부로서 그 하나가 곧 전체임을 믿는 사람, 그런 사람은 언제라도 전혀 신 노릇을 해 보고 싶은 욕망이 없다. 오로지 자신의 존재를 부정하는 사람들만이 신 노릇을 하고 싶어 한다.

하지만 그녀는 역할에 걸려들었고 이제 거기서 손을 뗄 수 없었다.

"당신은…… 하버 박사가 자비로운 사람인 꿈을 꿉니다. 그는 당신을 해치려 하지 않고 당신에게 정직할 거예요."

그녀는 무슨 말을 해야 할지, 어떻게 말해야 할지 몰랐고, 무슨 말을 하든 잘못될 수 있다는 것을 알았다.

"또 당신은 외계인들이 더 이상 저 달 위에 존재하지 않는 꿈을 꿀 거예요."

그녀는 서둘러 덧붙였다. 어쨌든, 그의 어깨에서 그 짐은 내려놓을 수 있었다.

"그리고 아침이면 푹 쉬고 난 상태로 깨어날 거예요, 만사가 괜찮을 거예요. 이제, 잠들어요."

오 이런, 그에게 먼저 누우라고 말하는 것을 깜박했다.

그는 반쯤 속을 채운 베개처럼 부드럽게 비스듬히 기울다가, 마침내 바닥에 크고 따뜻하고 움직임 없는 무더기처럼 되어 버렸다.

그는 70킬로그램이 넘을 리 없었고, 그를 간이침대로 올리려는 그녀에게 협조적이었음에도, 죽은 코끼리 같았다. 간이침대를 뒤집어엎지 않기 위해 먼저 다리부터 올리고 두 어깨를 끌어올려야 했다. 그는 결국 침낭에 오르긴 했는데, 당연히 그 속이 아니었다. 그녀는 다시 한 번 침대를 엎을 뻔하며 그의 밑에서 침낭을 끌어내어 위에 펼쳐 주었다. 그는 잠들었다. 푹, 완전히 잠들었다. 그녀는 숨차 하면서 땀을 흘리고 심란해 했다. 그는 그렇지 않았다.

그녀는 탁자에 앉아 숨을 돌렸다. 잠시 후에 뭘 해야 할까 생각했다. 저녁 식사 쓰레기들을 치우고, 물을 데워 파이 접시들과 포크, 나이프, 잔 들을 씻었다. 난로에는 불을 피웠다. 선반에서 책을 몇 권 찾아냈는데, 아마도 그가 긴 철야를 달래기 위해 링컨 시티에서 산 염가판 책들 같았다. 이런, 미스터리 소설들이 아니었다. 그녀에게 필요한 것은 멋진 미스터리물이었는데. 러시아에 관한 소설 하나가 있었다. '우주 조약'에 관한 거였다. 미국 정부는 예루살렘과 필리핀제도 사이에 아무것도 없는 척하려고 애쓰지 않았다. 만약 아무것도 없다면 그건 미국식 생활 방식을 위협할지도 몰랐기 때문이다. 그래서 최근 몇 년은 일본의 장난감 종이우산들, 인도의 향, 러시아 소설 등을 다시

한 번 구입할 수 있었다. 새로운 삶의 방식이란, 머들 대통령에 따르면 '인류의 동지애'였다.

"에프스키"로 끝나는 이름을 가진 누군가가 지은 이 책은 '역병의 세월' 동안 캅카스 산맥에 있는 소도시의 삶에 관한 것이었고, 정확히 말해 읽기에 유쾌한 책은 아니었지만 호소력이 있었다. 그녀는 그것을 10시부터 새벽 2시 30분까지 읽었다. 그 시간 내내 오르는 거의 움직임도 없이 푹 잠들어 누워 있었고, 가볍게 조용하게 숨을 쉬었다. 그녀는 그 캅카스 마을에서 고개를 들어 그의 얼굴을 보곤 했다. 평온하게, 침침한 등불 빛 속에 빛나거나 그늘진 얼굴이었다. 만일 그가 꿈을 꾸었다면, 조용하고 무상한 꿈들일 듯했다. 마을의 백치(피할 길 없는 운명에 대한 그의 완벽한 복종은 그녀로 하여금 같이 있는 사람을 계속 떠올렸다.)만 빼고 캅카스 마을의 모든 사람들이 죽은 후에 그녀는 다시 데운 커피를 조금 마셔 보았는데 잿물 같은 맛이 났다. 그녀는 문으로 가서 거기에 걸쳐 서서, 개천의 외침과 '영원한 찬양!'의 고함소리에 귀를 기울였다. 개천이 그녀가 태어나기도 전 수백 년 동안 그 엄청난 소음을 계속해서 내뱉어 왔으며, 저 산들이 움직일 때까지도 계속하리라는 것을 믿을 수 없었다. 그리고 가장 이상한 점은, 지금은 숲의 절대적인 고요 속에 아주 늦은 밤인데, 그 속에 아득한 곡조가 있다는 점이었다. 저 멀리 상류인 듯했고, 노래하는 아이들의 목소리 같았다…… 아주 사랑스럽고, 아주 기묘했다.

그녀는 몸을 떨었다. 물속에서 노래하는 그 태어나지 않은 아이들의 목소리에 그녀는 문을 닫았고, 작고 따뜻한 방과 잠든 사내에게로 돌아섰다. 그녀는 가내 목공일에 관한 책을 선반에서 내렸는데, 그가 오두막집에서 분주하게 시간을 보내려고 산 게 분명했다. 그러나 그 책을 읽으니 바로 졸렸다. 글쎄, 안 될 게 뭔가? 왜 안 자고 깨어 있어야 한담? 하지만 그녀가 잤어야 할 곳은……

조지를 바닥에 내버려 둘 걸 그랬다. 그는 눈치도 못 챘을 것이다. 이런 불공평해, 그가 침대랑 침낭이랑 다 차지하다니.

그녀는 그에게서 침낭을 치우고, 그의 레인코트와 그녀의 레인케이프로 침낭을 대신했다. 그는 전혀 동요하지 않았다. 그녀는 따뜻하게 그를 바라보았고, 그러고 나서 바닥의 침낭 속으로 들어갔다. 맙소사, 바닥은 차가웠고 딱딱했다. 조명은 그냥 두고 기름등만 껐었나? 한 가지를 하면 다른 한 가지는 안 한 것이다. 그녀는 그 공동체로부터 그것을 기억했다. 하지만 어느 쪽인지 기억나지 않았다. 으으으 제길, 여기는 너무 추워!

춥다, 추워. 딱딱하다. 환하다. 너무 환하다. 창문 속에 나무들의 움직임과 나부낌 사이로 해가 솟았다. 침상 위로. 바닥이 떨었다. 언덕들은 중얼거리며 바다 속으로 떨어지는 꿈을 꾸었고, 그 언덕들 너머로, 희미하고 무시무시하게, 먼 도시의 사이렌 소리들이 울부짖고, 울부짖고, 또 울부짖었다.

그녀는 일어나 앉았다. 세상의 끝에서 늑대들이 울부짖었다.

아침 해가 하나뿐인 창문 사이로 쏟아져 들어오며, 그것의 눈부신 사선 아래 놓인 모든 것을 뒤덮었다. 그녀는 넘치는 빛을 느꼈고 잠든 이가 여전히 잠든 채 얼굴 위로 손을 뻗는 것을 알았다.

"조지! 일어나요! 오, 조지, 제발 일어나요! 뭐가 잘못됐어요!"

그는 일어났다. 일어나면서 그녀를 보고 미소를 지었다.

“뭔가가 잘못됐어요…… 저 사이렌들…… 저게 뭐죠?”

아직 거의 꿈속에 있는 채로 그가 무감정하게 말했다.

“그들이 상륙했어요.”

그는 정확히 그녀가 하라고 얘기해 준 대로 했다. 그녀는 외계인들이 더 이상 달에 없는 꿈을 꾸라고 말했던 것이다.

8장

2차 세계 대전에 직접 공격을 받은 미국 본토의 유일한 지역이 오리건 주였다. 일본의 몇몇 열기구들이 연안 숲의 일부에 불을 놓았던 것이다. 첫 번째 성간 전쟁에서 침입을 받은 미국 본토의 유일한 지역도 오리건 주였다. 사람들은 아마도 오리건 주의 정치가들에게 그 책임을 지울 것이다. 오리건 주 출신의 상원 의원이 역사적으로 한 일이란 다른 모든 상원 의원들을 지칠 지경으로 만드는 것이며, 오리건 주의 빵에는 어떤 군용 버터도 놓인 적이 없다. 오리건은 건초 말고 어떤 것도 비축해 둔 것이 없었고, 미사일 발사대도 없고, 미국 항공 우주국 기지들도 없었다. 오리건은 명백하게 무력했다. 그곳을 방어하는 반외계인 탄도 미사일들은 워싱턴 주 월러월러와 캘리포니아 주 라운드 밸리의 거대한 지하 시설에서 왔다. 대부분이 미국 공군에 속해 있는 아이다호 주에서는 거대한 초음속 XXTT-9900기들이 보이시로부터 선 밸리까지 서쪽으로 날카롭게 비명을 지르며 날아가면서 모두의 귀청을 찢을 듯했다. 절대 확실한 탄도 미사일들의 망 사이로 어떻게든 빠져나갔을지 모를 외계인 우주선을 정찰하기 위해서였다.

그러나 미사일들의 유도 시스템을 장악하는 장치를 지닌 외계인 우주선들에 쫓겨서, 탄도 미사일들은 성층권 중간 어디쯤에서 방향을 바꾸어 돌아와 오리건 주의 여기저기에 떨어져 폭발했다. 캐스케이드 산맥의 메마른 동쪽 경사면에 대학살이 일어났다. 골드 비치와 더델스는 불바람에 파괴되어 버렸다. 포틀랜드는 직접적으로 타격을 받지는 않았다. 그러나 탄도 미사일의 핵탄두가 방향을 바꾸어 후드 산의 옛 분화구 근처를 치는 바람에 휴면 상태의 화산이 깨어났다. 뒤이어 증기와 땅의 진동이 바로 일어났고, 외계인이 침입한 첫째 날, 그러니까 만우절 정오쯤엔 북서쪽에서 분가공 하나가 열려 격렬하게 폭발했다. 눈이 안 쌓였고 벌채된 경사면들이 용암에 타올랐고 그 용암은 지그재그와 로도덴드론을 위협했다. 분석구가 형성되기 시작했고, 60킬로미터 밖까지 포틀랜드의 공기는 이내 탁해지고 재로 뿌예졌다. 밤이 오면서 바람이 남쪽으로 방향을 바꾸었고, 아래층의 공기는 약간 깨끗해져서 동쪽의 구름들 속에서 칙칙한 주황빛으로 껌벅껌벅 폭발하는 모습들이 드러났다. 비와 재로 가득한 하늘은 헛되게 외계인 우주선들을 찾아다니는 XXTT-9900기 중대들로 천둥쳤다. 동부 연안과 '조약'의 회원 국가들로부터 다른 폭격기와 전투기 중대 들도 계속해서 다가오는 중이었다. 이것들은 종종 서로를 쏘아 격추시켰다. 땅은 지진 및 폭탄과 비행기 추락의 충격들로 전율했다. 외계인 우주선 한 척은 그 도시의 경계로부터 겨우 12킬로미터 떨어진 곳에 착륙해서 남서쪽 교외 지역이 가루가 되었다. 외계인 우주선이 있었다고 말해지는 곳을 포함한 30제곱킬로미터의 지역을 제트 폭격기들이 조직적으로 철저하게 파괴한 것이다. 사실 폭격 전에 이미 우주선은 거기에 없다는 정보가 도착했다. 그러나 뭔가가 행해져야 했다. 제트기가 폭격할 때면 그렇듯, 도시의 다른 여러 지역들에도 실수로 폭탄들이 떨어졌다. 도심의 어떤 창문에도 유리가 남아 있지 않았다. 대신에 유리창은 작은 파편들이 되어 모든 도심 거리에 삼사 센티미터씩 쌓여 있었다. 포틀랜드 남서쪽의 피난민들은 그 사이로 걸어야 했다. 여자들은 아이들을 데리고, 깨진 유리로 가득한 변변찮은 신발을 신고 고통스러워하며 울면서 걸었다.

윌리엄 하버는 오리건 꿈학 연구소에서 자기 진료실의 대형 창문 앞에 서서 불꽃들이 타올랐다가 선창에서 이우는 모습과 핏빛으로 번뜩이는 화산의 분화를 지켜보았다. 그 창문에는 아직 유리가 있었다. 워싱턴 파크 근처에는 아직 아무것도 내리거나 폭발하지 않았고, 모든 건물들을 붕괴시켜 강바닥으로 내려앉게 하는 지반의 전율이 아직까지 이 언덕 위에서는 창문틀을 덜컥대는 정도였다. 아주 희미하게 동물원 코끼리들의 비명이 들렸다. 북쪽에서 이따금 범상치 않은 자줏빛 광선들이 보였는데, 아마도 윌러멧 강이 컬럼비아 강과 만나는 지역 위인 듯했다. 잿투성이에, 안개 자욱한 황혼 속에서 뭔가의 위치를 확실히 가늠하기는 어려웠다. 전력이 끊겨 그 도시의 광범위한 지구들이 불이 나가 있었다. 다른 지역들은 희미하게 반짝거렸지만, 가로등 불은 밝혀지지 않았다.

연구소 건물에는 그 말고 아무도 없었다.

하버는 조지 오르가 어디 있는지 위치를 파악하느라 애쓰며 하루를 보냈다. 그의 연구가 허사였음이 밝혀지고, 도시의 광란 상태와 늘어가는 파손 때문에 더 이상의 연구도 불가능해졌을 때 그는 연구소에 도착했다. 대부분의 길을 걸어서 와야 했는데, 그 경험은 그를 안절부절 못하게 했다. 그의 지위에 있는 사람이라면 시간을 빼앗는 곳이 워낙 많은 탓에 당연히 배트카를 몰았다. 그러나 배터리가 다했고 거리에 군중이 너무 빽빽해서 재충전하는 곳에 갈 수가 없었다. 그는 내려서 군중의 흐름을 거슬러, 그들 모두를 마주한 채 딱 한가운데서 걸어야 했다. 그건 내내 괴로웠다. 그는 군중이 싫었다. 그러나 인파는 줄어들었고 그는 풀밭과 과수밭과 공원 숲의 드넓은 지역을 홀로 걷게 되었다. 그리고 그건 훨씬 더 나빴다.

하버는 자신이 고독을 즐기는 사람이라고 여겼다. 그는 결코 결혼이나 친밀한 우정을 원한 적이 없었다. 그는 다른 이들이 잘 때 수행하는 정력적인 연구를 택했고 사람들과 얽히는 것을 피했다. 그의 성생활은 거의 전적으로 하룻밤 상대나 매춘부에 가까운 이들과 유지되었는데, 상대가 여자들인 경우도 있고 젊은 남자들인 경우도 있었다. 자신이 원하는 것을 위해 어떤 술집과 영화관과 사우나로 가야 하는지 알고 있었다. 그는 자신이 원하는 것을 얻었고, 그나 상대방이 서로에 대한 어떠한 요구라도 발전시키기 전에 다시 완전히 관계를 끊었다. 그는 자신의 독립심, 자신의 자유 의지를 소중히 여겼다.

그러나 그는 혼자 있는 것이, 다시 말해 그 거대하고 무심한 공원에 오로지 혼자 있는 것이 끔찍하다는 걸 깨달았고, 서둘러 뛰다시피 연구소로 향했는데 달리 갈 곳이 없었기 때문이다. 거기에 갔더니 그곳은 온통 조용했고 완전히 비어 있었다.

크라우치 양은 책상 서랍 속에 트랜지스터라디오를 보관했다. 그는 그것을 가져가서 최신의 보고들이 들리도록, 아니면 어쨌든 인간의 목소리가 들리도록 나지막이 켜 놓았다.

그가 원하는 모든 것이 여기에 있었다. 수면 연구소에서 밤새 일하는 노동자들을 위한 여남은 개의 침상, 음식, 샌드위치와 청량음료 자판기들이었다. 그러나 배고프지는 않았다. 대신에 무감정 같은 것을 느꼈다. 그는 라디오에 귀를 기울였지만, 그것은 그의 얘기를 듣지 않을 터였다. 그는 오로지 혼자였고, 외로움 속에서는 어떤 것도 사실적으로 보이지 않았다. 누군가가, 아무라도 얘기할 상대가 필요했다. 자신이 느끼는 바를 이야기해야 자신이 뭐라도 느끼는지, 어떤지를 알 터였다. 이렇게 홀로 있는 공포는 연구소에서 뛰쳐나가 다시 군중 속으로 내려가고 싶어질 만큼 강렬했지만, 무감정이 공포보다는 여전히 더 강했다. 그는 아무것도 하지 않았고 밤이 깊어졌다.

후드 산 너머로 때때로 불그스름하게 타오르는 빛이 광대하게 퍼졌다가 다시 어슴푸레해졌다. 뭔가 커다란 것이 시내 남서쪽을 쳤는데 그의 진료실에서는 시야 밖에 있었다. 그리고 이내 구름들이 그 방향에서 솟은 듯한 납빛의 섬광과 함께 아래로부터 빛을 받았다. 하버는 라디오를 가지고 복도로 나가서 보이는 게 있는지 살폈다. 미처 소리를 듣지 못했는데, 두 사람이 계단을 올라오고 있었다. 그는 잠시 그저 그들을 멍하니 응시하기만 했다.

"하버 박사님."

그들 중 한 명이 말했다. 오르였다.

"이제야 왔군요."

하버가 따끔하게 말했다.

"대체 하루 종일 어디 있었습니까? 이리 와요!"

오르는 발을 절며 왔다. 얼굴 왼쪽은 부어오르고 피투성이인 데다 입술은 베였고 앞니 하나는 반쯤 잃어버렸다. 그와 같이 있는 여자는 덜 다쳤지만 더 지쳐 보였다. 멍한 표정에 금방이라도 무릎이 꺾이려고 했다. 오르는 그녀를 진료실의 소파에 앉혔다. 하버는 요란스러운 의사의 목소리로 말했다.

"여자 분이 머리에 타격을 받았습니까?"

"아뇨. 무척 긴 하루였어요."

"나는 괜찮아요."

여자가 중얼거리며 약간 몸을 떨었다. 오르는 민첩하고 열심이었다. 그녀에게서 불쾌하게 진흙투성이인 신발을 벗겨 냈고 소파 발치에 있는 낙타털 담요를 덮어 주었다. 하버는 그녀가 누구인지 궁금했지만, 잠깐 궁금해 했을 뿐이다. 그는 다시 할 일을 하기 시작했다.

"여자 분은 거기 쉬도록 둬요, 괜찮을 겁니다. 이리 와서 씻어요. 당신을 찾느라 하루 종일 시간을 보냈소. 어디 있었죠?"

"시내로 돌아가려 하고 있었어요. 우리가 뛰어든 곳에 융단 폭격 같은 게 있었는데, 그게 딱 내 차 앞에서 길을 날려 버렸어요. 차가 많이 굴렀어요. 뒤집혔던 것 같아요. 헤더는 내 뒤에 있었는데 제때 멈췄죠. 그녀의 차는 괜찮아서 우리는 그 차에 올랐어요. 하지만 99번 도로가 모두 날아가 버려서 선셋 하이웨이까지 횡단해야 했고, 그러고 나서는 조류 보호구 근처의 노상 바리케이드 때문에 차를 버릴 수밖에 없었어요. 그래서 우리는 공원을 관통해서 걸었어요."

"대체 어디서 오고 있었던 겁니까?"

하버는 개인 세면실 개수대에 뜨거운 물을 틀어 놓았다가, 이제 오르에게 김나는 수건을 건네어 피투성이 얼굴에 대고 있도록 했다.

"코스트 산맥의 오두막이오."

"다리는 왜 그렇소?"

"차가 뒤집혔을 때 타박상을 입은 것 같아요. 저, 그들이 벌써 도시에 들어왔나요?"

"만일 군부가 안다면 말할 생각이 없는 거겠죠. 그들이 하는 얘기는 대형 우주선들이 오늘 아침 착륙했을 때 작은 기동 유닛들로, 그러니까 헬리콥터 같은 것들로 쪼개져 흩어졌다는 것뿐이오. 그것들은 오리건 주의 서쪽 지역 반 정도에 걸쳐 곳곳에 있어요. 움직임이 느리다고 보도되고 있는데, 격추 중인지 어떤지는 전하지 않는군요."

"우리는 하나를 봤어요."

오르가 수건에서 얼굴을 내밀었는데, 보랏빛 멍들 때문에 표가 났지만, 그래도 피와 진흙을 닦아내니 이제 덜 충격적이었다.

"딱 그럴 거라 생각했던 것처럼 생겼더군요. 작은 은빛 물체였는데, 노스플레인스 근처 목장 위로 키가 10미터쯤 되었죠. 한 발로 경중경중 뛰는 무엇 같더군요. 지구상의 것 같지 않았어요. 외계인들이 우리와 싸우고 있나요, 그들이 비행기들을 격추하고 있어요?"

"라디오에서는 얘기가 없습니다. 시민들을 빼면 사망자도 보도되지 않고. 자 이제, 커피와 음식을 좀 들어요. 그러고 나면 이 지옥의 한가운데서 치료 면담을 가져 당신이 만들어 놓은 이 비상식적인 혼란을 반드시 끝냅시다.”

그는 펜토탈 나트륨 주사를 준비해 놓았고, 이제 오르의 팔을 잡아 주의나 양해도 없이 주사를 놓았다.

“그래서 내가 여기 온 거죠. 하지만 모르겠어요……”

“당신이 할 수 있을지 말이죠? 할 수 있어요. 자!”

오르는 다시 여자 주위를 서성거렸다.

“그녀는 괜찮소. 잠들었으니 귀찮게 하지 마요. 그녀한테 필요한 건 잠이오. 자!”

그는 오르를 식품 자판기들로 데려가서, 로스트비프 샌드위치, 달걀과 토마토 샌드위치, 사과 두 알, 초코바 네 개, 커피 두 잔을 사 주었다. 그들은 제1 수면 연구실의 탁자에 앉으며 사이렌이 울부짖기 시작한 새벽에 버려진 ‘참을성’ 기획을 옆으로 치웠다.

“그래요. 음식을 들어요. 이제, 이 혼란을 해결하는 것이 당신 능력 밖이라고 생각하고 있다면, 잊어버려요. 나는 내내 저 증대기를 연구해 왔고, 그것이 당신을 위해 그 일을 해 줄 겁니다. 나는 효력 있는 꿈을 꾸는 동안 당신의 뇌가 방출하는 것들의 모델, 그 주형을 얻었습니다. 내가 여러 달 내내 잘못한 게 어떤 실체, 즉 오메가파를 찾고 있었던 겁니다. 그런데 거기에 특정한 파는 존재하지 않아요. 그건 단지 다른 파들의 조합으로 형성된 하나의 패턴일 뿐이었고, 큰 혼란이 일기 전 지난 며칠에 걸쳐 나는 마침내 그 문제를 해결했소. 주기는 97 초예요. 당신에게는 아무 의미 없는 얘기일지 모르지만, 당신의 엄청난 뇌가 하고 있는 게 바로 그거요. 이렇게 말해 보죠. 당신이 효력 있는 꿈을 꾸고 있을 때 당신의 뇌 전체는 그 자체를 완성하고 다시 시작하는 데에 97초가 필요한 방출물들의 복잡하게 동기화된 패턴과 관련 있어요. 일상적인 비동기적 상태의 그래프들에 대한 일종의 대위법(둘 이상의 독립적인 선율들을 결합시켜 만드는 다성음악의 작곡법 ─ 옮긴이)적인 결과죠. 동요인 「메리에게는 작은 양이 있었어요」에 대한 베토벤의 「대푸가」 같은 겁니다. 그건 믿을 수 없을 만큼 복잡해요, 그래도 시종일관 똑같고 반복해서 일어나고 있습니다. 그래서 나는 그것을 당신에게 직접 주입하여 증폭할 수 있습니다. 증대기는 준비가 모두 끝났소, 당신을 위해 준비되어 있습니다, 마침내 그것이 당신의 머리 안쪽에 정말로 들어맞으려 하고 있어요! 이번에 꿈을 꾸면, 큰 꿈을 꿀 겁니다, 젊은 친구. 이 무분별한 침공을 멈추고, 우리가 깨끗하게 또 다른 연속된 공간으로 들어서서 새롭게 시작할 수 있을 만큼 대단한 꿈이죠. 그게 당신이 할 일이오, 알겠소? 당신은 상황을 바꾸거나 살리는 게 아닙니다, 전체 연속체를 바꾸는 거예요.”

“박사님과 그에 대한 얘기를 할 수 있다니 근사하군요.”

오르가 그 비슷하게 말했다. 그는 입에 상처를 입고 이빨이 부러졌음에도 놀랍도록 순식간에 샌드위치들을 먹어 치웠고, 지금은 초코바를 삼키고 있었다. 그가 한 말에는 모순이, 아니 뭔가가 있었는데, 하버는 너무 분주해서 그에 대해 신경 쓰지 못했다.

“들어 봐요. 이 침공이 그냥 일어난 겁니까, 아니면 당신이 나와 한 번 약속을 지키지 못해서 일어난 겁니까?”

“내가 이 꿈을 꿨어요.”

“통제 없이 효력 있는 꿈을 꾸도록 됐다고요?”

하버의 목소리에 묵직한 노여움이 실렸다. 지금까지 오르에게 지나치게 보호적이고 관대했던 것이다. 오르의 무책임함 때문에 많은 무고한 이들이 죽고 도시에 파괴와 공포가 풀려났다. 오르는 자신이 저지른 일을 직시해야 했다.

"그게 아니라……"

오르가 막 이야기를 꺼냈을 때 정말로 큰 폭음이 강타했다. 건물이 꿈틀하고, 울리고, 우지직우지직 소리를 내고, 열 지어 있는 빈 침상들에서 전기 기구가 튀어 오르고, 커피가 잔 속에서 기울었다.

"화산이었나요, 아니면 공군인가요?"

오르가 말했는데, 그 폭발 때문에 자연스럽게 놀라 있으면서도 꽤 태연해 보인다는 것을 하버는 눈치 챘다. 그의 반응은 완전히 비정상적이었다. 금요일에 오르는 단순한 윤리적 부분에 대하여 완전히 자제심을 잃은 것처럼 보였다. 수요일 지금 아마겟돈의 한가운데서 그는 냉철하고 차분했다. 전혀 일신상의 두려움이 없는 것처럼 보였다. 그러나 그는 두려워해야 했다. 하버가 두렵다면, 당연히 오르도 그래야 했다. 오르는 두려움을 억누르고 있었다. 하버는 갑자기 궁금해졌다. 아니면 그가 이 침공 꿈을 꾸었기 때문에, 이것도 그저 꿈일 뿐이라고 생각하는 것일까?

만약 꿈이라면?

누구의?

"위층으로 돌아가는 게 좋겠소."

하버가 말하면서 일어섰다. 점점 더 초조함과 짜증을 느꼈다. 그러한 흥분이 지나치게 심해지고 있었다.

"어쨌든, 당신과 함께 온 여자는 누구죠?"

"르라셰 양이에요."

오르가 그를 묘하게 바라보며 말했다.

"그 변호사요. 그녀는 금요일에 여기에 있었어요."

"어떻게 그녀가 당신과 있게 된 겁니까?"

"그녀는 나를 찾고 있었어요, 나를 쫓아서 그 오두막집으로 왔죠."

"나중에 다 설명해 주시오."

하버가 말했다. 이런 사소한 일에 낭비할 시간이 없었다. 그들은 나가야 했다, 이 불타오르며 폭발하는 세상에서 나가야 했다.

그들이 하버의 진료실로 들어서자마자 대형 이중창문의 유리가 날카롭게 노래하는 소리를 내며 터져 나갔고 거대하게 공기를 빨아들였다. 두 사람 다 진공청소기의 주둥이로 향하는 것처럼 창문 쪽으로 휘몰렸다. 그러고 나서 모든 것이 하얘졌다. 모든 것이. 둘 다 엎어졌다.

두 사람 모두 어떤 소음도 인식하지 못했다.

다시 볼 수 있게 되자, 하버는 책상을 잡고 간신히 일어섰다. 오르는 이미 소파 옆으로 가서 놀라 어쩔 줄 모르는 여자를 달래고 있었다. 사무실 안은 추웠다. 축축한 냉기를 품은 봄 공기가 빈 창문들 속으로 쏟아져 들어왔고, 그것은 연기와 불에 탄 단열재, 오존, 유황, 그리고 죽음의 냄새가 났다.

"우리는 지하실로 가야 해요, 그래야 할 것 같지 않아요?"

르라셰가 몹시 부들부들 떨기는 해도 이성적인 어조로 말했다.

"가요. 우리는 잠시 여기 머물러 있어야 합니다."

하버가 말했다.

“여기에 있겠다고요?”

“증대기가 여기 있으니까. 그건 휴대용 텔레비전처럼 플러그만 꽂았다 뺐다 하는 게 아니란 말이오! 지하실로 내려가 있어요, 가능해지면 당신에게 합류할 테니.”

“저이를 ‘지금’ 잠재우려는 거예요?”

그녀가 말할 때 아래 언덕의 나무들이 갑자기 환하고 노란 불꽃의 공들처럼 타올랐다. 후드 산의 폭발은 보다 가까운 곳의 사건들 때문에 좀 가려졌다. 그러나 대지가 지난 몇 분 동안 완만하게 진동하고 있었고, 일종의 근본적인 마비 상태에 두 손과 마음이 공명하며 떨렸다.

“딱 맞혔소. 가요. 지하실로 내려가요, 난 저 소파가 필요해요. 누워요, 조지……. 자, 당신은, 지하실에서 잡역부 방을 지나자마자 ‘비상 발전기’라고 표시되어 있는 문이 보일 거요. 그 안으로 들어가요. ‘켜기’ 손잡이를 찾으시오. 거기에 손을 놓고 있다가, 만약 불이 나가면 그걸 켜요. 꾹 힘줘서 손잡이를 올려야 할 거요. 가시오!”

그녀는 갔다. 여전히 떨었지만, 미소를 짓고 있었다. 그녀가 가다가 잠깐 오르의 손을 잡고 말했다.

“좋은 꿈 꿔요, 조지.”

“걱정 마요. 괜찮아요.”

오르가 말했다.

“조용히 하시오!”

하버가 잘라 말했다. 자신이 녹음한 최면 테이프의 스위치를 켜 놓았지만, 오르는 관심조차 없었고 폭발과 사물들이 불타오르며 내는 소음 때문에 듣기가 어려웠다.

“눈을 감아요!”

하버가 명령하고 나서 오르의 목에 손을 올리고 테이프의 음량을 올렸다. 하버 자신의 커다란 목소리가 말했다.

“긴장을 풉니다. 당신은 편안하고 긴장이 풀리는 걸 느낍니다. 당신은……”

건물이 봄철의 새끼 양처럼 약동했다가 비스듬히 자리 잡았다. 유리 없는 창문 바깥에 때 묻은 붉은색에 불투명하게 빛나는 뭔가가 나타났다. 알 모양의 커다란 물체로서, 허공 사이로 경중경중 뛰듯이 움직였다. 그것은 곧장 창문 쪽으로 다가왔다.

“나가야겠소!”

하버가 테이프에서 나오는 자신의 목소리 위로 외쳤다가 오르가 이미 최면에 빠져 들었음을 깨달았다. 그는 테이프를 쳐서 끄고 몸을 숙여 오르의 귀에 이야기했다.

“침공을 멈춰요!”

그가 소리쳤다.

“평화, 평화, 우리가 ‘모두’와 평화로운 꿈을 꾸시오! 이제 잠듭니다! 안트베르펜!”

그리고 증대기를 켰다.

그러나 그는 오르의 뇌파 기록 장치를 볼 시간이 없었다. 달걀 모양의 형체가 바로 창문 밖 허공에 떠 있었다. 불타오르는 도시의 반사광들 때문에 무시무시하게 빛나는 그것의 무딘 주둥이가 곧장 하버를 가리켰다. 그는 끔찍하게 연약하고 노출되었다고 느끼며 소파 옆에 움츠리면서, 증대기 위로 두 팔을 가로질러 무력한 그의 몸뚱어리로써 그것을 보호하려고 했다. 어깨 너머로 길게 목을 빼어 외계인의 우주선을 지켜보았다. 그것이 좀 더 압박해 왔다. 번들거리는 강철 같은, 보랏빛 광선들이 빛나면서 섬광이 번뜩이는 그 은백색 주둥이가 창문 전체를 채웠다. 그것이 쑤시고 들어오면서 우두둑우두둑 창문틀이 못쓰게 되는 소리가 났다. 하버는 겁에 질려 소리 내어 흐느꼈지만, 외계인과 중대기 사이에 뻗은 채로 그냥 있었다.

그 주둥이가 멈춘 채 길고 가느다란 촉수를 내밀었고, 그것은 탐구하듯이 허공에서 움직였다. 촉수의 끝이 코브라처럼 고개를 빳빳이 든 채 닥치는 대로 가리키다가 하버의 방향 쪽으로 자리를 잡았다. 그에게서 3미터쯤 떨어진 허공에 떠서 몇 초쯤 그를 가리켰다. 그러고는 쉿쉿 획 하는 소리를 내며 목수의 자재곡선자처럼 물러났고, 높고 윙윙거리는 소음이 우주선으로부터 나왔다. 금속 창문턱이 새된 소리를 지르며 휘었다. 우주선의 주둥이가 빙빙 돌다가 분리되어 바닥에 떨어졌다. 그 뒤에 입을 딱 벌린 구멍으로부터 뭔가가 나타났다.

하버는 무감동한 두려움에 빠져 그것이 대형 거북이라고 생각했다. 그러고 나서 그것이 일종의 슈트에 감싸여 있는 것임을 깨달았는데, 그 때문에 부피감 있고 푸르스름하며 보호막을 두른 것 같고 무표정한 인상을 주었다. 마치 거대한 바다거북이 뒷발로 일어서 있는 것 같았다.

그것은 하버의 책상 근처에 여전히 말없이 서 있었다. 아주 느릿느릿 왼팔을 들어 하버에게 금속제 발사구 같은 기구를 겨누었다.

그는 죽음에 직면했다.

무미건조하고 단조로운 목소리가 그것의 팔꿈치 접합 부분으로부터 나왔다.

"다른 이들이 너에게 행하지 않았으면 하는 일을 다른 이들에게 행하지 마라."

하버는 심장이 움찔하며 멍하니 응시했다.

그 거대하고 묵직한 금속 팔이 다시 다가왔다.

"우리는 평화로운 도착을 시도 중이다."

그 팔꿈치는 한결같이 일정한 음조로 말했다.

"다른 이들에게 이것이 평화로운 도착임을 알려 달라. 우리는 어떤 무기도 없다. 사실 무근의 두려움에 엄청난 자멸이 뒤따르고 있다. 자신과 타인들의 파괴를 멈춰 달라. 우리는 어떤 무기도 없다. 우리는 불침략의 싸우지 않는 종족이다."

"나, 나…… 나는 공군을 통제할 수 없소."

하버가 더듬거렸다.

"나는 것들 속에 있는 사람들은 현재 접촉 중이다."

그 생물체의 팔꿈치 접합 부분이 말했다.

"이것은 군대 시설인가."

아마도 질문인 듯했다.

"아니요. 아니, 전혀 그런 곳이……"

하버가 대답했다.

"그렇다면 부당하게 침입한 것을 용서해 달라."

거대하고 보호막을 두른 형체가 조금 빙그르르 돌더니 망설이는 것 같았다.

"무슨 장치인가?"

그것이 오른쪽 팔꿈치 접합 부분으로 잠자는 이의 머리에 연결되어 있는 기계를 가리켰다.

"뇌파 기록 장치요, 뇌의 전기적 활동을 기록하는 기계……"

"가치 있군."

외계인이 말했다. 그리고 몹시 보고 싶은 것처럼 소파 쪽으로 짧고 조심스럽게 한 발짝을 내디뎠다.

"저 개별인간은 '이아클루' 중이다. 저 기록하는 기계가 아마도 이것을 기록하고 있군. 당신의 종족은 모두 '이아클루'가 가능한가?"

"나는…… 그 용어를 모르오, 당신이 설명해 줄 수……"

그 형체는 조금 윙 하고 돌고서 왼쪽 팔꿈치를 머리(그 머리는 거북처럼 등딱지의 거대하게 경사진 두 어깨 위로 간신히 튀어나와 있었다.) 위로 들고 말했다.

"양해해 달라. 아주 최근에 서둘러 발명된 통신 기계로는 표현할 수 없다. 양해를 바란다. 우리 모두가 아주 가까운 미래에 신속하게 책임 있는 다른 개별인간들에게 나아가야 한다. 그들은 공황 상태와 관련 있고 자신과 다른 이들을 파괴할 가능성이 있다. 당신에게 매우 감사한다."

그리고 그것은 우주선의 주둥이로 느릿느릿 돌아갔다.

하버는 그것의 거대하고 둥근 발바닥들이 침침한 공동 속으로 사라지는 것을 지켜보았다.

원추형의 두부가 바닥에서 튀어 올랐고 날쌔게 빙그르르 돌아 제자리로 돌아갔다. 하버는 그것이 기계적으로 움직이지 않고, 순식간에, 필름을 뒤로 돌리듯 정확하게 이전의 행동들을 거꾸로 반복하는 것에 생생한 인상을 받았다. 외계인의 우주선은 진료실을 뒤흔들며 무시무시한 소음으로 남은 창문들을 찢으며 물러났고 무시무시하게 음침한 바깥으로 사라졌다.

이제 하버는 점점 강해져 가던 폭발들이 멈췄음을 깨달았다. 사실 아주 조용했다. 모든 것이 약간 진동했는데, 후드 산 때문이지 폭탄 때문은 아닌 듯했다. 사이렌들이 강 건너 저 멀리서 외롭게 환성을 질러 댔다.

조지 오르는 소파에 무기력하게 누워 있었다. 불규칙하게 숨을 쉬었고, 얼굴에 난 상처와 혹들은 창백한 얼굴빛에 흉해 보였다. 박살난 창문 사이로 들어오는 차갑고 숨 막힐 듯한 공기 속에 여전히 재와 연기가 떠다녔다. 아무것도 바뀌지 않았다. 그는 아무것도 원래대로 돌려놓지 않았다. 그가 벌써 뭔가를 했나? 감긴 눈까풀들 아래 가벼운 눈 운동이 있었다. 그는 여전히 꿈꾸는 중이었다. 꾸지 않을 수가 없었다. 증대기가 그 자신의 뇌의 임펄스들보다 우선했기 때문이다. 왜 그는 연속체를 바꾸지 않았을까? 왜 하버가 하라고 지시했던 것처럼, 그들이 평화로운 세상에 들어서도록 하지 않았을까? 최면 암시가 분명하지 않았거나 충분히 강력하지 않았던 것이다. 처음부터 다시 해야 했다. 하버는 증대기의 스위치를 껐고, 오르의 이름을 세 번 말했다.

"일어나지 마시오, 증대기의 전극들이 아직 연결되어 있으니. 무슨 꿈을 꿨죠?"

오르는 목쉰 소리로 느릿하게, 완전히 잠이 깨지 않은 상태로 말했다.

"그…… 외계인이 여기 있었어요. 여기에. 이 진료실에. 그건 그들의 뜀뛰기하는 것처럼 움직이는 우주선의 주둥이에서 나왔어요. 창문 안으로요. 당신과 그것은 함께 얘기하고 있었죠."

"하지만 그건 꿈이 아니오! 일어난 일이지! 맙소사, 모두 다시 해야 해요. 몇 분 전에 그건 원자 폭발이었을 거요. 우리는 다른 연속체로 들어가야 합니다, 우리 모두 이미 방사능에 노출되어 죽을지도 모른다고……."

"아, 이번엔 그러지 않을 거예요."

오르가 말했다. 그는 일어나 앉으며 전극들이 죽은 기생충인 양 훑어서 떼어냈다.

"물론 그건 일어난 일이죠. 효력 있는 꿈은 현실이에요, 하버 박사님."

하버가 멍하니 그를 바라보았다.

"박사님의 증대기가 당신을 위해 꿈의 즉시성을 강화한 것 같네요."

오르가 여전히 놀랍도록 차분한 채 말했다. 그는 잠시 곰곰이 생각하는 듯했다.

"저, 박사님이 워싱턴에 전화할 수 없나요?"

"뭣 때문에?"

"음, 바로 여기 한가운데 모든 사람이 귀를 기울일 유명한 과학자가 있으니까요. 그들은 설명을 구할 겁니다. 정부에 누구 아는 사람, 전화할 만한 사람 없어요? 보건 교육 후생부 장관은요? 당신은 이 모든 것이 오해라고, 저 외계인들은 침략하거나 공격하는 중이 아니라고 말해 줄 수 있어요. 그들은 그저 착륙할 때까지 인간이 구두 연락에 의존한다는 사실을 몰랐던 것뿐이에요. 그들은 심지어 우리가 그들과 전쟁 중이라고 생각했다는 것도 몰랐어요…… 대통령의 귀에 얘기가 닿을 만한 사람과 말할 수 있으면 좋겠네요. 워싱턴이 군대를 빨리 불러들일수록 여기 사람들이 덜 죽어 나갈 거예요. 일반 시민들만 죽임 당하고 있단 말예요. 외계인들은 군인을 해치고 있지 않아요, 심지어 무장도 안 했다고요. 그리고 나는 그들이 그 슈트를 입고 있으면 파괴 불가능하다는 인상을 받았어요. 하지만 누군가가 공군을 멈춰 세우지 않으면 공군이 온 도시를 날려 버릴 거예요. 시도해 보세요, 하버 박사님. 그들은 아마 당신 얘기를 들을 거예요."

하버는 오르가 옳다는 것을 느꼈다. 그러할 아무 이유가 없고 미친 소리 같았지만, 거기에 그것이 있었다, 그의 기회가. 오르는 꿈에 대하여 부정할 수 없는 확신을 가지고 말했는데, 그 꿈속에는 아무런 자유의지도 없었다. 이것을 해, 너는 그걸 해야 한다고, 그러면 그렇게 이루어졌다.

왜 이러한 천부적인 재능이 이렇게 멍청하고 수동적인 별 볼일 없는 사내에게 주어진 것일까? 왜 오르는 그토록 확신에 차고 그토록 정확한데, 반면 강인하고 활동적이고 적극적인 사내는 무력한 데다, 저 모자란 앞잡이를 이용하고자, 심지어 그에 순종하고자 애써야 하는 걸까? 이런 생각이 하버의 마음속을 관통한 것은 처음이 아니었지만, 그 생각을 하는 동안에도 그는 책상으로, 전화기로 가는 중이었다. 그는 자리에 앉아 워싱턴에 있는 보건 교육 후생부 사무실들의 장거리 직통 전화 번호를 돌렸다. 그 전화는 유타 주에 있는 연방 전화국의 교환대를 통해 처리되어 바로 연결되었다.

그가 잘 아는 인물인 보건 교육 후생부 장관에게 연결되기를 기다리면서 오르에게 말했다.

"왜 그저 이런 혼란이 일어난 적 없는 또 다른 연속체로 우리를 보내지 않은 겁니까? 그것이 훨씬 쉬웠을 텐데. 누구도 죽지 않았을 터이고. 왜 단순히 저 외계인들을 없애 버리지 않은 거죠?"

"나는 선택하지 않아요. 아직도 그걸 모르겠어요? 나는 따를 뿐이에요."

"당신은 내 최면 암시를 따르죠, 맞소. 하지만 결코 완전히 따르지 않아요, 결코 똑바로 단순하게 따르지……"

"그런 뜻이 아니에요."

오르가 말했지만 랜토의 개인 비서가 이제 전화상으로 기다리고 있었다. 하버가 이야기하는 사이에 오르는 슬쩍 빠져나갔다. 아래층으로, 틀림없이 여자를 찾으러 갔을 것이다. 그것은 괜찮았다. 비서에게 얘기하고 다음으로 장관 본인과 이야기하면서, 하버는 상황이 이제 모두 괜찮아질 거라는 느낌이 들기 시작했다. 외계인들은 사실 전혀 공격적이지 않았다. 그는 랜토가 이 얘기를 믿도록 할 수 있을 터였으며, 랜토를 통해 대통령과 그의 장성들도 믿게 할 수 있을 터였다. 오르는 이제 필요하지 않았다. 하버는 뭐가 행해져야 하는지, 무엇이 그의 나라를 혼란 밖으로 이끌지 알고 있었다.

9장

꿈속에서 잔치를 한 사람이 새벽에 깨어나 구슬피 울기도 한다네. ─「장자」, 2편

4월의 셋째 주였다. 지난 주, 오르는 데이트를 약속했고, 목요일 점심에 데이브네 식당에서 헤더 르라셰를 만나기로 했다. 그러나 사무실을 나서자마자 그게 소용없을 것임을 알았다.

이제는 너무나 많은 기억들이, 너무나 많은 인생 경험의 실타래들이 머릿속에서 서로 밀치락달치락하여, 그는 거의 뭔가를 일부러 생각해 내려고 하지 않았다. 기억이 떠오르는 대로 받아들였다. 그는 오로지 현상 속에서 거의 어린아이처럼 살고 있었다. 아무것에도 놀라지 않았고, 모든 것에 놀랐다.

그의 사무실은 시민 설계 사무소의 3층에 있었다. 그의 지위는 전에 그가 누렸던 어떤 지위보다 더 당당했다. 그는 도시 설계 위원회의 남동쪽 시외 공원 지구를 맡고 있었다. 그는 그 일을 좋아하지 않았고 좋아한 적도 없었다.

지난 월요일에 그 꿈을 꿀 때까지 그는 어떻게든 항상 일종의 제도 공으로 남아 있었다. 그 꿈에서 하버의 계획의 일부분에 맞추느라 연방 정부와 주정부들의 위치를 이리저리 바꾸었고, 그래서 사회 전체 체계가 철저히 재정리되어 그는 결국 도시 관료가 되어 버렸다. 그는 이전의 어떤 삶들 속에서도 결코 한 직장을 계속 다니지 않았고, 그것이 그의 적성에 딱 맞았다. 자신이 제일 잘한다고 생각하는 것은 디자인으로서, 사물들에 대해 적당하고 알맞은 모양과 형식을 현실화하는 것이었고, 이러한 재능은 그의 다양한 어떤 삶에서도 수요가 있었다. 그러나 그가 (현재) 5년 동안 싫어하면서도 다닌 이 직장은 줄에서 벗어난 것이었다. 그는 그것이 걱정스러웠다.

이번 주까지 그의 꿈들의 결과로서 생겨난 모든 삶에는 어떤 근본적인 연속성, 일관성이 있었다. 그는 항상 일종의 제도공이었고, 항상 코벳 대로에서 살았다. 심지어 파멸한 세계의 망해 가는 도시에 어느 불타 버린 집의 콘크리트 계단에서 끝난 삶 속에서도, 그러니까 마침내 더 이상 아무 직업도 없고 집도 없게 되어 버렸던 그 삶에서조차도 그러한 연속성은 유지되었던 것이다. 그리고 뒤이어 일어난 모든 꿈이나 인생들을 통틀어, 보다 중요한 많은 것들 역시 일정하게 남아 있었다. 그는 지역적인 기후를 좀 나아지게 했지만, 많이는 아니었고, 지난 세기 중반의 영구한 유산인 온실효과는 남아 있었다. 지리는 완벽하게 확고히 남아 있었다. 대륙들은 있던 대로 있었다. 국가의 경계들도 마찬가지였고, 인간성도 그랬고, 기타 등등의 것들도. 만일 하버가 좀 더 고결한 인간 종족에 대한 꿈을 꾸라고 암시했다면, 그는 그렇게 하는 데 실패했을 것이다.

그러나 하버는 그의 꿈들을 더 낮게 운용하는 법을 익히고 있었다. 마지막 두 면담은 상황을 꽤 근본적으로 변화시켰다. 오르는 여전히 코벳 대로에 아파트를 소유했고, 마찬가지로 방이 세 개였고, 희미하게 관리인의 마리화나 냄새가 났다. 그러나 그는 시내의 커다란 빌딩에서 관료로 일했으며 시내는 전혀 알아볼 수 없게 바뀌었다. 시내는 인구 감소가 전혀 없었을 때만큼이나 당당했고 초고층 빌딩들이 높이 솟아 있었으며, 훨씬 더 튼튼해 보이고 멋졌다. 이제, 상황은 아주 다르게 돌아가고 있었다.

꽤 흥미롭게, 앨버트 M. 머들이 여전히 미국의 대통령이었다. 대륙의 형태들처럼 그는 바뀔 수 없는 것으로 보였다. 그러나 미국은 과거처럼 대국이 아니었고 단일 국가도 아니었다.

포틀랜드는 이제 '세계 설계 센터'의 본고장으로서 초국가적 '민족 연합'의 주요 기관이었다. 기념 우편엽서가 말하듯, 포틀랜드는 '지구의 수도'였다. 이곳의 인구는 200만 명이었다. 온 도심 지역이 거대한 세계 설계 센터 건물들로 가득했고, 그중 어떤 것도 12년 이상은 되지 않았으며, 모두 세심하게 설계되고 녹지대와 가로수가 늘어선 상점가로 둘러싸여 있었다. 수많은 사람들, 그 대부분은 민족 연합 사람들 또는 세계 설계 센터의 고용인들이었는데, 그들이 상점가를 가득 채우고 있었다. 울란바토르와 칠레의 산티아고에서 온 관광객 무리들이 줄지어 나아가며, 머리를 젖힌 채 귀 부분에 버튼이 있는 안내 기계에 귀를 기울이고 있었다. 크고 당당한 건물들, 손질된 잔디밭들, 잘 차려입은 군중들…… 활기 넘치고 인상적인 광경이었다. 조지 오르에게 그것은 꽤 초현대적으로 보였다.

당연히, 그는 데이브네 식당을 찾을 수 없었다. 심지어 앤크니 가도 찾을 수 없었다. 많은 다른 삶들로부터 그토록 생생하게 그 거리를 기억했기에 그 사실을 인정하기를 거부하다가, 마침내 확실한 현재 기억에 이르렀고, 그 기억에서는 어떤 앤크니 가도 없었다. 그 거리가 있었어야 할 곳에는 '연구 및 개발 조정 빌딩'이 잔디밭과 진달래들 사이에서 구름을 향해 불쑥 솟아 있었다. 그는 펜들턴 빌딩을 찾는 수고도 하지 않았다. 모리슨 가는 여전히 거기에 있었고, 중심에는 오렌지 나무들과 함께 널따란 상점가가 새롭게 새워져 있었지만, 그 거리를 따라 어떤 네오잉카 양식의 건물들도 없었고, 결코 존재한 적도 없었다.

그는 헤더의 회사 이름을 정확히 떠올리지 못했다. 그게 '포먼, 에셔벡, 루티'였던가, '포먼, 에셔벡, 굿휴, 루티'였던가? 그는 공중전화 박스를 발견하고 그 회사를 찾아보았다. 그런 이름들의 회사는 전화번호부에 등재되어 있지 않았지만 변호사 'P. 에셔벡'이라고는 있었다. 그는 거기로 전화를 걸어 조회해 보았지만, 거기서 일하는 르라셰 양이라고는 없었다. 마침내 그는 용기를 내어 그녀의 이름을 찾아보았다. 전화번호부엔 르라셰라는 이름이 한 명도 없었다.

그녀는 여전히 존재할 터이지만, 다른 이름을 가진 거라고 그는 생각했다. 아버지가 아프리카로 가 버린 후 그녀의 어머니가 남편의 성을 버렸을지도 몰랐다. 아니면 르라셰가 과부가 되고서도 결혼 후 성을 그대로 갖고 있었을지도 몰랐다. 하지만 그녀의 남편 성이 뭐였는지 몰랐다. 그녀는 결코 그 성을 갖지 않았을지도 몰랐다. 많은 여자들이 이제는 결혼 때 그들의 성을 바꾸지 않았고, 여성이 농노 같던

제도의 유물인 그 관습을 멀리했다. 하지만 그러한 생각들이 무슨 소용이 있겠는가? 아무런 헤더 르라셰도 존재하지 않을 가능성이 커 보였다. 그러니까, 이번 삶에서 그녀는 아예 태어난 적도 없는 것이다.

이 사실에 직면한 후에 오르는 또 다른 가능성에 직면했다. 만일 그녀가 바로 지금 나를 찾아 걷고 있다면 내가 그녀를 알아볼까?

그녀의 피부색은 갈색이었다. 발트 해의 호박이나 짙은 실론 티같이 깨끗하고 어두운 호박빛 갈색이었다. 그러나 지나다니는 사람들 중에 갈색인 사람은 한 명도 없었다. 검은 피부의 사람들도 없고, 흰색도 노란색도 붉은색도 없었다. 사람들은 세계 설계 센터에서 일하거나 그것을 보려고 지구상 곳곳에서 왔다. 태국, 아르헨티나, 가나, 중국, 아일랜드, 태즈메이니아, 레바논, 에티오피아, 베트남, 온두라스, 리히텐슈타인에서 왔다. 그러나 그들은 모두 똑같은 의상, 즉 똑같은 바지와 튜닉과 우비를 입고 있었다. 그리고 그 옷들 아래 모두 똑같은 색깔이었다. 그들은 회색이었다.

하버 박사는 그 일이 일어났을 때 매우 기뻐했다. 지난 토요일이었고, 한 주의 첫 번째 면담이었다. 그는 킬킬거리고 놀라워하면서 5분 동안이나 세면실 거울에서 자신을 빤히 바라보았다. 오르를 보면서도 똑같이 그랬다.

"이번엔 간결한 방법으로 한번에 해냈군요, 조지! 분명히, 당신의 뇌가 나와 협동하기 시작한 것 같네요! 내가 무슨 꿈을 꾸라고 암시했는지 압니까…… 네?"

요즘, 하버는 오르의 꿈들을 가지고 그가 뭘 하고 있으며 뭘 하고 싶어 하는지에 대해서 터놓고 다 이야기했다. 그렇다고 해서 많은 도움이 되지는 않았다.

오르는 짧은 잿빛 손톱들이 있는 자신의 희멀건 잿빛 두 손을 내려다보았다.

"더 이상 피부색의 문제가 존재하지 않을 거라는 암시를 한 것 같네요. 인종 문제에 대해서는 말할 것도 없고."

"정확해요. 그리고 물론 나는 정치적이고 윤리적인 해결책을 마음속에 그리고 있었습니다. 그런데 그 대신에 당신의 일차적 사고들은 여느 때처럼 지름길을 택했어요. 그것은 보통 짧은 우회로로 판명나지요, 하지만 이번엔 그것들이 진상을 파고들었군요. 생물학적이고 절대적인 변화를 만들어 냈습니다. 인종 문제가 존재한 적조차 없게 된 겁니다! 조지, 지구상에 인종 문제가 존재한 적이 있었다는 것을 아는 사람은 당신과 나, 딱 두 사람뿐입니다! 그것을 마음속에 그려 볼 수 있습니까? 누구도 인도의 카스트 제도에서 쫓겨난 적이 없어요, 누구도 앨라배마에서 린치를 당한 적 없고 ― 누구도 요하네스버그에서 학살당하지 않았습니다! 전쟁 문제란 우리가 벗어난 문제이고 인종 문제란 우리가 겪은 적도 없는 문제인 거지요! 인류 전체 역사에서 누구도 자기 피부색 때문에 고통 받지 않았습니다. 알게 될 겁니다, 조지! 당신은 자신도 모르게 인류에게 있었던 가장 위대한 은인이 될 겁니다. 인간은 고난에 종교적인 해결책을 찾느라 모든 시간과 정력을 쏟았는데, 당신이 나타나 부처와 예수와 나머지 존재들을 고행자처럼 보이게 만들어 버렸군요. 그들은 악으로부터 도망치려고 애썼지요. 하지만 우리, 우리는 그것을 뿌리째 근절하고 있습니다…… 그것을 제거하고 있어요, 하나씩하나씩!"

하버의 승리의 노래 때문에 오르는 불편했고 그 얘기들을 듣지 않았다. 대신에, 그는 기억을 탐색하여 그 기억 속에서는 게티즈버그의 전장에서 행해진 어떤 연설(1863년 링컨의 연설. "국민의, 국민에 의한, 국민을 위한 정부"라는 표현이 여기서 비롯했다 ― 옮긴이)도 없으며, 마틴 루서 킹이라는 이름으로 역사에 알려진 어떤 인물도 없음을 알았다. 그러나 그런 문제들은 과거로 거슬러 올라가 인종 차별을 완전히 근절한 것에 대하여 치러야 할 작은 대가인 듯했고, 그는 아무 말 하지 않았다.

그러나 이제, 갈색 피붓빛을 가진 여자, 그러니까 갈색 피부를 지니고 바짝 자른 억센 검은 머리카락 때문에 두개골의 우아한 선이 청동 항아리의 곡선처럼 드러나 보이는 여자가 알려진 적이 결코 없다는 것은…… 안 돼, 그것은 잘못되었다. 그건 참을 수 없었다. 지구상의 모든 사람이 전함 색깔의 몸뚱어리를 가져야 하다니. 안 돼!

그래서 그녀가 여기에 없는 거라고 그는 생각했다. 그녀는 잿빛으로 태어날 수 없었던 것이다. 그녀의 피부색, 그녀의 갈색은 부수적인 게 아니라 본질적 요소였다. 그녀의 성깔, 수줍음, 무모함, 상냥함, 그 모두가 가무스름하면서 발트 해의 호박처럼 속까지 깨끗한 그녀라는 혼합된 존재, 혼합된 성격의 요소들이었다. 그녀는 회색 인간들의 세상에 존재할 수 없었다. 그녀는 태어나지 않았다.

그러나 그는 태어났다. 그는 어떤 세상에도 태어날 수 있었다. 그는 아무런 특징이 없었다. 그는 하나의 점토 덩어리, 새겨지지 않은 나무 조각이었다.

그리고 하버 박사도. 그는 태어났다. 어떤 것도 그를 막을 수 없었다. 그는 모든 환생에서 점점 더 대단해지기만 할 뿐이었다.

그 무시무시한 날 오두막집에서 적에게 포위당한 포틀랜드로 오는 동안, 씨근거리는 허츠 증기차를 타고 교외 도로 위를 덜커덩거리며 나아가고 있을 때, 헤더는 그들이 동의한 대로, 더 나아진 하버에 관한 꿈을 꾸라고 암시하고자 했노라 말했다. 그리고 그 이후로 하버는 어쨌든 그의 조작들에 관하여 진술했다. 그러나 진술하다는 것은 맞는 말이 아니었다. 하버는 진술하기에는 너무나 복잡한 인간이었다. 양파를 층층이 벗겨 내도 양파 말고는 아무것도 드러나지 않는 법이다.

한 껍질 벗겨 내는 것이 그에게는 유일한 진짜 변화였고, 그것은 아마도 효력 있는 꿈에서 기인하는 것이 아니라 바뀐 환경들에서 비롯하는 것일 뿐이었다. 하버는 이제 너무나 확신이 넘쳐서 목적들을 숨기거나 오르를 속이고자 할 필요가 없었다. 그는 오로지 오르를 강요하기만 했다. 오르는 그 어느 때보다도 그에게서 도망치기가 힘들어졌다. 자발적 치료는 이제 '개인 복지 감독'이라고 알려져 있었지만, 그 속에 똑같은 법적 강제력을 지니고 있었으며, 어떤 법률가라도 일개 환자의 불평을 가지고 윌리엄 하버를 상대하여 소송할 꿈도 꾸지 않을 터였다. 그는 중요한 인물, 엄청나게 중요한 인물이었다. 그는 세계 설계 센터의 없어서는 안 될 중심이자, 중요한 결정들이 이루어지는 곳인 'HURAD'의 지휘자였다. 그는 항상 유익한 일을 하기 위한 권력을 원했다. 이제 그는 그것을 가졌다.

이런 점에서, 하버는 윌러멧 이스트 타워의 우중충한 진료실 안에 후드 산의 벽장식 사진 아래서 오르가 처음에 만났던 명랑하면서도 무심한 그자와 완벽하게 똑같은 채로 남아 있었다. 그는 바뀌지 않았다. 그저 더 성장했을 뿐이다.

권력을 향한 의지의 특징은 정확히 성장이다. 성취는 성장을 해소시킨다. 따라서 권력을 향한 의지는 그것의 충족과 함께 증대하므로, 충족된다는 것은 오로지 더 큰 충족을 향한 한 걸음일 뿐이다. 점점 더 막대한 권력을 얻을수록, 그것을 향한 욕구도 점점 더 막대해진다. 하버가 오르의 꿈들을 통해 휘두르는 권력에는 아무런 가시적인 한계가 없었으므로, 세계를 향상시키고자 하는 그의 결심에도 끝이 없었다.

모리슨 상점가의 군중 속에서 외계인 한 명이 지나가다 살짝 오르를 밀치고는 왼쪽 팔꿈치를 올려 음조 없는 소리로 사과했다. 외계인들은 손으로 사람을 가리키는 게 그들을 당황하게 한다는 것을 이내 깨닫고 그러지 않는 법을 배웠다. 오르는 놀라서 올려다보았다. 그는 만우절의 위기 이후로는 외계인들에 대해서 거의 잊고 있었다.

사건들의, 아니면 하버가 그렇게 부르기를 고집하는 것처럼 연속체의 현재 상태에서 오르는 이제 그때를 회상했다. 외계인의 착륙은 오리건과 미국 우주항공국, 공군에 별로 재앙이 아니었다. 폭탄과 네이팜탄 들의 빗속에 서둘러 통역 컴퓨터를 만드는 대신에, 외계인들은 달에서 그 기계들을 가지고 왔고, 착륙하기 전에 공중을 날며 그들의 평화적인 의도를 방송하고, 우주에서 벌어진 전쟁에 관해 그것이 실수였음을 사과하고 지도를 구했다. 물론 경보는 있었지만 공황 상태는 없었다. 라디오와 모든 텔레비전 채널에서 그 음조 없는 목소리들이 반복하는 얘기를 듣는 것은 감동적이기까지 했다. 그들이 문둠과 궤도를 선회하는 러시아의 우주 정거장을 파괴한 것은 접촉을 위해서 했던 무지한 노력의 의도하지 않은 결과들이었으며, 지구의 우주 선단이 쏜 미사일들은 아주 유감스럽게 생각하지만 접촉하기 위한 그들의 무지한 노력들에 대한 것이었음을 이해하며, 이제 연설과 같은 인간의 통신 채널들에 통달했기에 보상을 하고 싶노라 말했다.

'역병의 세월'이 끝난 이후 포틀랜드에 설립되었던 세계 설계 센터가 그들에게 대처했고, 대중과 장성들이 차분함을 유지하도록 했다. 그에 대해 생각하면서 오르는 이제 깨달았는데, 그 일은 이삼 주 전 4월 첫 주가 아니라 작년 2월, 그러니까 14개월 전에 일어난 일이었다. 외계인들은 착륙을 허가받았다. 그들과 만족스러운 관계들이 성립되었다. 그리고 마침내 그들은 오리건 사막의 스틴스 산 근처에서 조심스럽게 보호받던 착륙지를 떠나 사람들과 섞이는 것을 허락받았다. 그들 중 소수는 이제 민족 연합의 과학자들과 평화롭게 달 기지를 재건설하는 일을 하고 있었고, 이삼천 명 정도는 지구상에 있었다. 그들의 전체 숫자가 그렇거나 최소한 지구에 온 이들은 그게 다였다. 그러한 세부적 사항들은 일반 대중에게 거의 공개되지 않았다. 그들은 알데바란(황소자리의 일등성 ─ 옮긴이) 별의 메탄 대기 행성의 원주민들로서, 지구 위에서든 달 위에서든 영구히 거북 같은 기이한 슈트를 착용해야 했지만 신경 쓰지 않는 듯했다. 거북 슈트 안쪽에 그들이 실제로 어떻게 생겼느냐 하는 것은 오르의 머릿속에 분명하지 않았다. 그들은 밖으로 나올 수 없었고, 그들은 그림을 그리지 않았다. 실로, 인간과 그들의 통신은 왼쪽 팔꿈치로부터 나오는 담화와 일종의 청각 수신기에 제한되어 있었던 것이다. 그는 심지어 그들이 볼 수 있는지, 가시적인 스펙트럼에 대해 어떤 감각 기관을 지녔는지도 확실하지 않았다. 그러나 통신이 전혀 불가능한 영역들도 무궁무진한 터였다. 즉 돌고래와 통신하는 문제, 그것만 해도 엄청나게 더 복잡하다. 하지만 세계 설계 센터가 우주인들의 비공격성을 수용했고, 그들의 개체 수와 목적의 적당함이 분명했으므로, 그들은 지구 사회에 특정한 열의와 함께 받아들여졌다. 쳐다보기에 다르게 생긴 누군가가 있다는 것은 유쾌한 일이었다. 그들은 허락받는다면 머무를 작정인 듯했다. 그들 중 일부는 이미 정착해서 작은 사업들을 운영하고 있었다. 그들은 곧바로 지구의 과학자들과 공유했던 우월한 지식인 우주 비행만큼 상술과 조직에도 재주가 있어 보였다. 그들이 그 대신에 무엇을 바라는지, 왜 지구에 왔는지는 아직 분명하지 않았다. 그들은 단순히 이곳을 좋아하는 듯했다. 그들이 지속적으로 지구의 부지런하고 평화를 애호하며 법을 지키는 시민 노릇을 하면서, "외계인 쿠데타"와 "인간이 아닌 존재의 침투"에 관한 소문들은 망해 가는 국가주의자 분파들의 편집증적인 정치가들 및 '비행접시 인간들'과 진짜로 대화한다는 사람들의 전유물이 되었다.

사실, 4월의 그 끔찍한 첫 주에서 남겨진 딱 한 가지는 후드 산이 활화산의 상태로 돌아간 것 같다는 점이었다. 이번엔 아무 폭탄도 떨어지지 않았으니, 폭탄에 맞은 것은 아니었다. 후드 산은 그저 잠에서 깨어났다. 기다랗고 우중충한 누런색의 연기 기둥이 지금 그 산으로부터 북쪽으로 흘러갔다. 지그재그와 로도덴드론은 폼페이와 헤르쿨라네움(79년 베수비오 화산 폭발로 함께 매몰되었다. ─옮긴이)의 길을 걷고 말았다. 최근에 테이버 산 국립공원의 작고 오래된 분화구 근처에서 분기공이 열렸는데, 그 도시의 경계 안쪽이었다. 테이버 산 지역의 사람들은 웨스트 이스트몬트, 체스트넛 힐스 사유지, 서니 슬로프 분양지의 번창하는 새로운 교외 지역들을 향해 이동하고 있었다. 지평선에서 나지막이 연기를 뿜는 후드 산과 살아갈 수는 있어도, 거리 위로 솟아오르는 화산 폭발은 너무 심했다.

오르는 사람들로 붐비는 카운터 레스토랑(주방을 공개하여 고객이 요리 과정을 볼 수 있고 카운터를 테이블로 이용한 식당 — 옮긴이)에서 아프리카 피넛 소스를 곁들인 맛없는 피시앤칩스 한 접시를 주문했다. 그것을 먹으면서 애석해 했다. 글쎄, 데이브네 식당에서 내가 한 번 그녀를 바람맞혔다면 이번엔 그녀가 나를 바람맞혔군.

그는 자신의 비탄, 자신의 사별을 똑바로 마주할 수 없었다. 꿈의 비탄. 결코 존재한 적 없었던 여인의 상실. 그는 다른 사람들을 보며 음식의 맛을 음미하려고 애썼다. 그러나 그 음식은 맛이 없었고 사람들은 모두 회색이었다.

식당의 유리문 바깥에 군중이 점점 빽빽해지고 있었다. 사람들이 오후의 쇼를 보러 강가에 있는 거대하고 호화로운 경기장인 포틀랜드 스포츠 전당 쪽으로 쇄도하고 있었다. 사람들은 더 이상 집에 앉아 텔레비전을 많이 시청하지 않았다. 민족 연합의 텔레비전은 하루에 두 시간만 방송했다. 현대적인 삶의 방식은 함께함이었다. 오늘은 목요일이었고, 토요일 밤의 풋볼을 빼면 백병전이자 그 주의 가장 큰 인기 행사가 될 터였다. 더 많은 선수들이 그 백병전에서 진짜로 죽임을 당하겠지만, 단번에 144명이 끼어들어 피로 경기장 관중석을 흠뻑 적시는 순전한 대학살인 풋볼의 극적이고 카타르시스를 느끼게 하는 양상들은 부족했다. 개개 싸움꾼들의 기술은 훌륭했지만 대량 학살의

화려한 감정의 정화는 부족했다.

더 이상 전쟁은 없다고 오르는 자신에게 말하면서, 마지막 설구 워진 감자 조각을 포기했다. 그는 군중 속으로 나갔다. 더 이상 전쟁…… 않을 거야…… 그런 노래가 있었다. 한때. 오래된 노래였다. 않을 거야…… 중간에 뭐였더라? '전쟁에서 싸우지 않을 거야'는 아니다, 운율이 맞지 않았다. 더 이상 전쟁…… 않을 거야…….

그는 '시민 체포' 현장으로 곧장 걸어 들어갔다. 길고 주름진 잿빛 얼굴의 키 큰 사내가 동그스름하고 반들반들한 잿빛 얼굴의 키 작은 사내의 튜닉 앞자락을 움켜쥔 채 체포하는 중이었다. 군중은 두 사람 주위에서 부딪치며, 일부는 멈춰서 지켜보고 나머지는 스포츠 전당을 향해 계속 밀어붙였다.

"이것은 '시민 체포'요, 지나가는 이는 주목해 주시오!"

키 큰 이가 귀청을 찢을 듯하고 초조한 높은 목소리로 말하고 있었다.

"이자, 하비 T. 고노는 불치의 악성 복부암을 앓고 있지만 당국으로 부터 처소를 숨기고 아내와 같이 살고 있소. 나는 그레이트 포틀랜드, 서니 슬로프 분양지, 사우스웨스트 이스트우드 드라이브 2624287번 지에 사는 어니스트 링고 마틴이오. 열 명의 목격자가 있습니까?"

목격자들 중 한 명이 힘없이 분투하는 범죄자를 붙들고 있는 것을 도왔고, 그러는 사이에 어니스트 링고 마틴은 머릿수를 세었다. 오르 는 마틴이 '시민 책임 증명서'를 획득한 모든 성인 시민이 소지하고 있는 피하 주사용 총으로 안락사를 집행하기 전에 머리를 숙인 채 군 중을 헤치고 빠져나왔다. 오르 자신도 그것을 소지하고 있었다. 그것 은 법적인 의무였다. 그 순간 그의 총은 장전되어 있지 않았다. 장전해 놓아야 할 책임은 그가 '개인 복지 감독'하의 정신병 환자가 되었을 때 없어졌다. 그러나 무기는 그에게 남겨 두어서 그의 일시적인 신분 하락이 공공의 굴욕이 되지는 않도록 했다. 그들은 그에게 이렇게 설명했다. 그가 지금 치료받고 있는 것과 같은 정신병은 심각한 전염성 또는 유전성 질병들처럼 처벌해야 할 범죄와 혼동되어서는 안 된다고 했다. 그는 어쨌든 자신이 '종족'이나 2등급 시민들에게 위험이 된다고 느끼지는 않았고, 그의 무기는 하버 박사가 그를 치료되었다고 내보내자마자 재장전될 터였다.

종양, 종양이라…… 그 암종의 '역병'은 '대몰락' 동안이나 그 초기에, 암에 걸리기 쉬운 자들을 모두 죽임으로써 생존자들이 그 재앙에서 벗어나 있도록 하지 않았던가? 그랬다, 또 다른 꿈속에서는. 이번 꿈에서는 아니었다. 암은 명백히 테이버 산이나 후드 산처럼 또다시 발생했다.

'애쓰다.' 그거였다. 더 이상은 전쟁에 애쓰지 않을 거야……

그는 포스 앤 앨더에서 케이블카에 올랐다. 그리고 HURAD 타워를 향해 회록색 도시 위를 휙 올라갔다. 그 타워는 서쪽 언덕들 꼭대기, 워싱턴 파크의 높은 피토크 대저택 지역에 있었다.

그 건물은 모든 것을 내려다보고 있었다, 그 도시와 강들, 서쪽의 안개 긴 계곡들, 북쪽으로 뻗어 있는 삼림 공원의 거대한 어두운 언덕들을. 주랑 현관들 위에, 무슨 표현이든 그것에 장엄함을 부여하는 정체의 로만체 대문자로 하얀 콘크리트 속에 새겨진 것은 전설적인 문구였다. 즉 "최대 다수를 위한 최대 행복"이었다.

로마의 판테온 신전을 전형으로 삼은 멋들어진 검은색 대리석 휴게

실 안쪽에는 좀 더 작은 명각이 있었는데, 중앙의 돔 지붕을 받치고 있는 원통형 구조물 주위에 금색으로 돋보였다. "인간의 참된 연구 대상은 인간이다. ― 알렉산더 포프, 1688~1744"

그 건물은 지면이 영국 박물관보다 크고 5개 층이 더 높다는 얘기를 들었다. 내진 설계도 되어 있었다. 폭탄에는 견디도록 되어 있지 않았는데, 아무런 폭탄도 존재하지 않았기 때문이다. 달과 지구 사이에서 벌어졌던 전쟁이 끝난 후 남은 핵무기 자재들은 제거되거나 저 바깥의 소행성대에서 일련의 흥미로운 실험들을 통해 폭파되었다. 그 건물은 지구상에 남겨진 어떤 것에도 견딜 수 있었다, 아마도 후드 산만 빼면. 또는 나쁜 꿈만 제외하면.

그는 보행 벨트를 타고 서쪽 부속 건물로 향했고, 넓은 나선형의 승강기를 타고 꼭대기 층으로 올라갔다.

하버 박사는 여전히 진료실에 정신분석학자의 소파를 두고 있었는데, 그가 민간 개업의로서 백만 명 단위가 아니라 한 명 한 명씩 환자를 다루던 때인 초창기 시절을 겸손한 척 내보이는 유물 같은 것이었다. 그러나 그 소파에 이르려면 시간이 좀 걸렸다. 그의 특별실은 2000제곱미터에 이르고 일곱 개의 다른 방들을 포함하고 있었기 때문이다. 오르는 대기실의 문에서 자동접객원에게 자신이 왔음을 알렸고, 그리고 나서 컴퓨터에 정보를 입력하고 있는 크라우치 양을 지나고 공적인 사무실을 지났다. 그 사무실은 그저 옥좌만 없는 으리으리한 방으로서 거기서 소장이 대사와 대표, 노벨상 수상자 들을 접견했다. 그리고 마침내 오르는 벽부터 천장까지 창문인 좀 더 작은 방의 그 소파에 이르렀다. 거기에 한쪽 벽면 전체의 고풍스러운 적색 패널들이 뒤로 넘겨져, 위풍당당하게 늘어서 있는 연구 기계들을 드러내고 있었다. 하버는 증대기의 노출된 내부 속으로 반쯤 들어가 있었다.

"안녕하시오, 조지!"

그는 돌아보지도 않고 그 안쪽에서 큰 소리로 인사했다.

"새로운 선을 이 녀석의 호르몬 쌍에 연결하고 있어요. 잠깐만 기다려요. 오늘 우리는 최면 없이 면담해야 할 것 같군요. 앉아요, 잠시 이것에 매달려 있을 테니. 나는 다시 좀 어설픈 땜장이 노릇을 하고 있었다오…… 자. 당신이 처음 의과 대학에 나타났을 때 저들이 당신을 종합 테스트했던 거 기억합니까? 성격 특성 항목표들, 지능지수, 로르샤흐 검사 등등. 그러고 나서 나는 당신에게 주제 통각 검사(환자가 제시된 그림들에 대한 이야기를 지어내도록 하여 그 반응 내용을 분석하는 검사 — 옮긴이)를 하고 몇 가지 모의 상황들을 제시했지요, 여기서 세 번째 면담 즈음에요. 기억납니까? 그것들을 어떻게 해냈는지 궁금해 한 적 있나요?"

곱실거리는 검은 머리카락과 수염에 둘러싸인 잿빛 하버의 얼굴이 앞으로 당겨진 증대기의 몸체 위로 불쑥 나타났다. 그의 눈이 오르를 응시하며 벽 크기만 한 창문의 빛을 반사했다.

"그런 적 있을 거예요."

오르가 대답했다. 사실 그 생각은 조금도 해 본 적이 없었다.

"당신이 알아야 할 시간인 것 같군요. 규격화되어 있지만 매우 미묘하고 유용한 그 테스트들의 평가 기준의 틀 속에서 당신은 너무나 제정신이라서 이례적이었어요. 물론, 내가 사용한 '제정신'이라는 말은 비전문적인 단어죠, 그 단어에는 어떤 정확한 객관적 의미도 없습니다. 정량화할 수 있는 용어로 말하자면, 당신은 중앙값이에요. 예를 들어 당신의 외향성/내향성 점수는 49.1입니다. 즉 당신은 외향적이라기보다 0.9 정도 내향적이라는 겁니다. 그건 이례적이지 않지요. 이례적인 건, 사방에, 그러니까 전역에 걸쳐 빌어먹을 똑같은 패턴이 나타난다는 겁니다. 그것들을 모두 하나의 그래프 위에 올려놓는다면 당신은 한가운데 50에 딱 놓일 겁니다. 예를 들어, '우월성'을 볼까요. 그 면에서 당신은 48.8이었던 것 같네요. 우월적이지도 않고 복종적이지도 않아요. '독립성/의존성', 마찬가지예요. 라미레즈 척도에서 '창조적/파괴적' 부분도 똑같아요. 둘 다 아닌 거죠. 아니면 둘 다이거나. 대립되는 항, 양극단이 있는 경우 당신은 중앙에 있어요. 척도가 있는 경우엔 균형점에 있고. 그토록 철저하게 대립을 무효화하기 때문에, 어떤 의미에선 아무것도 남는 게 없죠. 그런데 의과 대학의 월터스는 그 결과들을 좀 다르게 이해하더군요. 그는 당신의 사회적 공헌의 부족은 전체론적인 순응의 결과라고 말하더군요, 전체론적인 순응이 뭐든 간에 말입니다. 그리고 내가 자기 무효화라고 보는 것을 그는 특별한 균형 상태, 자기 조화의 상태라고 보더군요. 까놓고 말해, 그것으로 보아서 늙다리 월터스가 종교적인 사기꾼이라는 걸 알 수 있겠죠? 그는 1970년대의 신비주의에서 결코 벗어나지 못했죠, 하지만 그는 돕자고 한 얘깁니다. 그래서 어쨌든 당신은 그런 상태입니다. 그래프의 중앙에 있는 사람인 거죠. 그걸로 됐어요, 이제, 저 글룸달클리치(「걸리버 여행기」에서 걸리버를 돌봐준 거인국 소녀 — 옮긴이)를 거인국과 연결하면 준비가 다 된 겁니다…… 제길!"

하버는 일어서면서 패널에 머리를 찧었다. 그는 증대기를 열어 놓은 채로 두었다.

"흠, 조지, 당신은 괴짜요, 그리고 당신에 관해 가장 이상한 점은 아무것도 이상한 게 없다는 점이고!"

그는 특유의 호탕하고 갑작스러운 웃음을 터뜨렸다.

"그래, 오늘은 새로운 방침을 시도해 봅시다. 최면은 없어요. 잠도 안 잘 겁니다. 비동기적 상태나 꿈도 없죠. 오늘은 당신이 깨어 있는 상태로 저 증대기에 연결해 보고 싶군요."

까닭 모르게 오르의 가슴이 무너져 내렸다.

"뭘 위해서요?"

"주로, 증대되었을 때 당신의 깨어 있는 정상 뇌의 리듬에 관한 기록들을 얻기 위해서입니다. 나는 당신의 첫 번째 면담을 충분히 분석했습니다, 하지만 그것은 증대기가 당신이 현재 방사하고 있는 리듬에 일치하지 않는 것은 아무것도 못할 때였죠. 이제 나는 증대기를 사용해서 당신의 뇌 활동의 특정한 개별적 특질들을 좀 더 분명하게 자극하고 추적할 수 있습니다, 특별히 당신의 해마 속에 있는 예광탄(신호를 보내거나 목표물을 지시하기 위해 쓰이는 탄알 — 옮긴이) 효과를 말이죠. 그러고 나면 그것들을 당신의 비동기적 상태의 패턴들과 비교하고, 정상적이거나 비정상적인 다른 뇌들의 패턴과 비교할 수 있지요. 조지, 나는 무엇이 당신의 뇌가 그렇게 활동하도록 시키는지 찾고 있어요, 그래서 당신의 꿈들이 작용하게 만드는 요인을 찾아낼 수 있게끔 말입니다."

"뭘 위해서요?"

오르가 되풀이했다.

"뭘 위해서냐뇨? 흠, 그러기 위해서 당신이 여기 있는 거 아닙니까?"

"나는 치료받기 위해 여기 왔어요. 효력 있는 꿈을 꾸지 않는 법을 알기 위해서요."

"만일 당신이 그저 단순하게 별난 사람이었다면, 여기 연구소, HURAD로…… 나에게로 보내졌겠습니까?"

오르는 두 손에 머리를 묻고 아무 말 하지 않았다.

"조지, 당신이 하고 있는 일의 정체를 밝혀낼 때까지는 당신이 꿈 꾸기를 멈출 방법을 제시해 줄 수가 없어요."

"하지만 그 정체를 밝혀낸다면, 어떻게 멈출지 얘기해 줄 겁니까?"

하버는 크게 휙 돌아섰다.

"자신에 관해 왜 그렇게 겁내는 거죠, 조지?"

"그게 아녜요."

오르가 말했다. 두 손에서 땀이 났다.

"내가 겁내는 건……"

그러나 사실 그는 너무나 겁이 나서 그 말을 할 수 없었다.

"상황을 변화시키는 것 말인가요, 당신 말마따나? 그래요. 압니다. 우리는 여러 번 그 일을 겪었죠. '왜'지요, 조지? 당신은 자신에게 그 질문을 해야 해요. 상황을 변화시키는 게 무슨 문제죠? 자, 나는 이 자기 무효화를 일으키는, 다시 말해 당신의 인성들 중 중심에 자리 잡은 인성이 당신으로 하여금 상황을 방어적으로 보도록 이끄는 게 아닌지 의심스럽습니다. 당신이 자기 자신으로부터 자신을 떼어놓아 봤으면, 그리고 객관적으로 외부에서 자신의 견해를 봐 봤으면 좋겠군요. 당신은 '중심을 잃는 것'을 겁내고 있어요. 하지만 변화가 반드시 당신을 불균형하게 하는 것은 아닙니다. 결국, 인생은 정적인 물체가 아니니까요. 그건 하나의 과정이지요. 가만히 있을 수만은 없다고요. 당신은 머리로는 그것을 압니다, 하지만 감정적으로는 그것을 거부해요. 한 순간에서 다음 순간으로 넘어갈 때 똑같이 남아 있는 것은 아무것도 없습니다, 똑같은 강에 두 번 들어갈 수는 없단 말입니다. 삶—진화—시간 대 공간, 물질 대 에너지의 온 우주—존재 자체—그것은 본질적으로 '변화'입니다."

"그것은 삶의 한 가지 양상이지요. 또 다른 양상은 부동이에요."

오르가 말했다.

"사물이 더 이상 변화하지 않을 때, 그것이 엔트로피의 최종 결과이죠, 우주의 열역학적인 죽음 말입니다. 사물이 계속해서 움직이고 상호 관계를 갖고 충돌하고 변화할수록 균형은 점점 줄어들지요……그리고 점점 더 인생다워지고요. 나는 인생을 지지합니다, 조지. 인생 자체는 역경을 무릅쓴, 모든 역경에 맞선 거대한 도박입니다! 당신은 안전하게 살아가려고 할 수 없어요, 인생에 안전함 같은 것은 없으니까. 위험을 무릅쓰고 껍질 밖으로 나와 '충만하게' 살라고요! 중요한 것은 당신이 어떻게 거기에 이르렀느냐가 아니라 어디에 이르렀느냐예요. 지금, 당신이 받아들이기 겁내는 것은 우리, 그러니까 당신과 내가 정말로 거대한 실험에 관련되어 있다는 것이지요. 우리는 온 인류의 행복을 위하여, 생명력에 관한, 결심하고 행동하고 바꾸는 의지에 관한 전적으로 새로운 힘, 다시 말해 반엔트로피적인 에너지의 완전히 새로운 분야를 발견하고 제어하기 직전에 있단 말입니다!"

“그 모든 게 사실이지요. 하지만……..”

“뭐죠, 조지?”

하버는 이제 아버지 같고 느긋했다. 그리고 오르는 아무 소용없을 것임을 알면서도 어쩔 수 없이 얘기를 계속했다.

“우리는 세상에 맞서 존재하는 게 아니라 세상 속에 존재해요. 상황의 바깥에 선 상태로 상황을 관리하려고 하는 것은 효과가 없어요. 정말 효과가 없어요, 그건 삶을 거스르는 거예요. 박사님이 따라야 하는 길이 있어요. 세상이 어때야 한다고 우리가 생각하는 것과 상관없이 세상은 존재해요. 당신은 그것과 같이 존재해야 해요. 세상을 놔둬야 한다고요.”

하버는 방을 오락가락하다가, 북쪽 전경에 틀을 지우고 있는 커다란 유리창 앞에서 잠시 멈추었다. 세인트헬런스 산의 평온하고 분화 중이 아닌 화산추의 모습이었다. 그는 몇 번 고개를 끄덕였다. 그리고 등을 돌린 채로 말했다.

“이해합니다. 전적으로 이해해요. 하지만 조지, 이렇게 얘기해 볼까요, 그러면 당신이 내가 추구하는 게 뭔지 이해할 테니. 당신은 밀림에, 그러니까 마투그로수(브라질 내륙 중서 지방에 위치한 주 — 옮긴이)에 홀로 있어요. 그리고 뱀에 물려 죽어 가며 길에 누워 있는 원주민 여인을 발견하죠. 당신의 장비 속에는 혈청 주사가 있어요, 뱀에 물린 수천 명의 사람들을 치료할 수 있을 만큼 가득하죠. 당신은 ‘인생이란 원래 그런 거니까’ 그 주사를 놓아 주지 않을 겁니까? 그녀를 그냥 둘 건가요?”

“상황에 달렸죠.”

오르가 말했다.

"무슨 상황에요?"

"글쎄요…… 모르겠어요. 만약 환생이 사실이라면, 박사님은 그녀가 좀 더 나은 삶을 살지 못하도록 막고 그녀에게 비참한 삶을 견뎌 내라는 선고를 내리는 것일지도 몰라요. 박사님이 그녀를 치료해 줬더니 그녀는 집에 가서 마을의 여섯 사람을 살해할지도 모르고요. 나는 당신이 그녀에게 혈청 주사를 주리라는 것을 알아요, 그것이 있으니까. 그리고 그녀가 안됐어요. 하지만 박사님은 당신이 하고 있는 일이 선한 일인지 악한 일인지 아니면 양쪽 다인지는 모르는 거예요……."

"좋아요! 맞습니다! 나는 뱀에 물린 상처용 혈청이 뭘 하는지는 알지만, 내가 선한 일을 하는지 악한 일을 하는지는 모릅니다…… 좋아요, 그 표현들에 대해서는 기꺼이 포기하리다. 그래서 어쨌다는 겁니까? 대체 이 별난 당신의 뇌를 가지고 내가 뭘 하고 있는지, 그 시간의 85퍼센트쯤은 모르겠다는 것을 터놓고 인정하겠소. 당신 역시 모르고. 하지만 우리는 뭔지는 몰라도 그것을 '하고' 있어요…… 그러니, 계속하면 어떻겠소?"

하버의 씩씩하고 상냥한 활력에는 저항할 수 없었다. 그는 웃음을 터뜨렸고, 오르는 입술에 미약한 미소를 지었다.

그러나 전극들이 부착되는 사이에, 오르는 마지막으로 하버와 대화해 보고자 애썼다.

"나는 여기 오는 길에 안락사를 시키려고 하는 '시민 체포'를 보았어요."

"뭣 때문이었죠?"

"우생학이죠. 암이오."

하버는 기민하게 고개를 끄덕였다.

"당신이 의기소침해 있을 만도 하네요. 당신은 아직 공동체의 행복을 위해 통제된 폭력을 사용하는 것을 완전히 받아들이지 못했어요. 당신은 결코 받아들일 수 없을 거요. 이것이 지금 우리가 시작할 완고한 세계입니다, 조지. 현실적인 세계죠. 하지만 내가 말했듯이, 삶은 안전할 수 없어요. 이 사회는 완고하고, 해마다 더 완고해지지요. 미래는 그것을 정당화할 겁니다. 우리는 건강해야 하죠. 간단히 말해 우리에겐 불치병 환자들, 종을 타락시키는 손상된 유전자를 지닌 이들을 위한 여유가 없다는 겁니다. 헛되고 쓸모없는 고생을 위해 쓸 시간이 없어요."

하버는 보통 때보다 더 공허하게 울리는 열의를 가지고 이야기했다. 오르는 자신이 창조한 게 명백한 이 세계를 참으로 하버가 얼마나 좋아하는지 보며 놀라웠다.

"이제 그냥 그렇게 앉아 있어요, 습관 때문에 잠들지 않았으면 좋겠는데. 좋아요, 훌륭합니다. 아마 좀 지루할 겁니다. 잠시 그냥 앉아 있어요. 뭐든 하고 싶은 생각을 하면서 눈을 뜬 채로 있어요. 여기서 나는 이 아가의 속을 좀 만지고 있을 겁니다. 자, 이제 시작합니다. 주목하시오."

하버는 소파 머리맡, 증대기 오른쪽 벽판에 하얀색의 '켬' 단추를 눌렀다.

상점가의 군중 속에서 외계인 한 명이 지나가다 살짝 오르를 밀쳤다. 외계인은 왼쪽 팔꿈치를 올려 사과했고, 오르는 중얼거렸다.

“실례.”

외계인이 반쯤 그의 길을 막은 채 멈춰 섰다. 그리고 오르 역시 멈춰서, 그것의 아홉 개의 발과 푸르스름한 빛을 띠고 갑옷에 싸인 무감각함에 놀라기도 하고 깊은 인상을 받았다. 그것은 우스꽝스러울 정도로 기괴했다. 바다거북 같지만 기묘한, 대형의 아름다움을 지니고 있었다. 햇빛 아래 살아가는 어떤 것보다, 지구상을 걷는 어떤 것보다 평온한 아름다움이었다.

여전히 들려 있는 왼쪽 팔꿈치로부터 단조롭게 소리가 흘러나왔다.

“조르 조르.”

잠시 후에야 오르는 이 외계인의 두 음절로 이루어진 말에서 자기 이름을 알아듣고 약간 당황해 하며 말했다.

“예, 내가 오른데요.”

“이유 있는 방해를 용서해 주기 바랍니다. 이전에 주목했듯 당신은 ‘이아클루’가 가능한 인간입니다. 이것은 자아를 괴롭히지요.”

“나는 아녜요…… 내 생각엔…….”

“우리 역시 가지각색으로 동요했었습니다. 개념들이 안개 속을 가로질러요. 지각은 어렵습니다. 화산들이 불을 뿜습니다. 도움이 제공되는데, 거부할 수도 있어요. 뱀에 물린 상처 치료용 혈청이 모두에게 처방되지는 않지요. 잘못된 방향들로 이끄는 지시들을 따르기 전, 즉각 뒤따르는 방식으로 원군이 소환될 수 있습니다. ‘에르 페렌’!”

“에르 페렌.”

오르는 무의식적으로 따라 했다. 그의 온 정신은 외계인이 하는 소리를 이해하는 데에 집중해 있었다.

"원한다면. 말은 은이요, 침묵은 금입니다. 자아는 우주예요. 안개 속을 가로질러 방해한 것을 용서해 주십시오."

외계인은 비록 목도 없고 허리도 없지만 목례하는 듯한 인상을 주고는 회색 얼굴의 군중 위로 거대하고 푸르스름하게 지나갔다. 오르가 그의 뒤를 좇아 빤히 바라보고 있는데 하버가 말했다.

"조지!"

"네?"

오르는 방과 책상, 창문을 바보같이 둘러보았다.

"대체 뭘 했죠?"

"아무것도."

오르가 말했다. 그는 여전히 소파에 앉아 있었고 그의 머리카락은 전극들로 가득했다. 하버는 증대기의 '끔' 버튼을 누르고 소파 앞으로 돌아와 먼저 오르를 응시했다가 뇌파 기록 장치의 스크린을 보았다.

그는 그 기계를 열고 내부의 종이테이프에 펜으로 기록되어 있는 영구 기록을 확인했다.

"내가 스크린을 잘못 이해한 줄 알았소."

하버는 그 독특한 웃음을 터뜨렸는데, 여느 때 목청껏 울리는 큰 웃음을 아주 짧게 변형한 것 같았다.

"당신의 대뇌 피질 속에 기묘한 일이 벌어지고 있어요. 그리고 나는 당신의 대뇌 피질에 증대기를 연결하지도 않았단 말이오, 그저 약간 뇌교를 자극하기 시작했을 뿐 아무 특별한 것도…… 이게 뭐지…… 맙소사, 저기는 틀림없이 150밀리볼트는 되겠어."

그는 오르에게 홱 돌아섰다.

“무슨 생각을 하고 있었죠? 그걸 재구성해 봐요.”

심한 거리낌이 오르의 마음을 지배했다, 거의 위협이나 위험에 가까운 느낌이었다.

“나는…… 외계인들에 대해서 생각 중이었던 것 같네요.”

“알데바란 인들? 흠?”

“그냥 여기 오다가 거리에서 보았던 한 외계인을 생각했어요.”

“그리고 그것이 의식적으로 또는 무의식적으로, 안락사가 수행되던 모습을 떠올렸군요. 맞습니까? 좋아요. 그것이 아마도 감정 중추들 속에 저 기묘한 활동을 설명해 주겠군요, 증대기가 그것을 포착하여 과장한 거죠. 당신은 그것을…… 그러니까 뭔가 특별하고 유다른 것이 당신의 사고 속에서 진행되는 것을 틀림없이 느꼈겠군요?”

“아뇨.”

오르는 정직하게 말했다. 그것은 유다르게 ‘느껴지지’ 않았다.

“좋아요. 이제 봅시다, 내 반응에 우려할까 봐서 하는 얘긴데, 내가 이 증대기를 나 자신의 뇌에다 수백 번은 연결했었다는 것을 알아 둬요. 그리고 연구실의 피실험자들에게도. 사실 사오십 명의 다른 환자들에게 말이죠. 그들에게 해롭지 않았던 것만큼이나 당신에게도 해롭지 않을 겁니다. 하지만 저런 기록은 어른 피실험자에게 아주 별난 것이라서, 나는 단순히 당신이 그것을 주체적으로 느꼈는지 어떤지 확인하고 싶었던 겁니다.”

하버는 오르가 아니라 자신을 안심시키고 있었다. 그러나 그것은 중요하지 않았다. 오르는 전혀 안심이 되지 않았다.

“좋아요. 다시 시작합시다.”

하버는 뇌파 기록 장치를 재가동하고 나서 증대기의 '켬' 단추 쪽으로 갔다. 오르는 이를 악물고 '혼돈'과 '오래된 밤'에 직면했다.

그러나 '혼돈'도 '오래된 밤'도 없었다. 또한 그는 시내에서 발이 아홉 개인 어느 거북과 이야기하고 있지도 않았다. 그는 편안한 소파에 앉은 채 창문 밖에 세인트헬런스 산의 안개 낀 푸르스름한 잿빛의 화산추를 쳐다보았다. 그리고 밤중의 도둑처럼 슬그머니 어떤 행복감이 찾아들었는데, 상황이 모두 괜찮을 것이며 그는 사물의 한가운데 있다는 어떤 확신이었다. 자아는 우주이다. 그는 고립된 채, 좌초된 채 내버려져 있지 않을 것이다. 그는 자신이 속한 곳으로 돌아왔다. 평정심을, 자신이 어디에 있는지 그리고 다른 모든 것이 어디에 있는지에 대한 완벽한 확신을 느꼈다. 그 느낌은 더없이 행복하거나 신비스럽게 아니라 그저 평범하게 다가왔다. 그것이 위기의 순간, 고통의 순간을 빼고 일반적으로 그가 뭔가를 느끼는 방식이었다. 그리고 어린 시절 및 소년기와 성년기의 최고로 충만했던 모든 시절들에 그의 심리 상태였다. 즉 그것은 자연스러운 그의 존재 방식이었다. 최근 몇 년간 그는 평정심을 잃어버리고 있었다. 점차적이긴 해도 거의 완전히 잃어버렸는데, 그는 잃었다는 것도 거의 깨닫지 못했다. 4년 전 이달, 4년 전 4월에 무슨 일인가가 벌어져 한동안 완전히 잃어버렸던 것이다. 그리고 최근에 복용한 약들, 꾸었던 꿈들, 한 가지 인생의 기억에서 또 다른 인생의 기억으로 끊임없이 뛰어넘던 것, 하버가 향상시키면 시킬수록 더 나빠져만 가던 삶의 성질, 이 모든 것이 그를 길에서 벗어나게 했다. 이제, 돌연, 그는 자신이 속한 곳으로 돌아왔다.

오르는 이것이 혼자 힘으로 성취한 게 아님을 알고 있었다.

그가 소리 내어 말했다.

"증대기가 그랬나요?"

"그랬다니, 뭘 말이죠?"

하버가 그 기계 옆으로 몸을 기울여 다시 뇌파 기록 장치의 스크린을 지켜보며 말했다.

"아…… 모르겠어요."

"당신의 지각 속에 증대기는 아무것도 하고 있지 않아요."

하버가 짜증의 기미를 내보이며 대답했다. 이런 순간들이면 그는 호감이 갔다. 어떤 척하지 않고 무슨 응대를 하려고 하지도 않은 채 그의 기계들의 빠르고 미묘한 반응들로부터 알고자 하는 것에 완전히 몰두해 있는 때 말이다.

"증대기는 지금 당신의 뇌가 하고 있는 일을 그저 증폭하고, 선택적으로 그 활동을 강화하고 있을 뿐이에요. 그리고 당신의 뇌는 아무 흥미 있는 일도 하고 있지 않습니다…… 저기."

하버는 뭔가를 잽싸게 알아챘고, 증대기로 돌아갔다가, 뒤로 몸을 기대어 자그마한 스크린에 위아래로 휙휙 움직이는 선들을 관찰했다. 그는 다이얼들을 돌려 하나처럼 보였던 선을 세 개로 분리했다가 다시 합쳤다. 오르는 다시 그를 방해하지 않았다. 한번은 하버가 날카롭게 말했다.

"눈을 감아요. 안구를 위로 굴려요. 맞아요. 감은 채로 있어요, 뭔가를 구체화하려고 해 봐요…… 붉은색 입방체를. 그거예요……."

마침내 하버는 기계들을 끄고 전극들을 떼어 내기 시작했다. 오르가 느꼈던 평온함은 약이나 술에 의해 유도된 기분처럼 사라지지 않

왔다. 그 기분은 남아 있었다. 생각나는 대로 주저하지 않고 오르가
말했다.

"하버 박사님, 더 이상 당신이 내 효력 있는 꿈들을 이용하도록 놔
둘 수 없습니다."

"뭐라고요?"

하버의 마음은 여전히 오르가 아니라 오르의 뇌에 있었다.

"더 이상 당신이 내 꿈들을 이용하도록 놔둘 수 없다고요."

"그것들을 이용한다고요?"

"이용하는 거죠."

"부르고 싶은 대로 부르구려."

하버가 말했다. 그는 몸을 쭉 폈고 앉은 자세인 오르 위로 일어나
섰다. 그는 회색에, 덩치는 크고 널찍했으며, 수염은 곱슬곱슬하고 가
슴은 두툼했으며, 인상을 쓰고 있었다. 너의 하나님은 질투하는 하나
님이라.

"유감이지만 조지, 당신은 그런 말을 할 위치에 있지 않아요."

오르의 신들은 이름 없고 시기하지 않으며 경배나 순종도 요구하지
않았다.

"그래도 그렇게 말하겠어요."

오르는 온화하게 대답했다.

하버는 그를 내려다보았다. 잠깐 정말로 오르를 보았고, 오르라는 존
재를 보았다. 하버는 얇은 커튼을 걷을 생각을 했다가 그것이 화강암
문이라는 것을 깨달은 사람처럼 움찔한 듯했다. 그는 방을 가로질러
가서 그의 책상 뒤에 앉았다. 오르는 이제 일어섰고 조금 몸을 폈다.

하버는 큼지막한 회색 손으로 검은 수염을 쓸었다.

"나는 비약적인 발전을 해내기 직전…… 아니, 해내는 중에 있소."

그의 굵직한 목소리는 크게 울리거나 명랑하지 않고, 탁하고 강력했다.

"반응―배제―복제―증대 과정 속에 당신의 뇌 패턴을 이용하면서, 나는 당신이 효력 있는 꿈을 꾸는 동안 얻는 뇌파도의 리듬들을 저 증대기가 재생해 내도록 프로그래밍하고 있어요. 이것들을 나는 '효과적 상태'의 리듬이라고 부릅니다. 내가 그것들을 충분히 종합해 내면, 또 다른 뇌의 비동기적 상태의 리듬에 중첩시킬 수 있고, 동기화 단계 이후 그 뇌가 효력 있는 꿈을 꾸도록 유도할 수 있을 거라고 믿고 있어요. 그게 무슨 의미인지 이해합니까? 내가 타당하게 선택받아 훈련된 뇌에 효과적 상태를 유도할 수 있다는 겁니다, 심리학자가 뇌의 전기 자극을 이용하여 고양이에게서 분노를 유발하거나 정신 병적인 인간에게 평정을 유도하는 것처럼 쉽게 말입니다…… 더 쉽죠, 왜냐하면 나는 접촉하거나 약을 주입하지 않고도 자극할 수 있으니까. 며칠 내, 아마 몇 시간 내로 이 목표를 이룰 겁니다. 일단 이루고 나면 당신은 여기서 해방돼요. 당신은 필요 없을 겁니다. 나도 원치 않는 환자와 연구하고 싶지 않고, 알맞게 준비되어 있고 원하는 환자와 같이하는 것이 진행도 훨씬 빠를 테니까. 하지만 내가 준비될 때까지는 당신이 필요해요. 이 연구는 끝내야 합니다. 이것은 아마도 지금까지 행해졌던 과학 연구 중 가장 중요한 연구가 될 거요. 그때까지는 당신이 필요합니다…… 만일 친구로서 나에 대한, 지식의 추구에 대한, 온 인류의 안녕에 대한 당신의 의무감이 당신을 여기 붙잡아 두기에 충분치 않다면…… 그렇다면 나는 강제로 당신이 좀 더 고귀한 명분을 위해 봉사하도록 할 겁니다. 필요하다면, '강제 치료', 아니 '개인 복지 제약' 명령서를 받아 올 거요. 필요하다면, 당신이 폭력적인 정신병자인 것처럼 약들을 쓰겠소. 이렇게 중대한 일에 관한 문제에서 당신이 돕기를 거절한다면, 당연히, 제정신이 아닌 거지. 하지만 법적 또는 심적인 강제 없이 당신이 자유롭게 자발적으로 도와주는 편이 훨씬 좋다는 건 말할 것도 없지요. 그것은 나에게 아주 다를 테니."

"그것은 정말로 당신에게 조금도 다를 바가 없을 거예요."

오르가 싸우고자 하는 분위기 없이 말했다.

"왜 나와 다투는 겁니까…… 지금? 하필 지금이죠, 조지? 당신이 그토록 많은 공헌을 했고, 우리가 목표에 이토록 다가갔을 때?"

너의 하나님은 꾸짖는 하나님이시라. 그러나 죄책감은 오르의 마음을 움직일 수 있는 방법이 아니었다. 만일 그가 죄책감이 많은 사람이었다면 서른 살까지도 살지 못했을 것이다.

"당신이 계속하면 할수록 점점 더 나빠지니까요. 그리고 이제, 내가 효력 있는 꿈들을 꾸지 못하게 막는 대신에, 당신 자신이 그 꿈들을 꾸려고 하고 있어요. 세상의 나머지 사람들이 내 꿈속에서 살아가게 하고 싶지는 않지만, 정말로 내가 당신의 꿈속에서 살고 싶지는 않네요."

"그게 무슨 말입니까? '점점 더 나빠지다'니? 여길 봐요, 조지."

인간 대 인간으로 솔직하게. 이성이 승리하리라. 우리가 앉아서 이야기하기만 한다면…….

"우리는 몇 주 동안 같이 연구하면서 다음과 같은 일들을 했소. 우리는 인구 과잉을 없앴습니다. 도시 생활의 질과 지구의 생태학적인 균형을 회복시켰어요. 주요 사망 원인인 암을 없앴지요."

하버는 그의 굳센 잿빛 손가락들을 구부려 가며 하나하나 열거하기 시작했다.

"피부색의 문제, 인종적 증오심을 없앴죠. 전쟁을 없앴어요. 종이 타락할 위험을 없애고 해로운 유전자 군이 자라나지 못하도록 했습니다. 또 이것들도 없앴죠, 아니 없애는 과정이라고 말해야겠군요. 전 세계에 걸친 빈곤, 경제적 불평등, 계급 전쟁. 그 밖에 또 뭐가 있죠? 정신병, 현실에의 부적응, 이건 시간이 걸릴 겁니다. 하지만 우리가 이미 한 걸음 내디뎠지요. HURAD의 지도 아래, 인간의 신체적이고 심리적인 고통은 계속해서 줄어들고, 타당한 고유의 자기표현은 부단히 증가하고 있어요, 끊임없는 진보죠. 진보라고요, 조지! 우리는 인류가 60만 년 동안 이룬 것보다 6주 안에 더 많은 진보를 이루었단 말이오!"

오르는 이 모든 주장에 대답을 해야 할 것 같은 느낌이 들었다. 그는 말을 꺼냈다.

"하지만 민주주의 정부가 어떻게 됐죠? 사람들은 더 이상 스스로 아무것도 선택할 수 없어요. 왜 모든 것이 그토록 조악하고, 왜 모두가 그렇게 기쁨이 없죠? 심지어 사람들을 구분도 못할 지경이죠…… 젊은 사람들일수록 더 그렇고요. 모든 어린이를 '센터'들에서 양육하는 '세계 정부'의 업무는……"

그러나 하버가 정말로 성을 내며 끼어들었다.

"'어린이 센터'들은 당신의 고안물이었어요, 내가 아니라! 나는 그저 늘 그러하듯, 한 가지 꿈에 대한 암시들 사이에 꼭 필요한 것들의 윤곽을 그려 줬을 뿐이오. 그중 일부는 실행 방법도 암시하려고 애썼지만, 그러한 암시들은 결코 효력이 있는 것 같지 않더군요, 아니면 당신의 빌어먹을 일차적 사고에 의해 모든 인식 밖으로 틀어져 나가 버렸든가. 인류를 위해 내가 이루고자 노력하는 모든 것에 당신이 저항하고 분개하고 있노라 나한테 말할 필요도 없어요…… 그건 시작 때부터 분명했으니까 말이오. 내가 당신을 앞으로 나아가게 할 때마다, 당신은 일을 허사로 만들어요. 나의 암시를 실현하기 위해 당신의 꿈이 택하는 어리석고 우회적인 수단 때문에 일이 완벽하게 되지 못한단 말이오. 매번, 당신은 뒤로 물러서려고 했어요. 당신 자신의 추진력은 완전히 부정적이오. 만일 당신이 꿈을 꿀 때 강력한 최면적 강제 아래 있지 않았다면, 당신은 몇 주 전에 세상을 재로 만들어 버렸을 거요! 당신이 그 여자 변호사와 같이 달아났던 밤에 할 뻔했던 짓을 보란 말입니다……."

"그녀는 죽었어요."

"잘됐군요. 그녀는 당신에게 파괴적인 영향을 미쳤으니까. 신뢰할 수 없고. 당신은 아무런 사회적 양심이, 아무런 이타심이 없어요. 당신은 도덕적 의지가 약한 사람입니다. 매번, 나는 최면으로 당신에게 사회적 책임을 주입해야 합니다. 그리고 매번 그것은 좌절되고 망쳐지고 맙니다. 그게 '어린이 센터'들에 일어난 일이죠. 나는 핵가족이 신경증적 인성 구조를 이루는 주된 틀이 되고 있으며, 이상적인 사회에서는 그것이 수정될 어떤 방법들이 있다는 암시를 줬어요. 당신의 꿈은 단순히 그 방법들에 관한 가장 미숙한 해석을 잡아채어, 그 해석을 시시한 유토피아적 개념들, 아니면 아마도 냉소적인 반유토피아적 개념들과 버무려 '센터'들을 만들어 냈어요. 그래도, 그것들은 그것들이 대신한 것보다는 낫지요! 이 세계에서 정신 분열증은 아주 적습니다…… 알고 있었나요? 그건 희귀 질병이지요!"

하버의 짙은 색 두 눈이 빛났고 그는 씩 웃었다.

"상황이…… 과거 한때보다는 낫죠."

오르는 토론하고자 하는 희망을 포기하며 말했다.

"하지만 박사님이 계속할수록 상황은 더 악화돼요. 내가 훼방을 놓으려는 게 아니에요, 박사님이 이루어질 수 없는 뭔가를 하려는 거예요. 나는 이것, 그러니까 이 재능을 지녔죠. 압니다. 그리고 그것에 대한 나의 의무도 알아요. 내가 그래야 하는 때에만 그것을 사용하는 거죠. 다른 대안이 없을 때만요. 지금은 대안들이 있어요. 나는 그만 둬야 해요."

"우리는 그만 둘 수 없소…… 막 시작했단 말입니다! 이제야 막 당신이 꾸는 꿈들의 힘에 대해 어떤 제어라도 하기 시작했단 말이오. 나는 완전히 제어하는 게 보입니다, 그리고 그렇게 할 거고요. 어떤 사적인 두려움도 인간 뇌의 이렇게 새로운 능력을 가지고 온 인류를 위해 유익한 일을 하지 못하도록 막을 수 없습니다!"

하버는 연설을 하고 있었다. 오르는 그를 바라보았으나, 똑바로 오르 쪽을 향한 그 탁한 눈은 그의 시선을 맞받아 주지 않았고 그를 보고 있지도 않았다. 연설은 계속되었다.

"내가 하는 일은 이 새로운 능력이 '복제 가능하도록' 만드는 겁니다. 그것은 인쇄술의 고안, 어느 새로운 기술적 및 과학적 개념의 응용과도 유사점이 있습니다. 만일 그 실험 장치나 기술이 다른 사람들에 의해 성공적으로 되풀이될 수 없다면 아무 소용이 없죠. 이와 유사하게, '효과적 상태'가 단일한 인간의 뇌 속에 고착되어 있는 한, 잠긴 방 안에 있는 열쇠나, 열매를 맺지 않는 단일한 천재 돌연변이만큼이나 인류에게 쓸모가 없죠. 그러나 나는 방 밖으로 열쇠를 갖고 나올 수단들을 갖게 될 겁니다. 그리고 그 '열쇠'는 인간의 뇌 자체의 발달만큼이나 인류 진화에 엄청난 이정표가 될 겁니다! 그것을 사용할 능력이 있는, 사용할 가치가 있는 어떠한 뇌라도 그것을 사용할 수 있게 될 거요. 적절하고, 훈련되고, 준비된 피실험자가 저 증대기의 자극 아래 효과적 상태로 들어서면, 그는 완벽한 자기 최면 통제 아래 있게 될 겁니다. 우연에, 임의적인 충동에, 불합리한 자기도취적인 변덕에 맡겨지는 것은 아무것도 없을 겁니다. 허무주의를 향한 당신의 의지와 진보를 향한 나의 의지, 당신의 해탈하고자 하는 소망들과 모두의 행복을 위한 나의 의식적이고 세심한 계획들 사이에 있는 이러한 어떤 긴장도 사라질 겁니다. 내 기술들이 공고해지면, 당신은 자유롭게 가게 될 겁니다. 참말로 자유롭게. 그리고 당신이 원하는 것은 책임에서 놓여나는 것, 효력 있는 꿈을 꾸지 않게 되는 것뿐이라고 내내 주장해 왔으니 나의 첫 번째 효력 있는 꿈은 당신의 '치료'를 포함할 겁니다…… 당신이 다시는 효력 있는 꿈을 꾸지 않게 되는 거죠."

오르는 일어서 있었다. 그는 그대로 서서 하버를 바라보았다. 그의 얼굴은 차분했지만 심히 경계하고 집중해 있었다.

"당신이 자신의 꿈들을 제어한다고요. 혼자서…… 누구의 도움도 없이, 또는 당신을 감독하는 이도 없이……?"

"나는 이제 여러 주 동안 당신을 제어해 왔습니다. 내 자신의 경우, 물론 내가 자신의 실험의 첫 번째 피실험자가 될 겁니다, 그건 의심할 여지가 없는 도덕적 의무이니까. 그 경우 제어는 완벽할 겁니다."

"나는 자가 최면을 시도했었어요, 꿈을 억제하는 약들을 쓰기 전에……."

"그래요, 전에 당신이 언급했죠. 당연히, 실패했고. 저항하는 피실험자가 성공적으로 자가 암시를 해낼 수 있는가 하는 것은 흥미로운 문제이지만, 이건 전혀 그에 관한 시험이 아닙니다. 당신은 전문적인 심리학자가 아니죠, 훈련받은 최면의가 아닙니다. 그리고 당신은 그 모든 일들에 정서적으로 심란해 있었어요. 그러니 당신에게는 아무런 성과가 없었죠, 당연히. 하지만 나는 전문가예요, 그리고 내가 뭘 하고 있는지 정확히 압니다. 나는 온전한 꿈을 자신에게 암시하고 내가 깨어 있는 사고로 생각한 것처럼 정확하게 그것의 모든 세부 사항까지 꿈꿀 수 있어요. 지난 주 매일 밤 훈련에 들어가서 나는 그렇게 했습니다. 저 증대기가 일반화된 효과적 상태의 패턴을 나 자신의 비동기적 상태에 일치시키면, 그러한 꿈들은 효력이 있게 될 겁니다. 그러고 나면…… 그러고 나면……."

그 똘똘 말린 수염 속의 입술이 팽팽하게 당겨지며 벌어지더니 웃기 시작했다. 끔찍하기도 하고 측은하기도 한, 도취에 빠진 큼지막한 미소였다. 상대방이 결코 내보일 의도가 없었던 뭔가를 본 것처럼 오르는 그 웃음을 외면했다.

"그러면 이 세상은 천국 같아질 겁니다, 그리고 인간들은 신 같을 거고요!”

“우리는 신 같아요, 이미 그렇다고요.”

오르가 말했지만 상대방은 전혀 신경 쓰지 않았다.

“두려워할 것은 없어요. 위험한 때는…… 그때가 언제였는지 우리는 알죠…… 당신이 홀로 효력 있는 꿈 능력을 소유하고서 그걸 가지고 뭘 할지 몰랐을 때죠. 만일 당신이 나에게 오지 않았다면, 만일 당신이 숙달된, 과학적인 전문가에게 보내지지 않았다면, 무슨 일이 벌어졌을지는 아무도 모를 겁니다. 하지만 당신이 여기에 있었고, 내가 여기에 있었죠. 사람들 말마따나, 천부의 재능이란 옳은 때에 옳은 곳에 있는 것이지요!”

그는 벼락같은 웃음을 터뜨렸다.

“그러니 이제는 겁낼 것이 없어요, 그리고 그건 모두 당신의 손을 떠났고. 과학적으로 그리고 윤리적으로, 내가 뭘 하는지 어떻게 그것을 할지 알고 있습니다. 내가 어디로 가고 있는지 알고 있단 말입니다.”

“화산들이 불을 뿜는군요.”

오르가 중얼거렸다.

“뭐라고요?”

“가도 되나요?”

“내일 5시입니다.”

“그때 올게요.”

오르는 그렇게 말하고 자리를 떴다.

10장

그가 깨어나 내려온다, 꿈의 다른 집에서. ─빅토르 위고, 『정관시집』

겨우 3시였으니, 그는 '공원 부서'에 있는 사무실로 돌아가서 남동쪽 교외 놀이 지역을 위한 계획을 끝내야 했다. 그러나 그러지 않았다. 그는 잠깐 그 생각을 했다가 지워 버렸다. 비록 그의 기억은 그가 이제 5년간 그 지위에 있었음을 확인해 주었지만, 그는 자신의 기억을 믿지 않았다. 그 일은 그에게 아무런 현실성도 없었다. 그것은 그가 해야 할 일이 아니었다. 그의 일이 아니었다.

사실 그가 지닌 유일한 현실, 유일한 실재의 대부분을 그렇게 현실이 아닌 것으로 취급하면서, 비정상적인 사고와 정확히 똑같은 위험을 무릅쓰고 있음을 그는 알고 있었다. 자유 의지라는 의식의 상실 말이다. 그는 사람이 본질을 거부하는 한, 본질이 아닌 것에 사로잡힌다는 것을 알았다. 그 공허감을 채우기 위해 떼로 몰려오는 강박관념들, 공상들, 공포들에 말이다. 그러나 공허감은 그대로 존재했다. 이 삶은 진실함이 부족했다. 그것은 공허했다. 꿈은 창조해야 할 필요가 없는 곳에서 창조하면서 낡고 타락했다. 이것이 인생이라면, 아마도 공허감이 나을 터였다. 그는 이치에 맞지 않는 괴물들과 불가피한 일들을 받아들일 것이다. 그는 집으로 갈 터이고, 어떤 약도 먹지 않고 잘 것이다. 그리고 어떤 꿈들이 찾아오든 꿀 생각이었다.

그는 시내에서 케이블카에서 내렸지만, 트롤리버스를 타는 대신에 자신의 동네를 향하여 걷기 시작했다. 그는 항상 걷는 것을 좋아했다.

러브조이 파크를 따라 지나며 낡은 간선도로의 일부, 그러니까 큰 진입로가 여전히 서 있었는데, 아마도 고속도로에 대한 열광이 마지막으로 광적으로 시끄럽던 1970년대에 지어진 것일 터였다. 그 도로는 한때 마큄 대교까지 이어져 있었을 게 분명하지만 지금은 프런트 대로 위 10미터쯤 허공에서 뚝 끊겨 있었다. 그것은 '역병의 세월' 이후에 도시가 청소되고 재건될 때 파괴되지 않았다. 아마도 그것이 미국인들의 눈에 들지도 못할 만큼 너무나 크고 너무나 무용하고 너무도 흉했기 때문일 것이다. 거기에 그 도로는 서 있었고, 몇 그루 관목들이 도로 위로 뿌리를 내밀고 있는 한편 그 아래엔 건물들이 절벽의 참새 둥지처럼 떼 지어 자라나 있었다. 이렇게 도시의 좀 누추하고 특징 없는 작은 부분에는 아직 작은 상점들과 독립적인 식료품 가게들, 맛없어 보이는 작은 음식점들 등등이 존재했다. 그것들은 전면적인 '소비자 제품 공정 배급제도'의 엄격함과, 이제 세계 무역의 90퍼센트가 이루어지는 대형 세계 설계 센터 마트 및 직판장 들의 엄청난 경쟁에도 불구하고 그 사이에서 어떻게든 살아 나가고 있었다.

진입로 아래 이러한 상점들 중 하나가 중고 물품 가게였다. 창문들 위의 간판에는 "골동품"이라고 씌어져 있고, 유리창 위에 그려져 칠이 벗겨져 가는 사인은 조잡한 글씨체로 "잡동사니"라고 씌어져 있었다. 한 진열창 안에는 땅딸막한 수제 도기들이 좀 있었고, 또 다른 진열창 안에는 좀먹은 페이즐리 무늬 숄이 드리워진 낡은 흔들의자가 있었다. 그리고 이 주된 진열품들 주위로 문화의 각종 쓰레기들이 흩어져 있었다. 말편자, 시계 바늘이 고장 난 시계, 어느 낙농장에서 온 정체를 알 수 없는 물체, 아이젠하워 대통령 액자 사진, 에콰도르 동전 세 개가 들어 있는 살짝 훼손된 유리 지구의, 새끼 게들과 해초 장식이 그려진 플라스틱 변기 의자 커버, 손때 묻은 묵주, "상태 좋음"이라고 표시되어 있지만 분명히 긁힌 자국들이 있을 낡은 45회전 스테레오 레코드판 더미. 딱 그런 곳에서 헤더의 어머니가 한동안 일하고 있었을지 모른다고 오르는 생각했다. 충동적인 마음에 그는 안으로 들어갔다.

안쪽은 서늘하고 좀 침침했다. 진입로의 다리 한쪽이 한쪽 벽을 이루고 있었는데, 높고 휑하고 어두운 콘크리트 공간으로서 마치 해저 동굴의 벽 같았다. 우묵하게 들어간 그늘진 풍경으로부터, 부피 큰 가구, 노후한 행위 미술 작품들, 가짜 골동품 물레들은 이제 진짜 골동품들이 되어 가고 있었지만 여전히 쓸모없었다. 이렇게 아무 인간도 쓰지 않는 것들이 음울하게 펼쳐져 있는 곳에서 거대한 형체가 모습을 드러냈는데, 말없이 파충류처럼 느릿느릿 앞으로 떠오는 듯했다. 주인은 외계인이었다.

외계인이 굽은 왼쪽 팔꿈치를 올리고 말했다.

"안녕하세요. 물건을 원합니까?"

"고맙습니다만, 그냥 둘러보는 중이에요."

"계속 둘러보십시오."

주인이 말했다. 외계인은 그늘 속으로 약간 물러나 움직임 없이 가만히 서 있었다. 오르는 좀 초라한 오래된 공작 깃털들 위에 불빛의 장난을 보았고, 1950년대 홈 비디오 영사기, 파랗고 하얀 정종 주전자와 술잔 세트, 가격이 꽤 높게 매겨진 《매드》 잡지 더미를 유심히 보았다. 오르는 단단한 강철 망치를 들어 보고는 그것의 균형에 감탄했다. 그것은 잘 만들어진 연장으로서 훌륭한 물건이었다.

"이건 당신이 직접 택한 건가요?"

오르는 미국의 풍요로운 세월에서 비롯한 이 모든 표류물들에서 외계인들이 뭘 얻을지 궁금해 하며 주인에게 물었다.

"손에 들어오는 거면 만족합니다."

외계인이 대답했다.

마음에 드는 견해였다.

"나한테 뭔가 얘기해 줄 수 있을지 궁금하네요. 당신네 언어에서 '이아클루'라는 낱말의 뜻이 뭔가요?"

주인이 그 널찍하고 조개껍데기 같은 보호복을 연약한 물체들 사이로 조심스럽게 비스듬히 기울여 느릿느릿 다시 앞으로 나왔다.

"말로 표현할 수 없습니다. 개별인간들과 통신할 때 사용하는 언어는 관계의 다른 형태들을 포함하지 않으려고 합니다. 조르 조르."

오른손, 다시 말해 커다랗고 푸르스름하고 물갈퀴 같은 손이 느리게, 그리고 망설이는 듯한 태도로 뻗어 나왔다.

"티우악 엔베 엔베입니다."

오르는 그 손과 악수했다. 외계인은 움직임 없이 서 있었다. 짙은 색조에 김이 채워진 투구 안쪽에는 눈이 보이지 않았지만 그를 주시하고 있는 게 분명했다. 그게 투구라면 그렇다는 얘기였다. 초록색의 등딱지, 그 강력한 보호복 속에 있는 실체는 무엇일까? 그는 몰랐다. 그러나 그는 티우악 엔베 엔베와 있는 게 편안했다.

그는 다시 충동적으로 물었다.

"혹시 르라셰라는 이름의 누군가를 안 적이 있으세요?"

"르라셰. 아니요. 당신은 르라셰를 찾고 있나요."

"나는 르라셰를 잃어버렸어요."

"안개 속을 가로지르기."

외계인이 말했다.

"그거랑 비슷해요."

오르가 말했다. 그는 앞에 복잡한 탁자로부터 키가 5센티미터쯤 되는 프란츠 슈베르트의 반신상을 집어 들었다. 어느 피아노 선생이 학생에게 준 선물이리라. 바닥에 학생은 이렇게 써 놓았다. "뭐, 내가 걱정한다고요?" 슈베르트의 얼굴은 온화하면서도 무표정해서 안경 쓴 자그마한 부처 같았다. 오르가 물었다.

"이건 얼마인가요?"

"5뉴센트입니다."

티우악 엔베 엔베가 대답했다.

오르는 민족 연합의 5센트짜리 백통화를 꺼내었다.

"이아클루를 제어할 방법이, 그러니까 그게 제 길을 가도록…… 가게 할 방법이 있나요?"

외계인은 그 주화를 받아서 위엄 있게 크롬 도금된 금전 등록기 너머로 움직였다. 오르는 그 등록기가 판매 중인 골동품일 거라고 짐작했다. 외계인은 등록기에 판매를 기록하고 나서 잠시 그대로 서 있다가 말했다.

"참새 한 마리가 여름을 만들지는 않습니다. 불을 밝히는 데에는 많은 손이 필요하지요."

외계인은 다시 말을 멈췄는데, 대화의 간극에 다리를 놓으려는 이러한 노력에 분명히 만족하지 못한 듯했다. 외계인은 30초쯤 가만히 서 있다가 진열창으로 가서 정확하고 뻣뻣하고 세심한 동작으로 거기에 진열되어 있는 골동 디스크 레코드판들 중 하나를 집어서 오르에게 가져왔다. 비틀스의 레코드판이었다. 「친구들의 작은 도움으로 (With a Little Help from My Friends)」였다.

"선물이에요. 수락하겠습니까?"

외계인이 물었다.

"그럼요, 고맙습니다…… 정말 고마워요. 정말 친절하시네요. 감사합니다."

오르는 레코드판을 받았다.

"제가 기뻐할 일입니다."

외계인이 말했다. 비록 기계적으로 나오는 목소리는 음조 없고 보호복은 무감각했지만, 오르는 티우악 엔베 엔베가 실제로 기꺼워한다고 확신했다. 그래서 오르 자신이 감동받았다.

"이걸 내 집주인의 기계에다 돌릴 수 있어요. 그는 오래된 축음기를 갖고 있거든요. 정말 고맙습니다."

그들은 다시 한 번 악수를 했고, 오르는 그곳을 떴다.

코벳 대로를 향해 걸어가면서 그는 생각했다. 결국, 외계인들이 내 편인 게 놀랄 일은 아니야. 어떤 의미에선 내가 그들을 창조했으니. 물론, 어떤 의미에서인지는 나도 모르겠지만. 하지만 내가 그들이 존재하는 꿈을 꾸기 전까지, 그들이 존재하도록 해 주기 전까지는 확실히 주위에 없었다고. 그러니 우리 사이엔 어떤 연관이 있지…… 항상 있었어.

물론(걸어가는 속도에 맞춰 그의 생각들도 계속되었다.), 그건 사실이야, 그렇다면 지금과 같은 모습의 세계도 모두 내 편이어야 해. 그것의 많은 부분 또한 내가 꿈꾸어 낸 것이니까. 흠, 결국, 세계는 내 편이야. 다시 말해, 나는 세계의 일부이지. 그것으로부터 분리되어 있지 않아. 나는 땅 위를 걸어, 땅은 내가 그 위를 걷도록 해 주고. 나는 공기를 숨쉬고 그것을 바꿔. 나는 세계와 완전히 연결되어 있어.

하버만이 달라. 그리고 꿈꿀 때마다 점점 더 달라져. 그와 연결되어 있는 것은 부정적이야. 그리고 그가 꿈꾸라고 명령했고 그에게 책임이 있는 세상의 어떤 부분, 그 부분을 바로 나는 멀게 느끼는 거야. 그것에 대해 내가 무력하다고 느끼고……

그가 악하기 때문이 아니야. 그는 옳아, 꼭 다른 사람들을 도와야 하는 사람이지. 하지만 뱀에 물린 상처용 혈청의 유추에 의한 설명은 잘못됐어. 그는 한 사람이 고통에 빠진 또 다른 사람을 만나는 것에 대해 이야기하고 있었지. 그건 달라. 아마도 내가 한 건, 4년 전 4월에 내가 한 일은…… 정당했어…… (그러나 그의 생각들은 늘 그렇듯, 상처 입은 곳으로부터 놀라 뒷걸음질 쳤다.) 사람은 다른 사람을 도와야 해. 하지만 많은 사람들을 데리고 하느님 노릇을 하는 것은 옳지 않아. 신이 되려면 자신이 뭘 하고 있는지 알아야 하지. 그리고 어떤 유익한 일이라도 하기 위해서는, 자신이 옳고 그 동기들이 선하다는 것을 믿는 것만으로는 충분치 않다고. 사람은…… 접촉해야 해. 그는 접촉하지 않지. 다른 누구, 다른 어떤 것조차도 그에겐 존재감이 없어. 그는 세상을 오로지 그의 목적을 위한 수단으로 볼 뿐이야. 그의 목적이 선하든 그렇지 않든 마찬가지야. 우리가 가진 건 수단뿐이라고…… 그는 받아들일 수 없어, 놔둘 수 없지, 내버려 두지 못 해. 그는 제정신이 아니야…… 만일 내가 꿈꾸듯 그가 꿈을 꿀 수 있게 된다면, 그는 우리 모두를 저 멀리 데려가 버릴 수도 있어. 내가 어찌해야 할까?

그 질문에 이르렀을 때 코벳의 그 낡은 집에 닿았다.

오르는 관리인인 매니 아렌스로부터 구식 축음기를 빌리기 위해 지하실에 들렀다가 같이 마리화나를 나누게 되었다. 매니는 오르를 위해 마리화나를 항상 달여 주었는데, 오르가 담배를 피우지 않기 때문에 연기를 흡입하면 기침이 터져 나왔기 때문이다. 그들은 세상일에 대해 조금 이야기를 나눴다. 매니는 스포츠 쇼를 싫어했다. 그는 집에 있으면서 매일 오후 '어린이 센터'에 들어가기 이전의 아동들을 위한 세계 설계 센터의 교육 프로그램들을 시청했다.

"저 악어 인형, 두비두는 진짜 괜찮은 녀석이야."

매니가 말했다. 대화 사이사이에 긴 간격들이 있었는데, 그것들은 오랜 세월에 걸쳐 수없이 마약을 해 온 탓에 성기게 닳아 버린 매니의 정신의 피륙에 난 커다란 구멍들을 반영했다. 그러나 매니의 구절

스러운 지하실에는 평화와 사적인 자유로움이 있었고, 약한 마리화나 덕분에 오르는 부드럽게 긴장이 풀렸다. 마침내 오르는 축음기를 위층으로 날라 와 휑한 거실 벽에 난 소켓에 플러그를 꽂았다. 그는 레코드판을 올리고 나서 회전하는 판 위에 축음기 바늘을 멈춘 채로 있었다. 내가 원하는 게 뭘까?

그는 몰랐다. 도움이야, 그렇게 짐작했다. 글쎄, 티우악 엔베 엔베가 말했던 것처럼 손에 들어오는 것으로 만족할 터이다.

그는 바늘을 조심스럽게 바깥 쪽 홈에 놓고, 축음기 옆 먼지투성이 바닥에 앉았다.

당신은 누군가가 필요한가요?
나는 사랑할 사람이 필요해요.

그 기계는 자동이었다. 레코드판을 틀었다가 잠시 자그맣게 그르렁거리더니 기계 안쪽에서 딸깍딸깍 소리가 났고, 바늘이 레코드판의 처음 홈으로 돌아갔다.

그럭저럭 괜찮아요, 작은 도움으로,
친구들의 작은 도움으로.

열한 번째 되풀이되는 사이에 오르는 깊은 잠에 빠졌다.

높고 휑하고 어슴푸레한 방에서 정신을 차리며 헤더는 당황했다.

대체 어디람?

그녀는 잠이 들었었다. 두 다리를 뻗고 피아노에 등을 댄 채 바닥에 앉아 잠들었다. 마리화나는 항상 그녀를 졸리고 둔하게 했다. 하지만 매니, 그 늙은 마리화나 중독자의 감정을 상하게 하거나 권하는 것을 거절할 수는 없잖아. 조지는 축음기 옆 바닥에 가죽이 벗겨진 고양이처럼 납작 누워 있었다. 축음기 바늘이 회전반에 바로 놓인 「친구들의 작은 도움으로」 속에서 느릿느릿 진로를 나아가고 있었다. 그녀는 소리를 천천히 줄인 다음에 기계를 멈춰 세웠다. 조지는 꼼짝도 안 했다. 그의 입술이 살짝 벌어져 있고 두 눈은 꾹 감겨 있었다. 두 사람 다 음악을 듣다가 잠들어 버렸다니 정말 우습네. 그녀는 일어나 부엌으로 가서 저녁을 위해 뭐가 있나 살펴보았다.

우아 고마워라, 돼지 간이 있었다. 그것은 영양이 풍부했고 세 장의 육류 배급 도장을 가지고 무게 단위로 구할 수 있는 가장 괜찮은 것이었다. 그녀는 어제 '마트'에서 그것을 골랐다. 글쎄, 아주 얇게 썰어 소금에 절인 돼지고기와 양파랑 같이 구우면…… 욱. 괜찮다, 그녀는 돼지 간도 먹을 수 있을 만큼 배가 고팠고 조지는 성미가 까다로운 사람이 아니었다. 그는 어지간한 음식이면 즐기며 먹었고, 저질의 돼지 간이라면 그냥 먹었다. 성품 좋은 남자들을 포함해 하나님을 찬양할지어다, 모든 은총이 그로부터 나오나니.

그녀는 식탁에 그릇들을 놓고 감자 두 알과 양배추 반통을 요리하려고 내놓으면서 가끔씩 멈췄다. 이상한 느낌이 들었다. 혼란스러웠다. 틀림없이 그 빌어먹을 마리화나에다, 아무 때나 바닥에서 자서 그런 거야.

조지가 헝클어진 머리에 먼지 묻은 셔츠 차림으로 들어왔다. 그는 빤히 그녀를 바라보았다. 그녀가 말했다.

"이런. 잘 잤어?"

그는 그녀를 바라보며 서서 빙그레 웃었는데, 순수한 기쁨으로 환하게 빛나는 미소였다. 그녀는 인생에서 그렇게 큰 인사를 받아 본 적이 없었다. 그녀는 자신이 일으킨 그 기쁨에 겸연쩍어 했다.

"사랑하는 내 아내."

그가 그녀의 두 손을 잡았다. 그 손바닥과 손등을 보고서 자신의 얼굴에 가져다 대었다.

"당신은 갈색이었어야 하는데."

그가 말했고, 놀랍게도 그녀는 그의 두 눈에서 눈물을 보았다. 잠시, 딱 그 순간, 무슨 일인지 짐작이 갔다. 그녀는 갈색이었음을 떠올렸고, 밤에 그 오두막집의 정적과 개천의 소리, 그리고 다른 많은 것들이 모두 홀연히 기억났다. 하지만 조지가 좀 더 급한 문제였다. 그가 그녀를 안은 것처럼 그녀도 그를 안고 있었다.

"당신은 지쳤어, 당황해 있고. 바닥에서 잠들었잖아. 하버, 그 나쁜 자식 때문이야. 그자에게 다시는 가지 마. 그냥 가지 마. 그자가 뭘 하는지 난 신경 안 써, 우린 그걸 재판에 걸 거야, 법에 호소하겠어. 설사 그자가 당신에게 강제 명령을 내려 당신을 린턴에 집어넣는다고 해도 우리는 당신을 다른 정신과 의사한테 데려가서 다시 꺼내 올 거야. 당신은 그자랑 어울리면 안 돼, 그는 당신을 망치고 있다고."

"아무도 나를 망칠 수 없어."

그가 말하고서 조금 크게 웃었는데, 가슴속 깊은 곳에서 우러나오는, 거의 흐느낌 같았다.

"내 친구들에게서 작은 도움을 얻는 한은 안 되지. 나는 다시 갈 거야, 오래 걸리지 않을 거야. 내가 걱정하는 것은 더 이상 내가 아니야. 하지만 걱정 마……."

그들은 맞댈 수 있는 표면은 모두 붙이고, 완전히 일체가 된 채 서로 꼭 매달려 있었다. 그러는 사이에 간과 양파가 납작 냄비에서 지글거렸다. 그녀가 그의 목에 대고 말했다.

"나 역시 잠들었더랬어. 루티 노인네의 지독한 편지들을 타이핑하느라 정말 녹초가 되어 있었거든. 하지만 당신이 훌륭한 레코드판을 샀네. 꼬마였을 적에 비틀스를 좋아했는데 이제 관영 방송에서는 절대로 안 틀어 주더라."

"저건 선물이었어."

조지가 말했지만, 돼지 간이 냄비에서 튀어 그녀는 몸을 풀고 그것을 살펴야 했다. 저녁 식사에서 조지는 그녀를 지켜보았다. 그녀 역시 꽤 오랫동안 그를 보았다. 그들은 결혼한 지 7개월이 지났다. 중요한 얘기는 없었다. 그들은 설거지를 하고 나서 자러 갔다. 침대에서, 그들은 사랑을 나누었다. 사랑은 돌멩이처럼 그저 꼼짝 않고 있는 게 아니라, 빵처럼 만들어져야 하는 것이다. 항상 다시 만들어지고 새롭게 만들어져야 한다. 그것이 이루어졌을 때, 그들은 서로 껴안고 누워 사랑을 간직한 채 잠들었다. 잠 속에서 헤더는 아직 태어나지 않은 아이들이 노래하는 목소리로 가득한 개천의 시끌벅적한 소리를 들었다.

잠 속에서 조지는 난바다의 심연을 보았다.

헤더는 나이 많고 게으른 법률 파트너인 폰더와 루티의 비서였다. 그녀는 다음 날, 금요일 4시 30분에 퇴근하자, 집으로 가는 모노레일과 트롤리버스를 타지 않고 워싱턴 파크로 올라가는 케이블카를 탔다. 조지에게 치료 면담은 5시 이후니까, 그를 만나러 HURAD에 갈지도 모른다고 말해 두었다. 그 후에 함께 시내로 돌아가서 국제 쇼핑몰에 있는 세계 설계 센터 식당들 중 한 곳에서 식사를 할 수도 있을 거라고 했다.

"괜찮을 거야."

오르는 그녀가 그러는 이유를 이해하고서 자기는 괜찮을 거라는 의미로 말했다.

"알아. 하지만 외식하면 즐거울 거야, 그리고 도장들도 몇 개 아껴 뒀고. 우린 아직 카사 볼리비아나의 음식을 먹어 보지 않았잖아."

그녀는 일찍 HURAD 타워로 가서 널찍한 대리석 계단에서 기다렸다. 그가 다음 차로 왔다. 그녀는 그가 내리는 것을 보았고 같이 내리는 다른 이들은 보지도 않았다. 아주 말수 적고 호감 가는 표정을 지닌 키 작고 말끔한 사내. 대부분의 내근 사원들처럼 조금 허리가 굽었지만 씩씩하게 움직였다. 그녀를 보자 맑고 밝은 그의 두 눈이 좀 더 밝아지는 듯했고, 그는 빙그레 웃었다. 또다시 그 기쁨으로 가득한 가슴 터질 듯한 미소였다. 그녀는 격렬하게 그를 사랑했다. 만일 하버가 그에게 다시 해를 입힌다면 들어가서 하버를 잘게 조각내 버릴 것이다. 보통, 격렬한 감정들은 그녀에게 낯설었지만 조지가 관련된 일에서는 달랐다. 그리고 어쨌든, 몇 가지 이유들로 오늘은 여느 때와 다른 느낌이 들었다. 그녀는 좀 더 용감하고 맹렬한 기분이었다. 직장에서 두 번이나 소리 내어 "제길"이라고 말해서, 늙다리 루티 씨를 움찔하게 만들었다. 전에 그녀가 소리 내어 욕한 적은 거의 없었다. 그리고 두 번 다 그럴 의도가 없었는데도, 아주 오래된 버릇인 양 그런 말이 나왔다……

"안녕, 조지."

"안녕."

그는 그녀의 두 손을 잡았다.

"예쁘네, 아름다워."

어떻게 이 남자가 병들었다고 생각할 수 있담? 그래, 저이는 웃기는 꿈들을 꾼 거야. 그렇게 생각하는 게 그녀가 지금껏 만났던 사람들의 반의 반 정도처럼 노골적으로 심술궂어지고 악의에 차는 것보다는 나았다.

"벌써 5시네. 여기서 기다릴게. 비가 오면 로비 안에 있을 거야. 거기 안은 나폴레옹의 무덤 같더라, 온통 검은 대리석 따위들이더라고. 그래도 바깥은 근사하네. 동물원에서 사자들이 으르렁거리는 소리도 들려."

"같이 올라가. 이미 비가 내리고 있어."

오르가 말했다. 사실 그랬다, 봄의 끝없이 따뜻한 보슬비…… 남극 대륙의 얼음이 그것을 녹인 책임이 있는 사람들의 아이들 머리 위로 부드럽게 떨어지고 있었다.

"그는 근사한 대기실이 있어. 당신은 아마 잡다한 민족 연합의 거물들이랑 서너 명의 국가 원수들하고 같이 있게 될 거야. 모두가 그 HURAD 소장의 뒤를 졸졸 따라다니지. 그리고 나는 빌어먹게도 매번 그들보다 먼저 기어가서 모습을 보여야 하고. 나는 하버 박사의 유순한 사이코지. 그의 전시물. 그의 상징적인 환자……."

그는 판테온 같은 돔 지붕 아래 커다란 로비 사이로 그녀를 이끌고 가서 자동 보도를 탔다가, 끝이 없을 듯한 놀라운 나선형 에스컬레이터에 올랐다.

"HURAD가 정말로 세상을 다스려, 사실 그대로. 나는 하버가 왜 다른 형태의 권력이 필요한지 궁금해 할 수밖에 없어. 그는 충분히 가졌어, 하느님은 아실 거야. 왜 그가 여기서 멈추지 않는 걸까? 마치 알렉산더대왕이 정복할 새로운 세상들을 원하는 것 같아. 나는 결코 그걸 이해하지 못하겠어. 오늘 일은 어땠어?"

그는 긴장해 있었다. 그토록 말이 많은 게 그 때문이었다. 하지만 지난 여러 주 동안 그랬던 것처럼 우울하거나 심란해 보이지는 않았다. 뭔가가 그의 자연스러운 평정심을 회복시켰다. 그녀는 그가 오랫동안 평정심을 잃고 길을 잃어버린 채로 멀리 벗어나 있을 수 있다고는 정말로 믿지 않았었다. 하지만 그는 비참했고, 점점 더 비참해지고 있었더랬다. 이제 그는 그렇지 않았다. 그리고 그 변화는 몹시 갑작스럽고 완벽해서 그녀는 참으로 무엇이 그러한 일을 해냈는지 궁금했다. 지난밤 그들이 여전히 가구 없는 거실에 앉아 멋지고 뜻이 묘한 비틀스의 노래를 듣다가 둘 다 잠들었을 때부터 그랬다는 것만 알 수 있었다. 그때부터, 그는 다시 자신의 모습으로 돌아와 있었다.

하버의 크고 매끈한 대기실에는 아무도 없었다. 조지는 문 옆에 데스크처럼 생긴 것, 즉 자동접객원에게 그의 이름을 말했고, 헤더에게 설명해 주었다. 그녀가 그들이 자동 에로 배우도 소유하고 있을 거라

며 초조하게 우스갯소리를 하고 있을 때 문이 열렸고, 하버가 문간에
서 있었다.

그녀는 하버를 딱 한 번 잠깐 만났었다. 그가 처음 조지를 환자로서
대할 때였다. 그녀는 그가 얼마나 덩치 큰 사내였는지, 얼마나 큼지막
한 수염을 기르고 있었는지, 얼마나 철저히 당당하게 보였는지 이제
야 기억났다.

"들어와요, 조지!"

하버가 우레같은 소리로 말했다. 그녀는 겁이 났다. 움츠러들었다.
그는 그녀를 알아챘다.

"오르 부인…… 만나서 반갑군요! 오셔서 기쁩니다! 부인도 들어와
요."

"아, 아녜요. 나는 그냥……."

"당연히 들어와야죠. 이번이 여기서 조지의 마지막 면담일지도 모
른다는 걸 알고 있습니까? 그가 얘기했나요? 오늘 밤 우리는 일을 마
무리 지을 겁니다. 부인이 당연히 계셔야죠. 들어와요. 연구원은 일찍
내보냈습니다. 하행 에스컬레이터에 몰려 있는 사람들을 봤을 겁니
다. 오늘 밤은 내가 이곳을 독차지한 것처럼 느껴지네요. 드디어 시작
이죠, 거기 앉아요."

그는 계속 떠들었다. 무슨 의미 있는 응대를 할 필요가 전혀 없었
다. 그녀는 하버의 태도, 그가 발산하는 일종의 환희에 홀렸다. 그녀
는 그가 얼마나 당당하고 씩씩한 사람이었는지, 얼마나 보기보다 더
대단했는지 기억하지 못했기 때문이다. 세계의 지도자이자 대단한 과
학자, 그런 사람이 이 몇 주 간을 몽땅 아무것도 아닌 조지에 대한 개

인적인 치료에 보냈다는 것이 정말 믿어지지 않았다. 하지만 물론, 조지의 사례는 아주 중요했고 연구할 만했다.

하버는 소파 머리맡 벽 안에 컴퓨터처럼 생긴 것 속의 뭔가를 조정하면서 계속 얘기했다.

"마지막 한 번의 면담, 마지막 한 번의 제어된 꿈, 그러고 나면 우리는 그 문제를 넘어서 있을 거라고 생각합니다. 준비됐나요, 조지?"

그는 남편의 이름을 자주 말했다. 그녀는 조지가 몇 주 전에 하던 얘기를 떠올렸다. "그는 계속 내 이름을 불러. 거기에 다른 존재가 있다는 것을 스스로 일깨우기 위한 것 같아."

"물론이오, 준비됐어요."

조지가 말하고서 소파에 앉으며 얼굴을 약간 들었다. 그는 헤더를 한 번 흘끗 보고는 미소 지었다. 하버는 즉시 그의 무성한 머리카락을 갈라 전선에 달린 자그마한 것들을 머리에 부착하기 시작했다. 헤더는 모든 민족 연합 시민에게 이루어지는 온갖 테스트와 기록의 일부로서 자신도 경험한 뇌 복제로부터 그 과정을 떠올렸다. 그것이 남편에게 실시되는 것을 보니 불편했다. 그 전극들은 마치 조지의 머리로부터 생각을 짜내어 종이 조각 위에 낙서들로, 미치광이의 의미 없는 글로 바꾸어 버릴 자그마한 흡착기들 같았다. 조지의 얼굴은 이제 매우 집중한 표정을 짓고 있었다. 그가 무슨 생각을 하고 있을까?

하버는 막 목을 조르려는 것처럼 조지의 목에 갑자기 손을 대었고, 다른 손을 뻗어 테이프를 작동시켰다. 하버의 목소리가 최면의들이 늘어놓는 얘기를 했다.

"당신은 최면 상태에 들어서는 중입니다……."

　　몇 초 만에 하버는 테이프를 멈췄고 최면 상태를 시험해 보았다. 조지는 최면에 빠져 있었다.

　　"됐군."

　　하버가 잠시 멈춰 아무래도 곰곰 생각하는 듯했다. 뒷다리로 일어서 있는 회색 곰처럼 거대하게, 그는 그녀와 소파 위의 그 호리호리하고 수동적인 사람 사이에 서 있었다.

　　"이제 주의 깊게 들어요, 조지, 그리고 내가 하는 말을 기억해요. 당신은 깊이 최면에 빠져 있고 내가 내리는 모든 지시들을 분명하게 따를 겁니다. 내가 잠들라고 얘기하면 당신은 잠이 들 거고 꿈을 꿀 겁니다. 당신은 효력 있는 꿈을 꿀 거예요. 당신이 완벽하게 정상인 꿈을 꿀 겁니다…… 당신이 다른 모든 이들과 다름없는 꿈이죠. 당신은 한때 효력 있는 꿈을 꾸는 능력을 가졌지만, 또는 가졌다고 생각하지만 '더 이상은 사실이 아닌' 꿈을 꿀 겁니다. 이제부터 당신의 꿈들은 다른 모든 이들의 꿈과 꼭 같고, 당신에게만 의미 있으며, 외부의 현실에 아무런 영향을 미치지 않을 겁니다. 이 모두가 당신이 꿀 꿈입니다. 그리고 그 꿈을 표현하기 위해 당신이 어떤 상징을 쓰든, 그것의 효과적인 내용은 당신이 더 이상 효력 있는 꿈을 꾸지 못하는 것이 될 겁니다. 그것은 유쾌한 꿈이 될 것이며, 내가 당신의 이름을 세 번 부르면, 기민하고 좋은 기분을 느끼며 당신은 깨어날 겁니다. 이 꿈 후에 당신은 다시는 효력 있는 꿈을 꾸지 않을 겁니다. 이제, 누워요. 편하게 있어요. 당신은 잠이 듭니다. 당신은 잠들었어요. 안트베르펜!"

　　하버가 마지막 단어를 말하자, 조지의 입술이 움직였고 그가 자면서 얘기하는 사람처럼 희미하게 멀리서 말하는 듯한 목소리로 무슨 소리를 했다. 헤더는 그가 무슨 말을 했는지 듣지 못했지만 갑자기 지난밤이 떠올랐다. 그녀가 그의 옆에 몸을 만 채 잠들락 말락 할 때 그가 뭐라고 했다. 매해 공기가 어쩌고 하는 소리 같았다. "응?" 그녀가 물었지만 그는 아무 말이 없었다, 그는 지금처럼 잠들어 있었다.

두 손을 가만히 양 옆에 둔 채 무기력하게 누워 있는 그를 지켜보면서 그녀의 가슴이 속에서 오그라들었다.

하버가 일어서 있었는데, 이제 소파 머리맡에 있는 그 기계 옆의 하얀 단추를 눌렀다. 몇몇 전극 선들은 그 기계로 연결되어 있었고, 일부는 그녀가 알기에 뇌파 기록 장치로 연결되어 있었다. 벽 속에 있는 것은 증대기일 터였다, 모든 연구가 그것에 관한 것이었다.

하버가 그녀 쪽으로 왔는데, 거기서 그녀는 커다란 가죽 안락의자에 깊숙이 몸을 묻고 있었다. 진짜 가죽으로, 그녀는 진짜 가죽 느낌이 어떤지 잊고 있었다. 비닐 가죽과 비슷했지만 촉감이 좀 더 좋았다. 그녀는 겁이 났다. 일이 어찌되어 가는지 이해되지 않았다. 그녀는 앞에 서 있는 곰 또는 무당 또는 신 같은 덩치 큰 사내를 흘끗 보았다.

그가 목소리를 낮추어 말하고 있었다.

"오르 부인, 암시된 꿈들의 긴 시리즈 중에 이것이 정점입니다. 우리는 지금까지 여러 주 동안 이 면담, 이 꿈을 향하여 연구를 해 왔어요. 당신이 와서 기쁩니다, 당신을 청할 생각을 못했는데. 하지만 당신의 존재는 그가 완벽히 안전하게 느끼고 신뢰하도록 하는 데 더해진 선물이죠. 당신이 주위에 있으니 내가 어떤 수작도 부릴 수 없다는 걸 그는 알고 있지요! 맞지요? 사실 나는 성공을 아주 확신하고 있어요. 일은 잘될 겁니다. 일단 꿈꾸는 것에 대한 강박적인 두려움이 없어지면 수면 약들에 대한 의존도 완전히 멈출 겁니다. 그건 순전히 조건의 문제라오…… 나는 뇌파 기록 장치를 주시하고 있어야 해요, 그가 이제 꿈을 꿀 테니.”

신속하면서도 육중하게, 그는 방을 가로질러 갔다. 그녀는 가만히 앉아 조지의 차분한 얼굴을 지켜보았다. 그 얼굴에서 집중한 표정, 아니 모든 표정이 사라지고 없었다. 그가 죽으면 그런 표정일지도 몰랐다.

하버 박사는 그의 기계들 때문에 부산했다. 쉴 새 없이 분주하게 그것들 위로 몸을 굽혀 조정하며 지켜보았다. 그는 조지에 대해서는 아무런 주의도 기울이지 않았다.

“저기.”

하버가 나지막이 말했다…… 그녀에게 한 말이 아니라고 헤더는 생각했다. 그가 자신의 청중이었다.

“저거야. 지금. 지금 잠깐 멈췄군, 꿈들 사이에 잠시 2단계 수면.”

그가 벽 속의 기계에다 뭔가를 했다.

“그러고 나면 약간의 테스트를 실시할 겁니다…….”

그가 다시 그녀에게로 건너왔다. 그녀는 그가 그녀에게 얘기하는 척하는 대신 정말로 무시해 버렸으면 싶었다. 그는 침묵의 용도를 모르는 것 같았다.

“오르 부인, 당신의 남편은 여기 우리 연구에 더할 나위 없이 귀한 봉사를 해 왔소. 독특한 환자였죠. 꿈의 성격, 그리고 능동적 및 수동적 조건 형성 치료 양쪽에서 꿈들의 이용에 관하여 우리가 습득한 것은 모든 계층의 사람들에게 말 그대로 셀 수 없이 큰 가치가 있을 겁니다. 당신은 HURAD가 무엇을 의미하는지 알지요. '인류 공익사업: 연구 및 개발(Human Utility: Research and Development)'이지요. 흠, 우리가 이 사례에서 배운 것은 막대할 겁니다, 말 그대로 막대하죠, 인류의 공익사업에. 사소한 약물 남용의 판에 박힌 병례처럼 보였던 것에서 굉장한 것이 발전해 나온 겁니다! 그 점에 있어 가장 경이로운 건 저 의과 대학의 고루한 늙은이들이 그 병례에서 뭔가 특별한 것을 알아채어 나에게 맡길 만한 지혜가 있었다는 거죠. 대학의 임상 심리학자들에게서 그렇게 대단한 통찰력을 얻는 일은 극히 드물답니다."

그의 시선은 내내 자기 시계에 있다가, 이제 이렇게 말했다.

"흠, '저 녀석'에게 돌아가야겠군요."

그러고는 신속하게 다시 방을 가로질렀다. 그는 다시 증대기를 만지작거렸고 큰 소리로 말했다.

"조지. 당신은 아직 잠들어 있어요, 하지만 내 얘기를 들을 수 있습니다. 당신은 내 말이 들리고 완벽하게 이해할 수 있어요. 내 얘기가 들리면 살짝 고개를 끄덕여요."

오르의 차분한 표정은 변화가 없었지만 머리를 한 번 까딱했다. 줄에 달린 꼭두각시의 머리처럼.

"잘했어요. 이제, 주의 깊게 들어요. 당신은 또 다른 생생한 꿈을 꿀 겁니다. 이런 꿈이에요…… 여기 내 사무실에, 그 벽 위에 벽장식 사진이 있습니다. 눈으로 뒤덮인 후드 산에 관한 대형 사진이에요. 바로 여기 내 사무실, 책상 뒤의 벽에서 당신은 그 벽장식을 보는 꿈을 꿀 거예요. 이제 당신은 잠듭니다, 그리고 꿈을 꿉니다…… 안트베르펜."

하버는 부산하게 움직이며 다시 기계들로 몸을 굽혔다.

"저기야."

그가 숨죽여 나지막이 말했다.

"저기…… 좋아…… 됐어."

기계들이 조용했다. 조지는 가만히 누워 있었다. 하버조차도 움직이고 중얼거리기를 그쳤다. 유리창 벽에서 비 오는 게 내다보이는, 그 크고 부드럽게 불 밝혀진 방 안에 아무런 소리도 없었다. 하버는 뇌파 기록 장치 옆에 서 있고 그의 머리는 책상 뒤의 벽을 향해 있었다.

아무 일도 일어나지 않았다.

헤더는 왼손 손가락들로 안락의자의 탄력 있고 오돌토돌한 표면에 작은 원을 그렸다. 그 물질은 한때 살아 있는 짐승의 가죽으로서, 한 마리 소와 우주 사이에 존재하는 층이었다. 그들이 어제 틀었던 오래된 레코드판의 곡조가 그녀의 머릿속에 떠올랐다가 다시 사라질 생각을 안 했다.

불을 끄면 무엇을 보나요?

나는 모릅니다, 하지만 그게 나의 것임은 알아요……

그녀는 하버가 그렇게 한참 동안 가만히, 말없이 있을 수 있다고는 생각조차 못했다. 딱 한 번, 그의 손가락들이 다이얼을 향해 탁 하고 움직였다. 그러고 나서 다시 그는 움직이지 않고 텅 빈 벽을 바라보며 서 있었다.

조지는 한숨을 쉬었고, 잠에 겨워 한 손을 올렸다가 다시 힘을 풀고 깨어났다. 그는 눈을 깜박거리고는 일어나 앉았다. 그의 시선은 바로 헤더에게로 향했다. 마치 그녀가 확실히 거기에 있는지 확인하려는 것 같았다.

하버는 낯을 찌푸렸고 안절부절못하며 놀란 움직임으로 증대기의 아래 단추를 눌렀다.

"대체 뭐야!"

그는 여전히 활기 있게 작은 선들을 위아래로 그려 대는 뇌파 기록 장치를 빤히 바라보았다.

"증대기는 당신에게 비동기적 상태의 패턴들을 주입하고 있었소, 어떻게 깨어난 거요?"

"몰라요. 그냥 깼어요. 빨리 일어나라고 나한테 지시하지 않았나요?"

조지는 하품을 했다.

"대개는 그래요. 신호로 지시하지요. 하지만 대체 어떻게 당신이 저 증대기로부터의 패턴 자극을 넘어선 거지…… 세기를 높여야겠군. 분명히 너무 망설이면서 해 온 거야."

그는 이제 증대기에다 이야기하고 있는 게 틀림없었다. 그 대화가 끝나자 홱 조지에게 돌아서서 말했다.

"좋아요. 무슨 꿈이었습니까?"

"내 아내 뒤, 저기 벽 위에 후드 산의 사진이 있는 꿈을 꿨어요."

하버의 시선이 아무것도 없는 적색 목재 패널의 벽 쪽으로 홱 향했다가 조지에게로 돌아왔다.

"다른 건? 좀 더 먼젓번 꿈은…… 그에 대해선 아무 기억도?"

"그런 것 같아요. 잠깐만요…… 내가 꿈을 꾸고 있던가 하는 꿈을 꾼 것 같은데. 혼란스럽네요. 나는 어느 가게에 있었어요. 맞다…… 나는 마이어 앤 프랭크스에서 새 신사복을 사고 있었어요. 푸른색 웃옷이었는데, 내가 새로운 직업을 가지려던가 하고 있었거든요. 기억나지 않네요. 하지만 어쨌든, 키가 아주 크면 몸무게가 얼마여야 하고, 반대의 경우는 어떻고 얘기해 주는 안내 서류를 가지고 있었어요. 그리고 나는 키와 몸무게 둘 다 평균 체격 남자들의 딱 중앙이었어요."

"다른 말로 보통이지요."

하버가 말하고서 갑자기 웃음을 터뜨렸다. 엄청난 웃음이었다. 긴장과 침묵 후에 그 웃음은 헤더를 몹시 놀라게 했다.

"좋아요, 조지. 아주 좋습니다."

그는 오르의 어깨를 두들겼고, 그의 머리에서 전극들을 떼어 내기 시작했다.

"우리는 해냈어요. 목표에 이르렀다고요. 당신은 자유입니다! 그걸 알겠나요?"

"그런 것 같군요."

조지가 조심스럽게 말했다.

"당신의 어깨에서 큰 짐을 내렸어요. 그렇지요?"

"당신에게서는요?"

"내 어깨에서도. 그렇지요!"

또다시 그 크고 바람이 불듯한 웃음이 약간 과도하게 이어졌다. 헤더는 하버가 항상 이런지, 아니면 지금 몹시 흥분해 있는 것인지 의심스러웠다.

그녀의 남편이 말했다.

"박사님, 외계인에게 꿈꾸기에 관해 이야기해 본 적이 있으세요?"

"알데바란 인을 말하는 거죠? 아뇨. 워싱턴의 포데가 전체 심리학 테스트 시리즈와 더불어 우리의 한두 가지 실험을 그들 몇몇에게 시도해 보았습니다만, 그 결과들은 의미가 없었어요. 우리는 단순히 거기서 소통의 문제만 넘어서지 못한 게 아니었습니다. 우리의 최고 우주 생물학자인 이르쳅스키는 그들이 지능적이지만 전혀 이성적이지는 않을 수도 있다고 생각합니다. 그리고 인간들 사이에서 사회적으로 어울리는 행동처럼 보이는 것은 적응을 위한 일종의 본능적인 흉내일 뿐이라는 거죠. 확실하게 말할 수 있는 것은 없어요. 그들에게 뇌파 기록 장치를 연결할 수도 없고, 사실 꿈은 말할 것도 없이 그들이 잠을 자는지 안 자는지조차 알 수 없으니!"

"'이아클루'라는 용어를 압니까?"

하버는 순간적으로 말을 멈췄다.

"들어 봤소. 그건 번역될 수 없죠. 당신은 그게 '꿈'을 뜻한다고 판단했군요, 네?"

조지는 머리를 저었다.

"나는 그게 무엇을 뜻하는지 모릅니다. 당신이 모르는 어떤 것을 내가 알고 있는 척하려는 건 아니지만, 하버 박사님, 박사님이 그, 그 새로운 기술을 계속해서 적용해 나가기 전에, 다시 말해 당신이 꿈을 꾸기 전에 외계인과 이야기해야 한다고 생각해요."

"어느 외계인과?"

하버의 말에서 빈정거림이 분명하게 번득였다.

"어느 외계인이라도. 그건 중요하지 않아요."

하버는 웃음을 터뜨렸다.

"뭐에 대해 얘기하라는 거죠, 조지?"

헤더는 남편이 자신보다 덩치 큰 사내를 올려다보며 그 밝은 빛의 눈이 번쩍 하는 것을 보았다.

"나에 대해서. 꿈에 대해서. '이아클루'에 대해서. 그건 중요하지 않아요. 당신이 '귀를 기울이는' 한. 그들은 당신이 무엇에 이르게 될지 알 겁니다, 그들은 이 모두에 대해 우리보다 훨씬 경험이 많아요."

"무엇에 대해서 말입니까?"

"꿈꾸기에 대해서 말입니다…… 꿈꾸기가 한 가지 양상인 그 무엇에 대해서요. 그들은 오랫동안 그 일을 해 왔지요. 내 짐작으로는 영원처럼 느껴지네요. 그들은 꿈의 시대의 존재들이에요. 나는 그걸 이해하지 못해요, 그걸 말로 표현할 수가 없네요. 모든 것이 꿈을 꿉니다. 실체가 꿈을 꾸면 형태가, 존재가 바뀌어요. 바위가 꿈을 꾸면, 대지가 바뀌지요…… 하지만 의식이 각성되면, 진화의 속도가 높아지면, 조심스러워야 해요. 세상에 대해 조심스러워야 한다고요. 박사님은 그 방식을 배워야 해요. 그 기술과 재주, 한계들을 배워야 한다고요. 하나의 의식적인 정신은 의도적으로 그리고 주의 깊게 전체의 일부여야 해요…… 바위가 무의식적으로 세계의 일부이듯이. 이해하시나요? 무슨 의미인지 아시겠어요?"

"나에게 새로운 얘기는 아니군요, 당신이 뜻하려는 게 세계정신(우주나 세계를 지배하는 통일적·창조적 원리가 되는 정신 ─ 옮긴이) 등등이라면. 과학 이전의 통합체 말이오. 신비주의는 꿈꾸기 또는 현실의 성격에 대한 하나의 접근이지요. 하지만 기꺼이 이성을 사용코자 하고 사용할 수 있는 이들에게 그것은 받아들일 수 없어요."

"나는 그게 참인지 아닌지 몰라요."

조지는 조금도 화내지 않고 말했지만 아주 열성적이었다.

"하지만 그렇다면 그냥 과학적 호기심에서 최소한 이걸 시도해 보기라도 하세요. 저 증대기를 박사님 자신에게 테스트하기 전, 저걸 켜기 전, 자기 최면을 시작할 때 이렇게 말하세요. '에르 페렌.' 소리 내어서든 마음속으로든. 한 번요. 분명하게. 시험해 보세요."

"왜죠?"

"그게 작용하니까요."

"어떻게 '작용'한다는 거죠?"

"친구들로부터 작은 도움을 얻지요."

조지가 말했다. 그는 일어나 섰다. 헤더는 겁에 질려 그를 빤히 바라보았다. 그가 지금까지 해 온 얘기가 미친 소리처럼 들렸…… 하버의 치료가 그를 돌아 버리게 내몬 것이다, 그럴 줄 알았더랬다. 하지만 하버는 조리가 맞지 않거나 정신병적인 얘기에 응당 대응해야 할 것처럼 대응하고 있지 않았다. 그렇게 대하고 있었나?

조지가 말하고 있었다.

"'이아클루'는 한 사람이 홀로 다루기에는 너무 버거워요. 그건 감당할 수 없게 되어 버려요. 그들은 그것을 제어하는 데 관련되어 있는 것을 알아요. 아니, 정확히 말해 그것을 제어하는 것은 아니에요, 그건 옳은 말이 아닙니다. 그게 아니라 그것이 속한 곳에 계속 있도록 하는 거죠, 바른 길을 가도록 해요…… 나는 이해하지 못하겠습니다. 아마 박사님은 이해할 거예요. 그들에게 도움을 청하세요. '에르 페렌'이라고 말하세요. 박사님이, 박사님이 '켬' 단추를 누르기 전에요."

"거기에 뭐가 있나 보군요. 조사할 만한 가치가 있는 것인가 봅니다. 내가 연락을 해 보지요, 조지. 저 위에 문화 센터에서 알데바란 인들 중 하나를 받아서 이 일에 관한 정보를 좀 얻을 수 있을지 알아보리다…… 하, 뭐가 뭔지 모르겠죠, 오르 부인? 당신의 남편 분은 정신과 의사 놀이, 그 연구 분야로 들어갔어야 했는데. 제도공으로 재능을 낭비했어요."

저자가 왜 저런 말을 하지? 조지는 공원 및 휴양지 설계사였다.

"그는 그 분야에 예리한 육감이 있어요. 재능이 있죠. 이 일에 알데바란 인을 끌어들일 생각은 전혀 못했는데. 하지만 알데바란 인에게 근사한 생각이 있을지도 모르겠군요. 하지만 당신은 남편 분이 정신과 의사가 아닌 걸 반가워할 것 같네요, 그렇죠? 저녁 식사 탁자를 가로질러 배우자가 당신의 무의식적 욕망들을 분석하고 있다는 건 무시무시하죠, 네?"

그는 우렁차게 큰소리로 떠들며 그들을 배웅했다. 헤더는 당황했고 울음이 터질 듯했다.

그녀는 내려가는 나선형 에스컬레이터에서 맹렬하게 말했다.

"저자가 싫어. 끔찍한 사람이야. 믿지 못할 사람이야. 엄청난 사기꾼이라고!"

조지는 그녀의 손을 잡아 이끌었다. 그는 아무 말 하지 않았다.

"당신 다 끝난 거야? 정말로 다? 이제는 약도 필요 없고 이 끔찍한 면담들도 다 끝난 거지?"

"그런 것 같아. 그는 내 서류들을 정리할 테고 나는 6주 내로 끝났
다는 통지를 받을 거야. 내가 점잖게 굴면 말이지."

오르는 약간 피곤해 하며 미소를 지었다.

"자기야, 이번 일이 당신한테는 힘들었겠지만 나한테는 안 그랬어.
이번엔 아니야. 그런데 배가 고프네. 저녁 먹으러 어디로 갈까? 카사
볼리비아나?"

"차이나타운……."

그녀는 하던 말을 멈추고 "하하" 하고 웃었다. 옛 중국인 거리는 최
소한 10년 전 시내의 다른 것들과 함께 정리되었다. 어떤 이유에서인
지 그녀는 잠시 그것을 까맣게 잊어버리고 있었다. 그녀는 어리둥절
해 하며 말했다.

"그러니까 루비 루스에 가자는 얘기야."

조지는 그녀의 손을 좀 더 바짝 잡았다.

"좋아."

가기는 쉬웠다. 케이블카 노선은 강을 건너 오래된 로이드 센터에
멈췄다. '대몰락' 이전, 한때 지구상에서 가장 큰 쇼핑센터였던 곳이
었다. 요즘 그 드넓은 다층식 주차장은 덩치만 큰 채 쓸모없는 것들
과 더불어 못쓰게 되었고, 2층짜리 상점가를 따라 많은 숍과 상점들
이 비어 있고 판자로 막혀 있었다. 아이스링크는 20년간 채워진 적이
없었다. 꼬인 금속으로 만들어진 이상야릇하고 낭만적인 분수들에는
물이 흐르지 않았다. 작았던 관상용 나무들은 매우 높이 자라 있었다.
그것들의 뿌리가 원통 모양의 식물 재배 용기 주위로 몇 미터씩 보도

에 금을 내고 있었다. 그 길고 반쯤 조명이 밝혀지고 반쯤 버려진 아케이드를 걸어가면, 앞뒤로 목소리와 발자국 소리들이 지나치게 분명하게, 약간 공허하게 울렸다.

루비 루스는 위층에 있었다. 마로니에 나무의 가지들이 정면 유리창을 거의 다 가리고 있었다. 머리 위에 하늘은 짙고 섬세한 푸른색이었다. 봄밤에 비 온 뒤 맑을 때 잠깐 보이는 그런 색이었다. 헤더는 그 옥빛 하늘을 올려다보았다. 멀고 비현실적이고 평온했다. 마음이 부풀어 올랐고, 근심이 허물처럼 벗겨져 나가기 시작하는 것을 느꼈다. 그러나 그것은 오래가지 않았다. 거기에 이상한 역전이, 무슨 변화가 있었다. 뭔가가 들러붙어 그녀를 붙잡으려는 것 같았다. 그녀는 거의 걸음을 멈추었고, 옥빛의 하늘로부터 그녀 앞에 텅 비고 묵직하게 어둠이 깔린 보도를 내려다보았다. 여기는 낯선 곳이었다. 그녀가 말했다.

"여기 귀신이 나올 것 같아."

조지가 어깨를 으쓱했다. 그러나 그의 얼굴은 긴장하고 다소 굳은 표정을 짓고 있었다.

한 줄기 바람이 불었다. 예전의 4월이라면 지나치게 따뜻했을 축축하고 뜨뜻한 바람이 큼지막한 초록빛 손가락들이 달린 마로니에 가지들을 흔들고, 저 아래 길고 황폐한 모퉁이들까지 쓰레기를 휘저어 갔다. 움직이는 가지들 뒤의 붉은 네온사인이 침침해지고 바람과 함께 동요하며 모양을 바꾸는 듯했다. 그것은 "루비 루스"라고 쓰여 있지 않았다. 더 이상 아무런 말도 아니었다. 아무것도 아무 말을 하지 않았다. 아무것도 아무 의미가 없었다. 바람은 텅 빈 공터들로 공허하게 불어 갔다. 헤더는 조지를 물리치고 가장 가까운 벽으로 갔다. 그녀는 울고 있었다. 숨는 것, 그러니까 벽 구석으로 들어가 몸을 숨기는 것은 괴로울 때 그녀가 본능적으로 하는 행동이었다.

"왜 그래, 당신…… 괜찮아. 좀 있어 봐, 괜찮을 거야."

나는 미쳐 가고 있어. 그녀는 생각했다. 미친 건 조지가 아니었어, 처음부터 조지가 아니었다고, 그건 나였어.

"괜찮을 거야."

그가 한 번 더 속삭였지만, 그의 목소리는 자신의 말을 믿지 않는 것처럼 들렸다. 그의 손도 그 말을 믿지 않는 것처럼 느껴졌다.

"뭐가 잘못됐지……. 뭐가 잘못된 거야?"

그녀가 절망적으로 외쳤다.

"모르겠어."

그가 거의 무뚝뚝하게 말했다. 발작적인 울음을 달래느라 여전히 그녀를 안은 채였지만 머리를 들어 조금 다른 곳을 향하고 있었다. 그는 지켜보고 있는 듯, 귀 기울이고 있는 듯했다. 그녀는 그의 가슴 속에서 세차고 꾸준한 고동을 느꼈다.

"헤더, 들어 봐. 나는 돌아가야 해."

"돌아가다니 어디로? 잘못된 게 뭐야?"

그녀의 목소리는 가늘고 높았다.

"하버에게로. 내가 가야 해. 지금. 기다려 줘…… 저 식당에서. 기다리고 있어, 헤더. 나를 따라오지 마."

그는 가 버렸다. 그녀는 따라가야 했다. 그는 뒤돌아보지 않고 빠르게 긴 계단을 내려가 아케이드 아래로 가서, 마른 분수를 지나고, 케이블카 역으로 갔다. 노선의 끝인 그곳에서 한 대가 기다리고 있었다.

그가 뛰어올랐다. 케이블카가 출발하기 직전에 숨 가빠 하며 그녀가 기어올랐다.

"대체 뭐야, 조지!"

"미안해."

그 역시 숨차 하고 있었다.

"거기에 가야 해. 당신을 그 속으로 데려가고 싶지 않았어."

"무엇 속으로 말이야?"

그녀는 그가 미웠다. 그들은 마주 보는 좌석에 앉아 서로 헐떡거리고 있었다.

"왜 이런 정신 나간 행동을 하는 거지? 뭣 때문에 거기로 돌아가려는 거야?"

"하버가……"

조지의 목소리가 순간 딱딱해졌다.

"그가 꿈을 꾸고 있어."

깊숙한 까닭 모를 공포가 헤더의 마음속에서 슬금슬금 기어올랐다. 그녀는 그것을 무시했다.

"무슨 꿈을 꾸는데? 그래서 뭐?"

"창 밖을 봐."

달려와서 케이블카에 오른 이후로 그녀는 그만 바라보고 있었다. 케이블카는 이제 물 위로 높이 강을 건너고 있었다. 그러나 거기에는 물이 없었다. 강은 말라 버렸다. 강바닥이 금간 채로 놓여 있었다. 다리의 조명들 속에 강바닥에서 물이 배어나오며 기름과 뼈들과 잃어버린 연장들과 죽어 가는 물고기들로 가득했다. 큰 배들은 우뚝 솟은 진흙투성이 선창들 옆에서 기울고 파괴되어 있었다.

세계 수도인 포틀랜드 시내의 건물들, 그러니까 알맞게 심어진 초목들 사이에 흩어져 있는 높고 새롭고 돌과 유리창으로 이루어진 근사한 입방체들, 연구 및 개발, 통신, 산업, 경제 계획, 환경 통제에 관한 정부의 요새들이 녹아내리고 있었다. 그것들은 햇볕에 내놓은 젤리처럼 맥없이 흔들거렸다. 건물 귀퉁이들은 이미 내려앉아 커다란 젖빛의 얼룩들을 남겼다.

케이블카는 역들에서 멈추지 않고 아주 빨리 나아가고 있었다. 케이블에 무슨 문제가 있는 게 분명해. 헤더는 자신과 상관없는 일인 양 생각했다. 그들은 녹아내리는 도시 위, 우르릉거리는 소리와 비명들이 충분히 들릴 만큼 낮은 높이로 빠르게 나아갔다.

케이블카가 좀 더 높이 올라가자, 그녀와 마주 앉아 있는 조지의 머리 뒤로 후드 산이 시야에 들어왔다. 그는 그녀의 얼굴 또는 그녀의 눈에 반사된 무시무시한 붉은 빛을 본 듯 바로 고개를 돌려 불붙은, 거대하게 뒤집힌 화산추를 보았다.

형체가 해체되어 가는 도시와 형체 없는 하늘 사이, 그 심연에서 케이블카가 거칠게 흔들렸다.

"한 가지도 오늘은 바르게 되는 일이 없는 것 같구먼."

케이블카의 저 뒤쪽에서 한 여자가 크고 떨리는 목소리로 말했다.

화산 폭발의 빛은 무시무시하고 눈부셨다. 그것의 거대하고 물질적이고 지질학적인 정력이 기운을 돋우며, 이제 케이블카 앞에 놓인, 그 노선의 상행 종점인 텅 빈 지역과 비교되었다.

헤더가 옥빛 하늘로부터 내려다볼 때 그녀를 사로잡았던 예감이 이제 하나의 실재가 되었다. 그것이 거기에 있었다. 그것은 공허의 공간, 또는 공허의 시간 같은 것이었다. 그것은 부재의 실재였다. 특질 없는 계량 불가능한 실체, 그 속으로 만물이 추락했고 그로부터는 아무것도 나오지 못했다. 그것은 소름 끼쳤다. 그리고 그것은 무였다. 잘못된 길이었다.

케이블카가 종착역에 멈춰 서자, 그것 속으로 조지가 갔다. 그는 가면서 그녀를 돌아보며 외쳤다.

"기다려, 헤더! 따라오지 마, 오면 안 돼!"

그녀는 그의 말을 따르려 했지만, 그것이 그녀에게 이르렀다. 그것은 중심으로부터 빠르게 자라 나갔다. 그녀는 만물이 사라졌고 자신이 공포스러운 어둠 속에서 길을 잃었음을 깨달으며, 나오지 않는 목소리로 외롭게 남편의 이름을 외쳐 부르다가, 마침내 자신의 존재 한가운데쯤에서 오그라든 공처럼 작아져 그 메마른 심연 속으로 끝없이 추락했다.

의지의 힘은 옳은 때에 옳은 길 속에서 행사될 때 실로 큰 법이다. 그 힘으로 조지 오르는 발아래 HURAD 타워로 올라가는 계단의 단단한 대리석을 찾아냈다. 그는 앞으로 걸어 나갔고, 그의 두 눈은 그가 안개 위를, 진창 위를, 부패한 시체들 위를, 셀 수 없이 많은 자그마한 두꺼비들 위를 걷고 있음을 알려주었다. 몹시 추웠지만, 뜨거운 금속 냄새와 타는 머리카락이나 살 냄새가 났다. 그는 로비를 가로질렀다. 돔의 경구로부터 금박 글자들이 순간적으로 그의 주위로 튀어올랐다. MAN MANKIND M N A A A…… 'A'자가 그의 발을 걸어 넘어뜨리려고 했다. 그는 비록 보이지 않았으나 자동 보도로 발걸음을 내디뎠다. 그러고 나서 나선형의 에스컬레이터에 올라섰고, 확고한 의지로 계속해서 그것을 지탱하며 무 속으로 올라갔다. 그는 눈을 감지도 않았다.

꼭대기 층의 바닥은 얼음이었다. 그것은 손가락 두께만 했고 아주 깨끗했다. 그것을 통해 남반구의 별들이 보였다. 오르가 그 위로 발을 내디디자 모든 별들이 금 간 종처럼 시끄럽고 가락이 맞지 않는 소리들을 울려 댔다. 악취가 더욱 심해져서 그는 구역질을 했다. 그는 손을 내민 채 앞으로 나아갔다. 하버의 바깥 사무실 문의 판자가 거기서 그의 손과 마주쳤다. 그것은 보이지 않았지만 만져졌다. 늑대 한 마리가 울부짖었다. 용암은 도시 쪽으로 흘렀다.

그는 계속 가서 마지막 문에 이르렀다. 그는 그것을 밀어 열었다. 그것의 반대편에는 아무것도 없었다.

"도와 줘요."

그는 그를 당기는, 잡아끄는 허공을 향해 소리 내어 말했다. 오로지 혼자서는 아무것도 없는 공간을 헤치고 저편으로 나갈 힘이 없었다.

그의 마음속에 무디게 솟아오르는 듯한 게 있었다. 그는 티우악 엔베 엔베를 생각했고, 슈베르트의 흉상을, "대체 뭐야, 조지!"라고 맹렬하게 말하는 헤더의 목소리를 생각했다. 이것이 그가 무를 가로지르기 위해 가진 모든 것인 듯했다. 그는 앞으로 나아갔다. 나아가면서 그가 가진 모든 것을 잃어버릴 줄 알고 있었다.

그는 악몽의 한가운데에 들어섰다.

차갑고 희미하게 움직이며 회전하는, 공포로 빚어진 어둠이 그를 옆으로 끌어당기며 말리려고 했다. 그는 어디에 증대기가 서 있는지 알고 있었다. 그는 사물이 가야 하는 길을 따라 필멸의 존재인 자신의 손을 내밀었다. 증대기가 손에 닿았다. 아래쪽 단추를 더듬어 찾아서 한 번 눌렀다.

그러고는 웅크려 앉아, 두 눈을 가리고 위축되어 있었다. 두려움이 마음을 괴롭혔기 때문이다. 머리를 들어 보았을 때, 세계는 다시 존재했다. 좋은 상태는 아니었지만 세상은 거기에 있었다.

그들은 HURAD 타워에 있지 않고, 그가 전에 결코 본 적 없는 좀 초라하고 평범한 사무실에 있었다. 하버는 소파에 아무렇게나 사지를 뻗고 육중하게 누워 있었다. 수염이 위로 삐죽삐죽 튀어나와 있었다. 수염은 다시 적갈색이 되었고 피부는 더 이상 잿빛이 아니라 희읍스름했다. 두 눈은 반쯤 뜨여 있지만 아무것도 보고 있지 않았다.

오르가 하버의 두개골과 증대기 사이에 이어져 있는 요충 같은 전선들의 전극들을 떼었다. 그 기계를 보니, 선반들이 모두 열려 있었다. 저걸 파괴해야 하는데. 그는 생각했다. 그러나 어떻게 해야 하는지 몰랐고, 시도할 의지도 없었다. 파괴는 그의 분야가 아니었다. 그리고 기계는 어떤 짐승보다도 더 비난할 점이 없고, 더 죄가 없었다. 기계의 의도는 모두 우리 자신의 의도였다.

"하버 박사님!"

오르는 그 크고 묵직한 어깨를 조금 흔들었다.

"하버! 정신 차려요!"

잠시 후에 큰 몸뚱어리가 움직였고 이윽고 일어나 앉았다. 온통 늘어지고 축 처져 있었다. 육중하고 잘생긴 머리가 양 어깨 사이에 걸려 있었다. 입은 늘어져 있었다. 두 눈은 똑바로 윌리엄 하버라는 존재의 중심에 자리한 어둠을, 허공을, 껍데기를 직시했다. 눈빛은 더 이상 탁하지 않았다. 그것은 텅 비어 있었다.

오르는 실제로 그가 무서워지기 시작했고 그에게서 물러섰다.

도움을 얻어야 해, 이 일은 혼자 다룰 수 없어…… 그는 사무실을 떠서 생소한 응접실을 지나 계단을 달려 내려갔다. 이 건물은 처음이었고 이게 무슨 건물인지, 어디에 있는지도 몰랐다. 거리로 나오자, 그것이 포틀랜드의 거리인 줄은 알았지만 그뿐이었다. 그 거리는 워싱턴 파크 또는 서쪽 언덕들 근처 어딘지 알 수 없는 곳이었다. 전혀 걸어 본 적 없는 거리였다.

하버라는 존재의 공허함, 그 꿈꾸는 뇌로부터 방출되는 효력 있는 악몽이 연결들을 파괴해 버렸다. 세계들 사이 또는 오르의 꿈꾸기의 시각표들 사이에 늘 유지되었던 연속성은 이제 깨어져 버렸다. 혼돈이 들어섰다. 그가 이제 들어선 이 삶에 대해 그는 몇 가지 조리에 맞지 않는 기억들만 갖고 있었다. 그가 아는 거의 모든 것이 다른 기억들, 다른 꿈의 시간으로부터 온 것이었다.

다른 사람들, 그보다 덜 인식하는 사람들은 아마 이러한 삶의 전환에 더 잘 준비가 될지도 몰랐다. 그러나 아무런 해명이 없기에 좀 더 겁먹을 것이다. 그들은 세상이 아무런 적절한 합리적인 변화의 이유 없이 근본적으로, 무의미하게, 돌연 바뀌었음을 깨달을 것이다. 많은 죽음과 공포가 하버 박사의 꿈을 뒤따를 터였다.

그리고 상실. 또 상실.

그는 그녀를 잃어버렸음을 알았다. 그녀의 도움으로, 꿈꾸는 이를 둘러싼 공포스러운 허공 속으로 발을 내디딘 이후로 그것을 알고 있었다. 그녀는 잿빛 사람들의 세상과 함께, 그리고 그 거대한 가짜 건물과 함께 사라져 버렸다. 그는 악몽의 파멸과 소멸 속에 그녀 홀로 남겨 둔 채 그 건물 속으로 달려갔더랬다. 그녀는 사라졌다.

그는 하버를 위해 도움을 구하려 하지 않았다. 하버를 도울 길은 없었다. 자신을 도울 길도 없었다. 그가 할 모든 일을 이제 해 버렸다. 그는 마음을 산란케 하는 그 거리들을 따라 걸었다. 거리 표지판을 보고 그가 포틀랜드의 북동쪽 지역, 이전에 그가 많이 알지 못했던 지역에 있음을 알았다. 집들은 나지막했고 길모퉁이들에서 가끔 그 산이 보였다. 그는 화산 폭발이 멈췄음을 보았다. 사실, 결코 시작한 적도 없었다. 후드 산은 어두워 가는 4월의 하늘 속에 활동을 멈춘 채 침침한 보랏빛으로 솟아 있었다. 산은 잠들어 있었다.

꿈꾸기, 꿈꾸기.

오르는 목적 없이 이 거리 저 거리를 걸었다. 그는 지쳤다. 그래서 가끔은 보도 위에 드러누워 잠시 쉬고 싶었지만 계속해서 갔다. 이제 한 상업 구역으로 다가가고 있었으며, 강에 가까워지고 있었다. 도시는 반쯤 파괴되고 반쯤 모습이 바뀌었으며, 웅대한 계획들과 불완전한 기억들이 혼란스럽게 뒤섞여 미친 듯이 들끓었다. 불과 광기가 이 집에서 저 집으로 내달렸다. 그래도 사람들은 언제나처럼 그들의 일을 시작했다. 두 남자가 보석 가게를 털고 있었고, 그들을 지나자 한 여자가 앙앙 울어 대며 얼굴이 빨개진 아기를 품에 안고 나타나 꿋꿋하게 집으로 걸어갔다.

집이 어디에 있든.

11장

광요가 무유에게 물었다. "그대는 존재하는 겁니까, 존재하지 않는 겁니까?" 그러나 무유는 그의 질문에 아무 대답이 없었다…… —「장자」, 22편

그날 밤 언제인가, 오르가 혼돈의 교외 지역 사이에서 코벳 대로를 향해 길을 찾으려 애쓰고 있을 때, 한 알데바란 인이 그를 멈춰 세워 같이 가자고 설득했다. 오르는 순순히 따라 갔다. 잠시 후에 그는 외계인에게 티우악 엔베 엔베냐고 물었는데, 큰 확신은 없었다. 그 외계인이 조금 고심해서 그는 조르 조르이고 자신은 에넴에멘 아스파라고 말했을 때 오르는 마음 쓰는 것 같지 않았다.

외계인은 강 근처에 있는 자신의 아파트로 그를 데려갔다. 자전거 수리 가게 위에 있었고 옆집은 "희망의 영원한 복음 전도 단체"로서 오늘 밤, 사람들로 가득했다. 그들은 태평양 표준시로 오후 6시 25분에서 7시 8분 사이에 벌어진 일에 대해 해명해 달라고 대체로 정중하게 전 세계의 다양한 신들에게 간청하고 있었다. 외계인과 오르가 2층의 아파트로 침침한 계단을 오를 때 발밑에서 그럭저럭 들어 줄

만한 화음으로 「만세 반석」이 울렸다. 외계인은 아파트에서 그더러 지쳐 보이니 침대에 누우라고 권했다. 외계인이 말했다.

"잠은 엉클어진 근심의 실타래를 풉니다."(「맥베스」, 2막 2장, 맥베스의 대사 ― 옮긴이)

"자는 것은 꿈꾸는 것일지도. 아, 그것이 문제로군요."(「햄릿」, 3막 1장, 햄릿의 대사 ― 옮긴이)

오르가 대답했다. 외계인들이 소통하는 기묘한 태도에는 뭔가가 있는 듯했다. 그러나 그는 너무나 지쳐서 뭔지 판단할 수 없었다.

"당신은 어디서 잘 거죠?"

그가 침대에 무겁게 앉으며 물었다.

"아무 데도 아니오(No where)."

외계인이 대답했다. 그의 음조 없는 목소리는 한 단어(nowhere)를 똑같이 의미 있는 완전한 단어들로 나누고 있었다.

오르는 상체를 굽혀 신발 끈을 끌렀다. 그 외계인의 침대 덮개를 신발로 더럽히고 싶지 않았다. 그러는 건 친절에 대해 알맞은 보답이 아닐 터였다. 몸을 굽히니 어지러웠다.

"피곤하네요. 오늘 많은 일을 했어요. 그러니까, 내가 뭔가를 했다고요. 내가 해낸 단 한 가지 일이죠. 나는 어떤 단추를 눌렀어요. 빌어먹을 '끔' 단추 하나를 누르기 위해, 모든 정신력이, 내게 쌓여 있던 온 힘이 필요했답니다."

"당신은 고결하게 살았습니다."

외계인이 말했다.

외계인은 구석에 서 있었는데, 무한정 거기에 서 있을 요량으로 보였다.

그는 거기에 서 있는 게 아니라고 오르는 생각했다. 그러니까 자신이 서거나 앉거나 눕거나 존재하는 것과 똑같은 방식으로는 아니었다. 외계인은 꿈속에서 자신이 서 있을 것과 같은 방식으로 거기에 서 있었다. 그 외계인은 꿈에서 사람이 어딘가에 있다는 의미로 거기에 있었다.

그는 누웠다. 어두운 방을 가로질러 서 있는 외계인의 연민과 보호하는 듯한 동정심을 분명하게 느꼈다. 외계인이 그를 보았는데 눈으로 보는 것이 아니었고, 그를 무한히 취약하며 가능성의 심연을 떠다니는, 단명하며 육체를 지니고 보호복이 없는 기묘한 생물체인 양 바라보았다. 도움이 필요한 무언가처럼. 그는 꺼리지 않았다. 그는 도움이 필요했다. 피곤이 그를 넘겨 받아, 그가 천천히 가라앉고 있던 바다에서 조류처럼 그를 들어 올렸다.

"에르 페렌."

그가 잠에 굴복하며 중얼거렸다.

"에르 페렌."

에넴에멘 아스파가 소리 없이 대답했다.

오르는 잤다. 꿈을 꾸었다. 거기에는 아무런 문제도 없었다. 그의 꿈들은, 어느 해변에서도 아주 먼 심해의 파도들처럼, 왔다가 가고, 부풀었다 줄어들며, 해롭지 않게 깊숙이, 어느 곳도 부수지 않고, 아무것도 바꾸지 않았다. 꿈들은 존재의 바다 속 다른 모든 파도들 사이에서 춤을 추었다. 그가 자는 중에 초록빛의 커다란 바다거북들이 바다로 뛰어들어, 그들의 서식지, 그 심연 사이로 지칠 줄 모르고 우아하게 헤엄쳤다.

6월 초순, 나무들은 잎으로 무성하고 장미꽃들이 활짝 피었다. 온 도시에 그 크고 유행에 뒤진 데다 잡초처럼 거친 '포틀랜드 로즈'라는 꽃이 가시 많은 꽃자루 위에 분홍색으로 피어났다. 만사는 대체로 정리가 되었다. 경제는 회복 중이었다. 사람들은 그들 집의 잔디밭에 자라난 풀을 베어 내고 있었다.

오르는 포틀랜드의 약간 북쪽, 린턴의 연방 정신 병원에 있었다. 90년대 초에 세워진 그 건물들은 거대한 절벽의 전망 좋은 곳에 서서 윌러멧의 비옥한 목초지들과 고딕식 우아함을 지닌 세인트존스 대교를 내려다보고 있었다. 4월 하순과 5월에 그 건물들에는 끔찍하게 사람들이 넘쳐 났다. 지금은 "대분열"이라고 언급되는 그날 밤의 설명할 수 없는 사건들 이후로 정신 쇠약이 만연했기 때문이다. 그러나 그 사건은 누그러졌고, 정신병원의 일과는 여느 때의 인원 부족과 넘치는 환자, 끔찍한 정도로 되돌아갔다.

키 크고 말씨가 부드러운 잡역부가 오르를 2층에 북쪽 부속 건물의 1인용 침대 방으로 데려갔다. 이 부속 건물로 이어지는 문과 그 속에 있는 모든 방들의 문은 묵직했고 모두가 잠겨 있었다. 문의 1미터 50센티미터쯤 되는 높이에 쇠격자가 쳐진 자그맣게 들여다보는 구멍이 있었다. 잡역부가 복도 문의 자물쇠를 열면서 말했다.

"그는 성가시지 않아요. 결코 폭력적인 적이 없었어요. 하지만 다른 사람들에게 나쁜 영향을 미쳤어요. 우리는 그를 두 병동에다 넣어 보았답니다. 소용이 없었죠. 다른 이들은 그를 무서워했는데 그런 일을 본 적이 없어요. 환자들은 모두 서로 영향을 미치기 때문에 공황 상태에 빠지고 거친 밤을 보내거나 하지만 이렇지는 않았어요. 그들은 '그'를 무서워했죠. 그로부터 도망치려고 밤에 문들을 후벼 팠어요. 그가 한 일은 그냥 거기에 누워 있는 것뿐이었는데. 글쎄요, 조만간 이곳의 모든 것을 보게 되실 거예요. 그는 자기가 어디 있는지 신경 쓰지 않는 것 같아요. 자."

그는 문을 열고 오르에 앞서서 방으로 들어갔다.

"손님이에요, 하버 박사님."

하버는 수척했다. 파랗고 하얀 잠옷이 홀쭉하게 걸쳐져 있었다. 머리카락과 수염은 짧게 깎였지만, 잘 돌보아져 있고 말끔했다. 그는 침대에 앉아 멀거니 허공을 응시하고 있었다.

"하버 박사님."

오르가 불렀지만 더 이상 말이 나오지 않았다. 견디기 힘든 연민과 두려움을 느꼈다. 그는 하버가 무엇을 보고 있는지 알았다. 그 자신이 그것을 보았었다. 하버는 1998년 4월 이후의 세계를 보고 있었다. 정신에 의해서 곡해된 세계를 보고 있었다. 악몽을.

T.S. 엘리엇의 어느 시에서 인간은 지나친 현실을 참지 못한다고 노래하는 새가 있다. 그러나 그 새는 틀렸다. 인간은 80년 동안 우주의 온 무게를 견디어 낼 수 있다. 그가 참을 수 없는 것은 비현실이다.

하버는 길을 잃었다. 접촉을 잃어버렸다.

오르는 다시 얘기를 꺼내려고 해 봤지만 할 말을 찾지 못했다. 그는 물러 나왔고, 그의 바로 옆에서 잡역부가 문을 닫아 잠갔다. 오르가 말했다.

"못하겠어요. 방법이 없네요."

"방법이 없죠."

잡역부가 말했다.

복도를 내려가면서, 잡역부는 특유의 부드러운 목소리로 덧붙였다.

"하버 박사님은 아주 전도유망한 과학자였노라고 나한테 말씀하시더군요."

오르는 보트를 타고 포틀랜드 시내로 돌아왔다. 수송 기관은 여전히 꽤 혼란스러웠다. 여섯 가지 다른 공공 운송 체계의 일부들, 잔존물들, 시작 단계들이 도시를 어지르고 있었다. 리드 대학에는 지하철역이 있었지만 지하철은 없었다. 워싱턴 파크로 가는 케이블카는 터널 입구에서 끝났고 터널은 윌러멧 강 아래를 반쯤 가다가 툭 끊겼다. 그러는 사이에, 기업심이 왕성한 친구가 윌러멧과 컬럼비아를 오르내리는 여행을 위해 쓰였던 배 두 척을 수리해서, 린턴, 밴쿠버, 포틀랜드, 오리건시티 사이를 정기적으로 오가는 페리로 사용했다. 그것은 즐거운 여행을 만들어 주었다.

오르는 정신병원을 방문하느라 점심시간을 길게 가졌었다. 고용주인 외계인 에넴에멘 아스파는 몇 시간을 일했나에는 관심 없고 행해진 일에만 관심 있었다. 언제 일을 하느냐는 그 일을 하는 사람의 관심사였다. 오르는 아침에 일어나기 전에 한 시간쯤 약간 덜 깬 채로 침대에 누워 머릿속으로 굉장히 많은 일을 했다.

그가 '키친 싱크'로 돌아가 작업소에서 그의 제도 책상 앞에 앉았을 때는 3시였다. 아스파는 전시실에서 고객들을 기다리고 있었다. 아스파는 세 명의 디자이너 직원들을 두었고 온갖 종류의 부엌 설비 및 그릇, 조리 도구, 기구, 연장, 즉 중장비가 아닌 모든 것을 만드는 여러 제작자들과 계약을 맺고 있었다. 산업과 분배는 '대분열' 때문에 비참한 혼란 속에 남겨졌다. 국가와 국제기관은 여러 주 동안 제 상태가 아니라서 어쩔 수 없이 자유방임 상태가 우세해졌고, 이 기간 동안에 계속 바쁘게 일할 수 있거나 새로 시작할 수 있었던 소규모의 민간 기업들은 좋은 위치에 있었다. 오리건에서 이런 회사들의 다수는 모두 이런저런 물자들을 다루는 곳인데 알데바란 인들이 운영했다. 모든 수세공에 인간을 고용해야 했지만 그들은 훌륭한 관리인이고 비상한 판매원들이었다. 정부는 그들이 기꺼이 정부의 규제와 통제를 받아들이자 좋아했다. 세계 경제가 점차적으로 다같이 후퇴하고 있었기 때문이다. 사람들은 심지어 다시 국민 총생산에 대해 떠들어 대고 있었고, 머들 대통령은 성탄절 즈음에야 경제가 정상으로 돌아갈 거라고 예측했다.

아스파는 도매 판매와 더불어 소매 판매도 했고, 키친 싱크는 튼튼한 제품들과 적당한 가격 때문에 인기가 있었다. '대분열' 이후, 4월의 그 밤에 자신들이 예상치 못한 부엌에서 요리하고 있던 것을 발견한 가정주부들이 다시 설비를 하며 점점 더 많이 찾아왔다. 오르가 도마를 위해 몇 가지 나무 견본들을 찾고 있을 때 누가 말하는 소리를 들었다.

"저 휘젓개들 중 하나가 마음에 드네요."

그 목소리가 아내의 목소리를 떠올렸기에 오르는 일어서서 전시실을 들여다보았다. 아스파가 중간 체격의 갈색 피부를 지닌 여자에게 뭔가를 보여 주고 있었다. 여자는 30대쯤으로 예쁜 두상에 짧고 까맣고 억센 머리카락을 지니고 있었다.

"헤더."

오르가 앞으로 나서며 말했다.

그녀가 돌아섰다. 그녀는 한참처럼 여겨지는 시간 동안 그를 바라보다가 말했다.

"오르. 조지 오르. 맞나요? 내가 언제 당신을 알았죠?"

그는 망설였다.

"그…… 당신은 변호사 아닌가요?"

초록빛의 보호복을 입은 에넴에맨 아스파가 널찍이 자리를 차지한 채 휘젓개를 들고 서 있었다.

"아뇨. 법률 회사 비서예요. 펜들턴 빌딩에, 루티 앤 굿휴에서 일해요."

"그게 틀림없겠군요. 한 번 거기에 가 본 적이 있어요. 저기, 저건 어때요? 내가 디자인했는데."

오르는 큰 상자에서 또 다른 휘젓개를 가져와 그녀에게 내보였다.

"균형이 잘 맞아요, 보세요. 그리고 빠르게 작동하고요. 프랑스에서는 안 그러지만 보통 전선들을 너무 팽팽하거나 너무 길게 만들죠."

"괜찮아 보이네요. 오래된 전기 믹서가 하나 있지만 어쨌든 벽에다 저걸 걸어 놓고 싶네요. 여기서 일하시나요? 전엔 아니었는데. 이제 기억나요. 당신은 스타크 거리의 무슨 사무실에 있었어요, 그리고 자발적 치료 때문에 의사의 진료를 받고 있었고요."

그는 그녀가 무엇을, 얼마나 많이 기억하는지 몰랐고, 그것을 어떻게 자신의 겹겹의 기억들 속에 끼워 넣을지도 몰랐다.

　물론, 그의 아내는 회색 피부였었다. 지금도 여전히, 특히 중서부 지방과 독일에는 회색 피부의 사람들이 있다고 했다. 그러나 나머지 대부분의 사람들은 하얀색, 갈색, 검은색, 붉은색, 노란색, 그리고 섞인 색으로 돌아갔다. 그의 아내는 회색 피부의 사람이었고, 이 사람보다 훨씬 상냥했던 것 같다. 이 헤더는 황동 죔쇠가 있는 커다란 검은색 핸드백을 지녔고, 아마도 그 안에 반 파인트짜리 브랜디를 가지고 있을 터였다. 그녀는 다부졌다. 그의 아내는 공격적이지 않았고, 용기 있지만 태도는 소심했다. 이 사람은 그의 아내가 아니라 발랄하고 까다로운 더 맹렬한 여자였다.

　"맞아요. '대분열' 전에. 우리는…… 사실, 르라셰 양, 우리는 점심 식사 약속을 한 적이 있답니다. 앤크니 거리에 데이브네에서. 이루어지지는 못했죠."

　"나는 르라셰가 아니에요, 그건 내 처녀 적 이름이죠. 나는 앤드루스 부인이에요."

　그녀는 호기심에 그를 주시했다. 그는 현실을 참고 견디었다.

　"남편은 근동의 전쟁에서 죽었어요."

　그녀가 덧붙였다.

　"그렇군요."

　"모두 당신이 디자인한 거예요?"

　"연장 따위는 대부분요. 그리고 조리 도구도. 봐요, 이거 마음에 드세요?"

　그는 구리 바닥의 찻주전자를 끌어당겼다. 육중하지만 우아했고, 범선처럼 꼭 비례가 맞았다.

“누구라도 마음에 들어 하겠네.”

그녀가 두 손을 내밀었다. 그는 그것을 건네었다. 그녀는 손으로 무게를 가늠해 보고는 탐냈다.

“내가 좋아하는 종류예요.”

그가 고개를 끄덕였다.

“당신은 진짜 예술가네요. 이거 아름다워요.”

“오르 씨는 유형의 것들에 전문가입니다.”

주인이 끼어들어 음조 없이 왼쪽 팔꿈치로부터 말했다.

“저, 기억나네요.”

헤더가 갑자기 말했다.

“물론, 그건 ‘대분열’ 이전이었어요, 내 머릿속에서 온통 뒤죽박죽 되어 있는 게 그 때문이에요. 당신은 꿈을 꿨어요, 그러니까, 당신이 꿈을 꾸는 것들이 현실이 된다고 생각했다고요. 그렇죠? 그리고 그 의사는 당신이 점점 더 그러도록 만들었고, 당신은 그를 원하지 않았죠. 그리고 강제 치료의 옷을 입지 않고도 그와 같이하는 자발적 치료에서 빠져나올 길을 찾고 있었어요. 봐요, 내가 기억하잖아요. 당신은 또 다른 정신과 의사에게 맡겨졌었나요?”

“아뇨. 그들한테서 벗어났답니다.”

오르가 웃음을 터뜨렸다. 그녀 역시 웃었다.

“그 꿈들에 대해서는 어떻게 했어요?”

“아…… 계속 꿈을 꾸었지요.”

“당신이 세상을 바꿀 수 있을 줄 알았는데. 이게 당신이 우리를 위해 할 수 있는 최선의 노력인가요…… 이 뒤죽박죽된 세상이?”

"그건 앞으로 해야 할 일이죠."

자신이 오히려 덜 뒤죽박죽된 세상을 더 좋아했겠지만, 그것은 그에게 달린 일이 아니었다. 그리고 최소한 그 세상은 그 안에 그녀를 품고 있었다. 그는 최선을 다해 아내를 찾았지만 그녀를 발견하지 못했고, 위로를 찾아 일로 돌아왔다. 그것이 많은 위로를 주지는 않았지만 그가 감당할 수 있는 일이었고 그는 끈기 있는 사람이었다. 그러나 이제 잃어버린 아내에 대한 눈물 없는 침묵의 슬픔은 끝나야 하리라. 거기에 그녀가, 영원히 다시 마음을 사로잡아야 할 맹렬하고 고집 세고 깨어지기 쉬운 낯선 이가 서 있으니.

그는 그녀를 알고 있었다. 그의 낯선 여자를 어떻게 이야기하게 만들고 어떻게 웃게 할지 알고 있었다. 그가 마침내 말했다.

"커피 한 잔 어때요? 이웃에 카페가 있어요. 내 휴식 시간인데."

"이런, 시간이……."

5시 15분 전이었다. 그녀는 외계인을 흘끗 보았다.

"물론 커피 좋지요, 하지만……."

"10분 내로 돌아올게요, 에넴에멘 아스파."

오르가 고용주에게 말하면서 레인코트를 가지러 갔다.

"저녁을 즐겨요. 시간이 있어요. 보답이 있지요. 가는 것은 돌아오는 것이니까요."

외계인이 말했다.

"정말 고마워요."

오르는 사장과 악수했다. 덩치 큰 초록색 지느러미발은 인간의 손에 차가웠다. 오르는 헤더와 같이 따뜻하고 비를 머금은 여름 오후로 나섰다. 그 외계인은 마치 한 마리 바다 생물이 수족관 안에서 지켜볼 때처럼 앞면이 유리로 된 상점 안에서 지켜보며, 그들이 나아가 엷은 안개 속으로 사라지는 것을 보았다.

〈끝〉

옮긴이 | 최준영

연세대학교 사회복지학과를 졸업하고 서울대학교 서양화과를 다녔다. 오랫동안 문학 편집자로 일했으며,
옮긴 책으로 재키 울슐라거의 『샤갈』, 어슐러 르 귄의 『어스시 전집』(공역), 『하늘의 물레』 등이 있다.

환상문학전집 ● **33**

하늘의 물레

1판 1쇄 펴냄 2010년 4월 23일
1판 2쇄 펴냄 2017년 9월 22일

지은이 | 어슐러 K. 르 귄
옮긴이 | 최준영
발행인 | 박근섭
편집인 | 김준혁
펴낸곳 | 황금가지

출판등록 | 2009. 10. 8 (제2009-000273호)
주소 | 06027 서울 강남구 도산대로 1길 62 강남출판문화센터 5층
전화 | **영업부** 515-2000 **편집부** 3446-8774 **팩시밀리** 515-2007
홈페이지 | www.goldenbough.co.kr

도서 파본 등의 이유로 반송이 필요할 경우에는 구매처에서 교환하시고
출판사 교환이 필요할 경우에는 아래 주소로 반송 사유를 적어 도서와 함께 보내주세요.
06027 서울 강남구 도산대로 1길 62 강남출판문화센터 6층 민음인 마케팅부

© 황금가지, 2010. Printed in Seoul, Korea

ISBN 978-89-6017-242-5 03840

㈜민음인은 민음사 출판 그룹의 자회사입니다.
황금가지는 ㈜민음인의 픽션 전문 출간 브랜드입니다.